KB139121

속도의 풍경

천리마시대 북한 문예의 감수성

북한문학예술 11

속도의 풍경

천리마시대 북한 문예의 감수성

단국대학교 부설
한국문화기술연구소 편

경진출판

　이 책은 통일시대 남북한 문예의 소통과 융합방안을 마련하기 위한 예비적 절차로서 초기 북한 문예의 담론과 실천 양상을 비판적으로 검토하는 작업이다. 이 책이 주목하는 1950년대 후반에서 1960년대 후반에 이르는 기간 북한에서는 전후 복구사업과 사회주의 근대화 작업이 다양하게 펼쳐졌다. '우주 속도'로 달리는 천리마와 천리마기수의 이미지는 이 무렵 북한사회를 대표하는 전형적 도상이다. 1950년대 후반에서 1960년대 후반에 확립된 사회 조건과 체제들이 오늘날 북한사회를 지탱하는 근간이 된다는 점에서 이 시기는 북한 체제와 문예 이해에 매우 중요하다.

　이 책의 첫 번째 목적은 당시 북한체제에서 생산된 다양한 문학예술작품에 반영된 천리마시대 북한사회의 전개와 변화 양상을 살펴보는 것이다. 그런 의미에서 이 책은 문화사로서의 성격을 갖는다. 또한 이 책은 사회의 물질적 조건의 변화가 야기한 인간 지각, 감각의 변화 양상에 관심을 갖는다. 소위 '속도전'의 한복판에서 북한인민이 경험한 생활상의 변화, 시간과 공간 감각의 변화, 그리고 그들이 새로운 물질과 매체에 적응하는 과정에 주목하겠다는 것이다. 이 책의 제목을 '속도의 풍경'이라 정한 이유다. 아울러 이 책은 천리마시대 북한 문예의 변모 양상을 중요하게 다룬다. 1950년대 후반에서 1960년대 후반 북한 문예의 담론장은 그 이전 시기에 활발히 전개된 문예 논쟁을 마감, 정리하고 훗날 주체문예론으로 불리게 될 그들만의 문예론을 갖춰나가기 시작한다. 주체문예론은 그것이 형성될 당시에는 당대의 환경 변화 속에서 그 나름의 독자적인 문예론을 갖추려는 노력의 산물이었지만 1960년대 후반 도그마로 굳어지면서 이후 북한 문예 영역에서 실험과 모색, 토론과 논쟁을 억압하는 기제로 기능했다. 또한 이 책은 말미에 1960년대를 바라보는 남북한 문예의 입장을 교차 검토하는 작업, 남북한이 서로를 타자화하는 맥락을 다룬 작업을 아울러 소극적으로나마 남북한을 아우르는 문예사의 가능성을 모색하고자 했다.

이 책은 크게 3부로 구성되어 있다. 1부와 2부에서는 천리마시대 북한 문예의 성격을 1950년대와 1960년대의 포괄적인 지평 속에서 살펴볼 것이다. '노동', '속도', '뉴미디어', '서정' 등의 개념들은 이 시기 북한 문예를 그 존재 조건인 북한사회의 맥락 속에서 관찰하는 좋은 단서가 될 것이다. 또한 3부에서는 남북한 문학담론을 비교하거나 북한 문예가 남한을 타자화하는 방식을 검토하게 될 것이다.

제1부는 북한의 천리마운동시기에 펼쳐졌던 문학예술 분야에서의 새로움과 활력, 노동현장의 감성을 살펴보았다. 홍지석은 근대성의 관점에서 초기 북한미술에 접근하여 예술과 노동의 결합양상, 예술에서 낡은 매체와 새로운 매체가 상호 매개되는 양상을 검토했다. 오창은은 전후 복구시기 북한사회의 놀랄 만한 경제 성장은 노동자를 주인으로 내세우며, 노동자의 자존심을 세워 주는 사회주의적 풍토에 기인한다고 전제하면서 북한 노동자 및 노동현장 갈등의 문학적 형상화에 주목했다. 이 글은 텍스트에 대한 적극적 읽기를 통해 현장에서의 내부적 진실을 포착하고, 더불어 당시 신세대 노동자, 구세대 노동자, 당 일꾼 사이의 갈등을 징후적으로 드러냈다. 배인교는 북한이 체제 성립 초기부터 산업, 노동을 독려하기 위한 선전·교양 노래들을 많이 창작한 것에 착안하여 천리마운동시기 수산업 부문에서 창작된 노래집을 고찰했다. 노래집 『풍어기 휘날리자』를 대상으로 당시에 제기된 수산업 독려 지시와 어업 관련 노래 창작에 대한

정책을 살펴본 후, 노래집의 수록 악곡에 대한 가사와 음악적 요소를 검토하여 이 시기 북한의 창작가들이 지향했던 음악적 감성을 분석했다. 이 글은 천리마시대 인민들의 약동하는 현실 생활을 주제로 한 작품을 분석하면서 당시 북한의 낙천적이고 서정적인 음악 이면에 담겨 있는 노동력 동원의 현실을 비판하고 있다.

　제2부는 천리마시대에 서정과 서사가 형상화되는 방식을 살펴보았다. 홍지석은 1950년대 후반 북한미술의 풍경화 담론을 '서정성' 개념과 더불어 검토했다. 그 이전에는 부르주아 형식으로 치부되었던 '풍경화'가 1950년대 후반 재호명되어 미술 비평 담론의 핵심 의제로 부각된 이유를 저자는 '詩', '주관', '정서'의 문제 등과 관련하여 해명하고 있다. 이지순은 북한의 시가 정서적 감응력이 높은 장르임을 전제로 하여 북한 서정시의 낯설음에 대해 논의하고 있다. 저자는 개인의 서정에서 시작되는 서정시가 공민의 서정으로 확대되고, 확대될 것을 요구받으면서 북한의 '충'과 '제도의 우월성'을 선전하는 방식으로 흐르는 과정을 규명하고 있다. 선전과 설득, 공산주의 교양 목적이라는 문학 외적 서사지향성이나 단편서사시의 전통을 계승한 영웅의 전형화를 통한 문학 내적 서사지향성은 모두 정치적이고 사회적인 상상력과 결합했기에 가능한 것임을 밝히고 있다. 김수복, 이지용은 1950년대 북한식 서정의 초기 양상을 『리용악 시선집』을 통해 분석했다. 여기에 드러나는 북한식 서정에 대해 시적 공간의 묘사를 통한 전통적인 서정의 정형화, 서정적 주인공 형상화, 서정과 서사의 결합 등으로 분석하여 이 시기의 서정의 양식은 북한에서 전후 복구에 모든 사회적 역량을 집중하고 이를 위해서 문학 역시 복무하는 과정에서 인민을 교양하기에 적합한 방법론을 강구하는 과정이었음을 밝히고 있다.

　제3부는 남북의 문학 담론을 비교하고 남북의 역사적 맥락을 살펴

보면서 역사적 상황을 재현하는 방식의 영화를 분석했다. 남원진은 남북의 민족문학 담론에 대한 고찰을 통해 상호 타자화되는 이데올로기 작용에 대해 분석하고 있다. 해방 후 남북의 민족 담론을 정리하면서 해방기 민족 담론의 연장선상에 있는 전후 북한의 민족문학 담론이 근대적 민족문학이 아니라 계급성과 역사성을 강조했던 진보적 민족문학인 '사회주의적 민족문학'론이었다면, 남한의 민족문학론은 몰역사성을 바탕으로 했던 보수적 민족문학에서 민족성과 역사성을 강조한 진보적 민족문학론으로 변모했음을 밝히고 있다. 이 글은 이러한 남북의 민족 담론이 반공 기획과 사회주의 기획의 차이에 의해서 분화되어 각 사회의 민족문학론의 자기정립 과정이 되었음을 규명하고 있다. 정영권은 1960년대 북한 영화인 〈성장의 길에서〉를 분석하여 이 영화가 남한의 실제적 역사적 상황을 담고 있으며 당시 북한 문예 노선인 사회주의 사실주의를 충실하게 반영하면서 혁명 투사의 영웅적 형상을 창출하여 1960년대 중반 북한 문예계의 논쟁적 쟁점이었던 혁명적 대작 창작과 혁명 투사 전형 창출 방향에 부합되고 있음을 밝히고 있다.

이 책은 한국 연구재단 중점연구소 지원으로 단국대학교 부설 한국문화기술연구소에서 진행 중인 〈통일시대를 대비한 남북한 문화예술의 소통과 융합방안 연구〉의 단행본 연구 성과이다. 책이 나오기까지 많은 분들의 도움을 받았다. 먼저 필자로 참여해 준 중앙대학교 오창은, 북한대학원대학교 이지순, 건국대학교 남원진 교수들께 감사를 드린다. 또한 안서호의 사계절을 벗 삼아 밤낮으로 연구소의 불을 밝히면서 연구에 몰두하는 임옥규, 배인교, 홍지석, 정영권, 김미진 연구교수들의 노고에 감사를 전하고 한 가족처럼 늘 애써주는 보조 연구원 조안나, 박은혜, 김지현, 김여정, 정예솔, 그리고 행정을 맡은 김영락 조교에게 깊은 고마움을 전한다. 지금까지 중점연구소

사업 일환으로 출판된 한국문화기술연구소 편 단행본이 10여 권이 넘는다. 모두 연구의 동반자로서 한국문화기술연구소와 도서출판 경진의 끈끈한 협력의 산물이다. 도서출판 경진의 양정섭 대표와 편집과 교정에 힘써준 송은주 편집자, 디자이너들께 감사드린다.

2016년 3월
단국대학교 부설 한국문화기술연구소
소장 김수복

제3부 남과 북, 분단의 시대

노동의 풍경과 속도

제**1**부

사회주의 리얼리즘과 조선화

: 북한미술의 근대성

홍지석

1. 천리마시기, '새로운' 미술의 향방

이 글은 근대성 또는 '새로움'의 관점에서 북한미술에 접근하려는 시도다. 이것은 북한미술의 폐쇄성에 초점을 두는 대부분의 북한미술연구와 상반된 시각에서 출발한다. 즉 이 글은 북한미술에서 "열악한 국제적 환경 속에서 나름대로 독자성을 확보하려고 노력한 흔적"[1]을 찾기보다는 보편의 수준에서 "현실의 변화에 대응하여 나름의 방식으로 모색된 미술의 변화" 양상을 찾고자 할 것이다. 이를 위한 연구방법으로 북한미술의 형성과정에 해당하는 1950~1960년대, 이른바 천리마시기 북한에서 발행된 미술 비평 텍스트의 비판적

---

1) 유홍준, 「북한미술의 史的 전개와 그 이해」, 김문환 편, 『북한의 예술』, 을유문화사, 1990, 40쪽.

독해를 진행하면서 전후 맥락을 살피는 메타비평적 접근방식을 취하고자 한다. 그 결과로서 발견하게 될 '새로움'은 필경 현재의 우리 시각에서 동의할 수 없는 것이겠지만 '미술의 근대'를 지금까지와는 다른 방식으로 보다 포괄적으로 이해하려는 논자에게 유의미한 자료는 될 수 있을 것이다. 따라서 이 글은 '근대(현대)', 또는 '새로움'을 어떤 미적, 윤리적 가치로 받아들이는 것이 아니라 그 개념들이 특정 문맥 속에서 '의미화'되는 또는 (롤랑 바르트의 표현을 빌어) 신화화되는 과정에 천착하는 태도를 취한다. 가치판단을 유보하고 단지 연구를 위한 범주, 또는 틀(frame)로써만 '근대' 또는 '새로움'이라는 개념을 사용하겠다는 것이다. 이렇게 북한미술의 근대성, 또는 새로움에 천착하는 접근은 '사회주의 미술'에 주목할 수밖에 없다. 북한미술은 소비에트미술 내지는 스탈린 시대에 형성된 사회주의 리얼리즘을 준거틀로 삼아 자신의 모습을 형성해나갔고 체제 전체가 '주체'를 기치로 내걸며 국제적 고립의 길로 나섰을 때조차도 이미 과거 소비에트 미술을 축으로 설정된 준거틀에 준하여 자신의 모습을 변화시켜 나갔다. 이런 관점에서 이 글은 사회주의 미술 내지는 소비에트 미술이라는 보편과 북한미술이라는 특수의 상호작용에 초점을 두어 논의를 전개하게 될 것이다. 이 글은 북한미술을 사회주의미술의 프레임으로 관찰한 김영나와 김재원의 선행연구에 빚지고 있다.[2] 열거한 선행연구들이 작품분석과 해석을 통해 해당 주제에 접근했다면 이 글은 메타비평의 수준에서 해당 시기 북한의 미술 비평에 주목하는 식으로 당면한 주제에 접근하게 될 것이다. 그런 의미에서 이 글은 선행연구들의 성과를 확장, 보완하는 작업이 될 것이다.

---

2) 김영나, 「유토피아의 신기루: 정치적 공간으로써 사회주의 도시와 모뉴멘트」, 『서양미술사학회논문집』 제21호, 2004; 김재원, 「분단국과 사회주의미술: 舊동독과 북한의 미술을 중심으로」, 『미술사학보』 제21호, 2004.

2. 사회주의적 내용과 민족적 형식: 유화와 조선화

베네딕트 앤더슨(Benedict Anderson)이 지적한대로 마르크스주의에서 민족주의(nationalism)는 '불편한 변칙적 현상'이다.[3] 일찍이 마르크스와 엥겔스는 『공산당 선언』(1848)에서 "노동자에게 조국(nation)은 없다"고 하며 '프롤레타리아 국제주의'를 천명했고[4] 이러한 천명에는 '민족주의가 소멸해가는 현상'이라는 생각이 전제로 깔려 있었다.[5] 레닌 역시 '부르주아 민족주의와 프롤레타리아 국제주의 두 개의 화해할 수 없는 적대적인 슬로건'이라는 주장을 펼친 바 있다.[6] 이렇게 마르크스주의는 '민족주의의 종말'을 예고하고 있었지만 실제로 주요 마르크스주의 이론가들은 민족주의를 간단히 배제하지 않았다. 오히려 소비에트 사회에서 민족주의는 소멸되기는커녕 득세했다. 콜라코프스키(Leszek Kolakowsk)의 말대로 민족주의는 "여전히 존재하지는 않지만 염원되어 온 공산주의 인터내셔널에 족쇄를 채우는 해결될 수 없는 모순의 주요 원천"이지만 실제로 사회주의 내지는 공산주의 운동사에서 국제주의와 민족주의가 충돌할 때마다 "국제주의는 변함없이 패배했다"[7] 마르크스와 엥겔스는 민족 투쟁과 민족 자결의 원리를 지지하는 방식으로 은근히 민족주의를 옹호하는 태도를 보였고[8] 이러한 민족주의에 대한 양가적 태도는 최초의 사회

---

3) Benedict Anderson, 윤형숙 역, 『상상의 공동체: 민족주의의 기원과 전파에 대한 성찰』, 나남, 2002, 22쪽.

4) Karl Marx, F. Engels, 「공산당 선언」, 김태호 역, 『마르크스 엥겔스 저작선집』제1권, 박종철 출판사, 1990, 418쪽.

5) Neil A. Martin, "Marxism, Nationalism, and Russia", *Journal of the History of Ideas*, vol. 29, No. 2 (Apr.~Jun., 1968), p. 231.

6) 민경현, 「러시아 혁명과 민족주의」, 『史叢』 제59집, 2004, 6쪽.

7) Leszek Kolakowsk, 임지현 편역, 「마르크스주의 철학과 민족의 실체」, 『민족문제와 마르크스주의자들』, 한겨레출판사, 1986, 48쪽.

주의 국가인 소련의 지도자들—레닌, 스탈린—에게 계승됐다. 특히 스탈린 시대에 '민족'은 '소비에트 애국주의'의 이름으로 재호명되어 소비에트 사회의 가장 중요한 단어 가운데 하나가 되었다. 결과적으로 스탈린 시대에 '프롤레타리아 국제주의'의 기치는 '소비에트 애국주의'의 기치로 대체되었고[9] 국제주의와 민족주의 양자의 대립은 처음에는 전자(국제주의)가 우세를 보이다가 점차 후자(민족주의)가 우세를 점하는 방식으로 전개됐다.

이러한 변화는 당시 소비에트의 문학예술에서도 나타난다. 가령 스탈린은 "소비에트 사람들은 각 민족들이 대소를 막론하고 다 같이 오직 그에게만 있고 다른 민족에게는 없는 자기의 질적 특징들과 자기의 특수성을 가지고 있다고 간주한다"면서 "이 특징들이 세계문화의 총보물고를 보충하고 풍부히 할 것"을 요청했다.[10] 예술에서 이러한 주장은 사회주의 리얼리즘의 유명한 테제, 곧 '사회주의적인 내용과 민족적인 형식'(스탈린)으로 구체화됐다. 그러한 민족형식은 소비에트 형제 나라들 간 문학예술의 연대를 확장하거나 공고하게 하기 위해 강조되기도 했고,[11] 사회주의적 사상과 감정을 인민에게 신속하고 용이하게 전달, 보급해 주는 '이해가능한 형식'으로써 강조되기도 했다.[12] 하지만 이 양자의 결합, 곧 예술에서 사회주의적 내용과 민족적인 형식의 결합을—특히 실천의 수준에서—구체화하는 것은 쉬운 일이 아니었다.

---

8) Neil A. Martin, 앞의 글, p. 231.
9) 민경현, 「러시아 혁명과 민족주의」, 『史叢』 제59집, 2004, 17쪽.
10) Joseph Stalin, 「마르크스주의와 민족 문제」, 서중건 역, 『스탈린선집』 I, 전진, 1988, 46쪽.
11) Maxim Gorky, 「제1차 소비에트작가전연방회의 폐회사」(1934), H. 슈미트·G. 슈람 편, 문학예술연구회 미학분과 역, 『사회주의 현실주의의 구상: 제1차 소비에트작가전연방회의 자료집』, 태백, 1989, 423쪽.
12) Ehrhard John, 임홍배 역, 『마르크스레닌주의 미학입문』(1967), 사계절, 1989, 151쪽.

소련을 따라 '마르크스주의'를 체제의 지배 이데올로기로 삼고 소비에트화에 몰두하던 초기 북한미술에서 '사회주의적 내용과 민족적인 형식의 결합'은 어떻게 진행됐을까? 당시 북한미술에서도 이것은 간단한 문제가 아니었다. 무엇보다 민족적 형식을 모색한다면서 전통을 적극 계승하려는 입장은 회고주의 내지는 복고주의로 비판받기 쉬웠다. 하지만 다른 한편으로 "비행기를 타지않고 가마를 타라는 것이냐"고 외치며 전통을 부정하는 것을 혁명인양 주장하는 자들 역시 비판의 대상이 되었다.[13] 그 논쟁의 핵심에 조선화가 있었다. 조선화는 분명 당시 북한미술의 전체 형식들 가운데 스탈린이 요청한 "세계문화의 총보물고에 이바지할" 민족 고유의 것으로 부각될 가능성이 가장 높은 미술형식이었다. 하지만 그것은 낡은 전근대의 것, 곧 '가마와 같은 것'으로 보일 가능성도 또한 지니고 있었다. 초기 북한미술에서 이 두 가지 가능성 중 먼저 부각된 것은 후자의 가능성이다. 즉 조선화를 전근대의 잔재로 보아 배격하는 태도가 먼저 우세를 점했다는 것이다.

예컨대 김주경이 『문화전선』(1947)에 발표한 「조선미술유산의 계승문제」를 보자. 여기서 그는 계승해야 할 민족적 전통으로 전통 공예에서 볼 수 있는 '조선적인 명료한 색채'를 내세우며 과거의 수묵 위주의 회화를 배격한다. 그는 이렇게 말했다. "대체로 묵화법이란 것은 인류의 지능이 아직 미개한 단계에 있던 원시공산시대, 즉 색채의 제조술이 발달되지 못했던 고대 시기의 부득이한 방법이었음에 불과한것이고 그 제조공업이 발달한 현금에 있어서도 여전히 원시적 방법만을 지지한다는 것은 적어도 문화를 운운하는 자로서 취할바길이 아닌 봉건그대로의 방법임은 더말할것이 없을것이다"[14] 이런 견

---

13) 리여성, 『조선미술사개요』, 평양: 평양국립출판사, 1955, 영인본, 한국문화사, 1999, 14쪽.

지에서 김주경은 조선의 전통적 색감을 계승한 유화를 옹호한다. "현대에 이르러 유채화가 세력을 잡아온 이후로는 조선화단은 확실히 조선적인 명료한 색감과 아울러 그 다감하고 예민하고 또 다정한맛까지도 찬연히 발휘해오고" 있으며 이는 무엇보다도 기뻐해야 할 다행한 일이라는 것이다.[15]

김주경의 주장은 유(채)화라는 새로운 매체에 조선적인 색감을 결합하는 방식으로 '민족적 형식' 문제를 해결하자는 것이다. 여기서 '민족적인' 것은 일종의 감수성 내지는 정서적인 어떤 것으로 이해되고 있다. 이러한 이해는 1950년대 후반까지 북한미술계에서 지배적인 영향력을 행사했다. 예컨대 1957년 정현웅은 조선화에 대한 유화의 우위를 주장하려는 취지에서 "조선 사람이니까 조선 옷만 입어야 한다는 것은 너무나 협소한 견해라고 생각한다"면서 "재료의 공통성을 말할 것이 아니라 같은 재료를 사용하면서 어떻게 자기 민족의 특성을 나타내느냐는 데 문제가 있다고 생각한다"고 역설했다.[16] 김주경과 정현웅의 관점에서 보면 새로운 회화형태로서 유화를 취하되 조선적인 정서, 특성을 살리는 방식으로 민족적 형식은 달성될 수 있다. 가령 조선의 풍경을 극진한 애정을 담아 그린 풍경화라면 조선의 맛—민족형식을 살릴 수 있지 않겠느냐는 것이다. 같은 문맥에서 김창석은 '민족적 형식'을 요구하는 소비에트 사회주의 리얼리즘의 요구를 '민족적 특성에의 요구'로 확대해석하기도 했다.

정관철 작 〈월가의 고용병〉을 례로 들어 본다면 이 그림이 유화라고 해서 그 작가를 조선의 민족화가라고 부르지 못할 것인가? 미술의 표현

---

14) 김주경, 「조선미술유산의 계승문제」, 『문화전선』, 1947년 제3호, 55쪽.

14) 김주경, 「조선미술유산의 계승문제」, 『문화전선』, 1947년 제3호, 55쪽.
15) 위의 글, 51쪽.
16) 정현웅, 「불가리아 기행」, 『조선미술』, 1957년 제1호(창간호), 39~45쪽.

수단도 역시 민족적 특성을 규정하는 중요한 구성 요소의 하나임에는 틀림 없으나 그것 하나만으로써는 아직 불충분하다. (…중략…) 문학예술에서 민족적 특수성은 민족적 형식에만 표현되는 것이 아니다. 문학예술의 민족적 특성이라는 개념은 민족적 형식에만 국한되는 것이 아니며 그것은 또 내용에도 표현된다. 문학예술의 민족적 특성은 그 민족적 쩨마찌까 -민족적 생활의 묘사, 특징적인 풍속의 묘사와도 관련을 맺고 있다.17)

하지만 이렇게 '조선화'를 민족형식으로써 받아들이기를 거부하는 흐름은 1960년대 중반 즈음에 그 반대의 경향, 곧 조선화를 민족형식으로 간주하여 다른 모든 미술형식의 기초로 삼으려는 흐름에 자리를 내주게 된다. 여기에는 물론 소련의 절대적인 영향력에서 벗어나 이른바 김일성 유일체제를 확립하려는 취지에서 그간 전개된 민족형식과 전통에 대한 여러 논의들을 단일화, 교조화하려는 지배 이데올로기의 요구18)가 절대적인 영향을 미쳤다. 1966년 교시에서 김일성은 앞서 언급한 논의들을 묵살하고 "조선화를 토대로 하여 우리의 미술을 더욱 발전시켜나가자"는 원칙을 천명한다.19) 이후 조선화는 민족형식의 확고한 모델로 자리를 굳히게 된다. 대학의 미술교육은 양적, 질적 측면 모두에서 조선화 교육에 집중됐고 미술 각 장르의 작가들은 "모든 미술가들이 조선화화법에 정통하여 자립적으로 활동할 수 있게 하는" 것을 목적으로 하는 조선화 강습회에 의무적으로 참여하게 됐다.20) 유화가로 활동했던 조선미술가동맹위원장 정관철

---

17) 김창석, 「문학 예술의 민족적 특성에 대하여」, 『조선문학』, 1959년 제4호, 132쪽.
18) 이종석, 『(새로 쓴) 현대북한의 이해』, 역사비평사, 2000, 204~208쪽.
19) 김일성, 『우리의 미술을 민족적 형식에 사회주의적 내용을 담은 혁명적인 미술로 발전시키자』(1966), 사회과학출판사, 1974, 4~5쪽.
20) 하경호, 「모든 미술가들이 조선화화법에 정통하도록: 제3차 전국조선화 강습이 있었다」, 『조선예술』, 1978년 2월호, 47쪽.

이 말년에 병상에서 '피타는 노력'을 기울여 조선화 〈조선아 너를 빛내리〉(1983)를 제작했다는 일화21)는 그 극단적 사례다.

물론 이러한 도그마의 형성은 해결이 쉽지 않은 여러 문제들을 양산했다. 특히 "조선화를 토대로 하라"는 주장은 물질문명의 발전을 반영할 새로운 예술형식을 모색하는 작업의 걸림돌이 됐다. 근대(현대)미술의 근대성, 곧 새로움을 매체나 형식의 차원에서 운운하기가 어렵게 됐다는 것이다. 하지만 '민족', '조선'을 강조하는 북한체제에서도 예술형식의 '새로움'은 간단히 포기할 수 없는 주제였다. 그렇다면 "조선화를 토대로 하라"를 요구를 지상과제로 삼았던 북한미술계는 이후 새로운 매체, 새로운 형식과 관련된 문제들에 어떻게 대응했는가?

3. 조선화와 '새로운 미감'

먼저 '새로움'의 문제를 조선화 자체의 갱신 문제와 관련하여 살펴보기로 하자. 일단 "조선화를 토대로 하여 우리의 미술을 더욱 발전시켜나가자"는 주장이 도그마로 굳어진 이상 '조선화' 자체를 낡은 형식으로 부정하는 것은 불가능했다. 따라서 북한미술 담론은 조선화에 '선차적 의의'를 부여하되 낡은 조선화가 아니라 새로운 조선화를 요구하는 방식으로 전개됐다. 이것은 주로 '시대적 요구에 따라 변화된 인민들의 새로운 미감'에 부응하라는 요구로 구체화됐다. 그 새로운 미감이란 '밝고 선명하며 맑고 깨끗한' 인민의 미감이다. 이에 따라 먼저 수묵화가 '혼탁 또는 암흑의 세계'로 배격되고 채색화

---

21) 「한 미술가의 화첩에서」, 『로동신문』, 1985년 3월 15일.

가 인민의 새로운 미감에 부응하는 형식으로 부각됐다. 가령 다음과 같은 식이다.

현실 발전의 요구와 인민들의 시대 감정에 적응한 조선화로 발전시키기 위하여서는 조선화가 가지고 있는 고유한 특성들에 대하여 연구하며 거기에서 오늘 우리 인민들의 현대적인 미감에 맞게 창조적으로 혁신하는 문제가 제기된다. 이러기 위한 중요한 문제 중의 하나가 바로 조선화에서 채색화를 전면적으로 발전시키는 문제이다.[22]

초기 북한미술에서 '채색화'는 '어둡고 흐리터분한 색적 분위기'를 걷어낼 대안으로 각광받았다. 당시 북한미술계의 '어둠(어두운 화면)'에 대한 거부 반응은 우리가 상상하는 것 이상이다. 그 반대편에는 '선명하고 밝은 것'에 대한 과도한 집착이 자리했다.[23] "우리 시대의 사회주의 근로자들은 새롭고 밝은 것을 요구한다"[24]는 식이다. 이러한 '밝음' 예찬은 물론 소련미술로부터 물려받은 것이다. 예컨대 1940~1950년대 초에 북한에 번역 소개된 소비에트 미술 담론은 "화면을 넘쳐흐르는 행복의 이데-를 표명하는데 공헌"하는 "색채의 배치, 광선의 결정체와도 같은 순결감, 자색조로 흐르는 색조와 황금색조 경작된 전원 위에 흐르는 태양광선의 반사, 은빛같은 백설들, 미소적인 자연"을 강하게 요구했던 것이다.[25]

---

22) 필자미상, 「조선화 창작에서 새로운 전진을 위하여」, 『조선미술』, 1962년 제5호, 11쪽.
23) 조인규, 「유화에서의 〈밝음〉에 대하여」, 『조선미술』, 1962년 제7호, 1~2쪽.
24) 김준상, 「유창한 선과 밝고 깨끗한 색」, 『조선미술』, 1966년 제3호, 47쪽.
25) 아. 롬프, 「쏘련의 풍속화」, 이휘창 역, 『문학예술』, 1949년 제3호, 81쪽. '밝고 선명한 것', '맑고 깨끗한 것'을 근대성과 연관 짓는 논의는 1930년대 후반~1940년대 초반 잡지 『문장』에 게재된 글, 또는 문장파 작가의 글에서 여럿 발견된다. 예컨대 이기영은 "고물(古物)이 공장을 거쳐 나오면 멀끔한 새 물건이 된다며" 고물철학을 운운했고, 김용준은 먼지를 털어버린 골동품을 "가장 깨끗한 정신적 소산" 또는 "순결한 감정의 표현"으로 예찬한다.

이렇게 본다면 북한체제에서 '조선화'에 대한 요구보다 새로운 미감, 곧 '밝고 선명하며 간결한' 미감에 대한 요구가 먼저 존재했다. 그리고 1966년 민족형식으로써 "조선화를 토대로 하여" 미술을 발전시키라는 수령의 지시가 있자 '밝고 선명하며 간결한 미감'을 조선화에 덧붙이는 작업이 본격화됐다.[26] 그런데 사실 위에 인용한 소비에트 이론가의 발언이 시사하는바 '밝고 선명하며 맑고 깨끗한' 것은 사회주의 리얼리즘이 요구한 '사회주의적 내용과 민족적 형식'에서 '사회주의적 내용'과 불가분의 관계에 있다. 즉 이미 사회주의를 달성한(것으로 간주되는) 체제에서 아름다움은 무엇보다도 현실 그 자체로 간주됐다는 것이다.[27] 그러니까 사회주의체제에서 미(美), 곧 '밝고 선명하고 간결한 것'은 사회이고 예술은 그 밝고 선명하고 간결한 것을 관찰하여 표현하는 역할을 수행한다. 그렇다면 사회주의적 내용을 담지하는 민족적 형식이란 '밝고 선명하고 간결한' 현실을 표현하기 적합한 것이어야 했다. 이것이 바로 초기 북한미술 담론이 조선화를 '밝고 선명하며 간결한' 것으로 규정하기 위해 고군분투했던 이유일 것이다. 〈농장의 저녁길〉(허영, 1965)[28]에 관한 다음과 같은 평은 그 양상을 보여 주는 한 사례다.

이것은 일종의 근대적 위생 강박을 보여주는 사례일 것이다. 그리고 주지하다시피 이기영과 김용준은 북한문학예술의 형성에 절대적인 영향력을 행사했다. 이기영, 「古物哲學」, 『文章』 제1권 제6집 7월호, 1939, 91쪽; 김용준, 「미술」(『조광』, 1938년 8월호), 『새 근원수필』, 열화당, 2001, 180쪽.

26) 예컨대 김순영은 과거 조선시대 회화에서 '선명하고 간결한' 표현을 찾아 이것을 민족전통으로 삼자고 주장했다. 김순영, 「선명성과 간결성에 대한 리해」, 『조선미술』, 1966년 제5호, 20쪽.

27) Boris Groys, 「아방가르드 정신으로부터 사회주의 리얼리즘의 탄생」, 오원교 역, 『유토피아의 환영: 소비에트문화의 이론과 실제』, 한울, 2010, 120쪽.

28) 이 작품은 '유화' 창작에서 '조선화'의 수법을 도입한 '새로운 시도'로 1960년대 북한미술계에서 화제가 됐다. 허영, 「나의 첫 시도: 유화 〈농장의 저녁길〉을 창작하고」, 『조선미술』, 1966년 제6호, 43쪽.

사회주의 문화농촌의 새생활과 새인간을 반영하기 위한 화가의 진지한 로력과 새로운 수법의 탐구 과정에서 민족적 색채가 농후한 독창적인 형식이 창조되였으며 이 형식은 주제사상의 천명에 적극 복무하게 되였다. (…중략…) 훈훈한 저녁의 대기는 달빛을 받아 한결 더 민족적인 감정을 풍만하게 하여주고 있으며 자연의 아름다운 정서는 보람찬 로동의 하루 일을 마치고 저녁의 한 때를 즐기는 농장원 처녀들의 아름다운 마음과 결합됨으로써 풍만한 민족적 색채로 하나의 화폭을 이룰 수 있었다. (…중략…) 관람자들은 바로 여기에서 공감되는 것이다.[29]

초기 북한미술에서 조선화를 '밝고 선명하며 간결한' 것으로 규정하는 식의 접근은 여러 면에서 유용했다. 첫째 그와 같은 접근은 조선화를 사회주의적 내용을 담보하는 민족형식으로 규정하는데 결정적으로 기여했다. 둘째, 그러한 접근은 전통 회화형식으로써 조선화를 '새로움'의 차원에서 논의할 단서를 제공했다. 그리고 이러한 양상은 김일성 시대를 거쳐 김정일 시대에 더욱 공고해졌다. 예컨대 김정일은 『미술론』(1992)에서 조선화의 화법을 "선명하고 간결하고 섬세한 화법"으로 규정하며 "조선화를 기본으로 하여 미술을 발전시켜야 한다"고 주장한다. 그래야만 "민족적특성이 뚜렷한 우리 식의 미술을 성과적으로 건설할수 있다"는 것이다. 더 나아가 김정일은 "선명

〈그림 1〉 허영, 〈농장의 저녁길〉, 유화, 1965.

---

29) 김재률, 「민족적 특성 구현에서 내용과 형식」, 『조선미술』, 1966년 제9호, 10쪽.

하고 간결하고 섬세한 조선화화법의 기본특징은 함축하고 집중하는 깃"이라고 주장하며 이른바 '함축과 집중의 원리'를 내세운다. 함축과 집중은 "형태, 색채, 명암을 우리 인민의 미감에 맞게 생략하면서 화면의 구도를 간결하게 하고 대상의 질적 특징을 잘 나타내며 작품의 중심을 두드러지게 하는 우월한 조형원리"라는 것이다.[30] 이로써 북한미술에서 '조선화—선명하고 간결한 화법(미감)—함축과 집중'은 사회주의적 내용, 민족적 형식, 근대적 새로움을 다 함께 보장해 주는 만능열쇠가 되었다. 유화, 조각, 공예, 출판미술 등 미술의 모든 형태는 사회주의적인 것이 되기 위해, 민족적인 것으로 되기 위해, 그리고 새로운 것이 되기 위해 이러한 코드에 자신을 맞춰야 했다. 즉 조선화의 미감은 "다른 미술종류도 조선화를 토대로 하여 발전시킨다"는 체제의 요구에 따라 미술 전 분야가 추구, 달성해야 하는 보편적 미감으로 확대 적용됐다. 아래 인용문은 그 극단적 사례다.

우리 식 유화의 구도는 조선화적인 함축과 집중을 보장할 때 우리 인민의 감정과 정서에 맞는 조형적 형식으로 세련시킬수 있다. 우리 식 유화에서 구도의 함축은 조선화적인 간결성을 담보하며 구도의 집중은 조선화적인 함축에 의하여 해결될 수 있다. 우리 미술가들은 조선화를 토대로 하여 유화의 구도를 우리 식으로 완성하기 위하여 깊은 탐구와 진지한 노력을 언제나 경주하여야 할 것이다.[31]

---

30) 김정일, 『미술론』, 조선로동당출판사, 1992, 97~98쪽.
31) 김지웅, 「유화구도에서 함축과 집중」, 『조선예술』, 2005년 제3호, 64쪽.

4. 테크놀로지와 예술: 사진과 조선화

다음으로 새로운 매체나 예술형식을 "조선화를 토대로 하라"는 도그마에 맞춰 구성된 담론장에 (재)배치하는 양상을 살펴보기로 하자. 먼저 '사회주의 리얼리즘'에 앞서 '프롤레타리아 국제주의 미술'로 각광받았던 '구성주의(constructivism)[32]'가 북한에서 어떻게 서술되고 있는지를 확인하는 것이 논의에 보탬이 될 것이다. 이미 소련에서 '구성주의'가 부르주아 형식주의 미술로 격하된 후에 소련의 미술을 수용한 북한미술계는 '구성주의' 내지는 '생산주의' 미술에 처음부터 적대적인 태도를 보였다. 예컨대 탁성식은 1966년『조선미술』에 발표한 글에서 구성주의와 그 후계를 '미래파, 다다이즘, 표현주의, 초현실주의'등과 함께 '현대 반동적 부르죠아 형식주의 미술'로 간주한 후 그것을 수정주의미술로 비판했다. 그가 보기에 수정주의미술은 "겉으로는 마르크스레닌주의를 표방하면서 사실에 있어서는 미술의 전투성과 혁명성을 와해시키며 미술가들을 사회주의와 공산주의를 위한 투쟁에서 물러서게 하려고 갖은 방법과 수단을 다하고 있는" 것이다. 그가 보기에 수정주의자들은 '창작의 자유'라는 미명 하에 '새로운 속도', '원자시대 인간의 감각', '현대적 스찔', '자동차적 지각' 같은 것들을 운운하지만 그것은 허위 이론이며 "반동적 부르죠아 미술의 변종"에 불과한 것이다.[33] 물론 구성주의 미술에 대한 이 같은 공격적 태도는 오늘날에도 변함이 없다. 가령 2010년에 안춘미는 구성주의가 "예술형식에 자본주의적 공업의 기술적 구조를 도입하

---

32) 필자는 'constructivism'을 '구성주의'보다는 '구축주의'로 번역하는 것이 적절하다는 입장이지만 그것을 '구성주의'로 번역하는 북한미술계의 서술방식상, 논의 전개의 혼란을 피하기 위해 이 글에서만 한시적으로 '구성주의'라는 번역어를 택하고자 한다.

33) 탁성식, 「부르죠아 형식주의 미술의 반동적 본질과 해독성-2」, 『조선미술』, 1966년 제6호, 34쪽.

고 소위 기능적 및 구조적 합리성과 합목적성을 부여하여야 한다"고 하면서 "표현 수단들의 기계적인 구성과 력학적인 표현들을 추구하며 그로부터 사실주의적 요구를 거부하고 내용과 형식을 분리시켜 예술 자체를 파괴한다"고 비판한다. 안춘미가 보기에 구성주의란 "이른바 새로운것의 창조와 혁신이라는 간판 밑에 사실주의 예술전통을 거부한", "전면적인 반동화와 퇴폐화의 산물"일 따름이다.[34]

구성주의에 대한 이러한 부정적인 시선 역시 북한미술이 스탈린 시대 소비에트로부터 물려받은 유산이다. 보리스 그로이스(Boris Groys)가 지적한대로 스탈린 시대의 사회주의 리얼리즘은 "물적 토대가 의식을 결정한다"고 하는 아방가르드의 신념을 대신하여 물적 토대를 변화시킬 영웅적 개인의 의지를 부각시켰다. 즉 "테크놀로지가 모든 것을 결정한다"는 스탈린의 구호가 "당 중앙이 모든 것을 결정한다"고 하는 구호로 바뀌게 되는 것과 때를 같이하여 스탈린 문화는 '인간의 주관성'과 '새로운 낭만주의'를 재발견하고 이를 사회주의 리얼리즘에 적용했던 것이다. 여기서 더 나아가 사회주의 리얼리즘은 '형식주의' 내지는 '기계주의'를 퇴폐적인 부르주아 이데올로기로 배격하게 됐다.[35] 이러한 사실에 비추어 보면 스탈린 문화의 영향권 안에서 자신의 문화를 건설할 처지에 있었던 초기 북한에서 '아방가르드', '형식주의'와 '기술결정론'은 애초에 설 자리가 없었다고 보는 것이 옳을 것이다.

이러한 양상을 뉴미디어에 해당하는 '사진'의 영역에서 확인해 보기로 하자. 체제 초창기 북한에서 '사진'은 다른 어떤 영역보다도 왕성하고 활발한 활동량을 자랑하는 문예장르였다. 도처에서 진행 중

---

34) 안춘미, 「구성주의」, 『조선예술』, 2010년 제1호, 26쪽.
35) Boris Groys, "The Total Art of Stalinism: Avant-Garde, Aesthetic Dictatorship, and Beyond", trans. Charles Rougle, London; Verso, 2011, pp. 58~60.

인 변화의 현장은 언제나 사진촬영을 필요로 했고, 현장에 투입된 사진가들이 찍은 사진들은 선전과 교양을 위해 각지로 빠르게 보급됐다. 이러한 사진의 "특수한 보도성과 선전력의 효과를 백방으로 이용하기 위해" 1946년 9월 27일 북조선문학예술총동맹 산하에 문학동맹, 음악동맹, 미술동맹, 무용동맹과 함께 사진동맹(위원장 이문빈)이 결성됐다. 사진동맹의 활동은 매우 괄목할 만한 것이어서 1947년에는 35회의 전람회(관객수 70,900명), 1948년에는 110회의 전람회(관객수 229,900명)의 성과를 거두었다.[36] 1950년 『조선중앙년감』에 기록된 작가현지파견계획표을 보면 이 시기 '사진'의 위치를 실감할 수 있다.[37]

하지만 이러한 실질적인 기능에도 불구하고 사진의 담론적 지위는 다른 장르에 비해 턱없는 열세에 있었다. 즉 사진은 "인민대중에게 정확한 오늘의 현실을 보여 주고 알려주고 감정에 직접호소하는"[38] 매체로 각광받았으나 바로 그 이유 때문에 배격됐다. 그것은 무엇보다 (롤랑 바르트가 지적했던) '코드없는 메시지'라는 사진적 메시지의 속성 때문이었다. 즉 작가의 주관, 현실에서 미래를 예견하는 낙관적 전망(밝음)을 요구하는 사회주의 리얼리즘에서 '사실을 있는 그대로

〈표 1〉 작가현지파견계획표(1950)

연도/동맹별	문학	음악	사진	미술	총계
1949	81	12	520	30	643
1950	90	24	580	40	734
계	171	36	1,100	70	1377

36) 이문빈, 「사진동맹 4년간의 회고와 전망」, 『문학예술』, 1949년 제8호, 101쪽.
37) 『조선중앙년감: 1950년 판』, 1950년 2월 15일, 조선중앙통신사, 353쪽.
38) 이문빈, 「사진동맹 4년간의 회고와 전망」, 『문학예술』, 1949년 제8호, 101쪽.

전달하는 사진'은 그 자체로서는 예술일 수 없었다. 그래서 당시 북한에서 사진가들에게는 언제나 사진의 '무사상적이고 매카니즘적인 경향'을 극복할 것이 요구되었고 사진의 가장 시급한 과제는 '기술로부터 예술'로의 발전이 되었다.[39] 같은 맥락에서 문예비평에서 '사진과 같다'는 평은 '실패한 작품'을 뜻하는 관용구가 되었다. "사실주의와 사진주의를 혼동하며 자연에 충실해야 된다고 하면서 자연을 해석할 줄 모르며 아무 느낌도 없이 붓만 헛되이 놀리는 도식주의 화가들"(박문원)[40]과 같은 식으로 말이다. 따라서 사진은 예술이기 위하여 '코드없는 메시지' 또는 기계적 유사물(mechanical analogue)이라는 자신의 속성을 부인하고 작가의 주관을 개입할 방안을 찾아야 했다. 초기에 이 문제는 몽타주를 적극 활용하는 식으로 해결됐다. 즉 "인민군대의 행진을 전면으로 뒤에 백두산 천지를 몬타-쥬한" 고용진의 〈앞으로 앞으로〉 같은 작품이 예술적 사진으로 각광받았다.[41] 그 후에는 "전형적환경에서 전형적생활이 조화롭게 어울리는 계기의 선정"같은 것이 대안으로 제시되기도 했다.[42] 어떤 경우든 북한에서 사진은 자신의 매체적 특성을 떼어놓고 회화-조선화에 근접한 것이 될 때 비로소 존중받을 수 있었다. 그런 의미에서 최근 북한의 보도사진을 둘러싸고 전개된 조작 논란[43]은 그리 놀랄 만한 것이 못된다. 북한에서 보도사진의 '리얼리티'는 사실을 있는 그대로 전하는 데 있는 것이 아니라, 그것을 정서적인 색채가 진하게 안겨 오도록 독특한 조형적 화폭을 창조하는 개성적인 사유에 있기 때문이다.[44]

---

39) 이문빈, 「사진동맹 4년간의 회고와 전망」, 『문학예술』, 1949년 제8호, 100쪽.

40) 박문원, 「그림과 시」, 『조선미술』, 1957년 제1호(창간호), 61쪽.

41) 『조선중앙년감: 1950년 판』, 1950년 2월 15일, 조선중앙통신사. 358쪽.

42) 김은주, 「룡성번영하는 조국의 현실을 반영한 생동한 예술적 화폭: 제21차 예술사진전람회를 보고」, 『조선예술』, 1977년 제11호, 23쪽.

43) 방형남, 「북한의 사진조작」, 『동아일보』, 2013년 3월 29일.

| 〈그림 2〉「빛나는 조국」(표지), | 〈그림 3〉「빛나는 조국」(24쪽), |
| 북조선사진예술동맹중앙위원회, 1948. | 북조선사진예술동맹중앙위원회, 1948. |

5. 기계적 몽타주와 회화적 몽타주

이상에서 살펴본바 북한미술에서 새로움은 언제나 '매체' 또는 '테크놀로지'의 수준에서 간단히 구할 수 없는 종류의 것이다. 북한미술에서 새로움은—스탈린 시대 소비에트의 가르침을 따라—항상 현실 자체에 있는 것으로, 또 그것을 포착하는 미술가의 태도와 정신에 있는 것으로 상정됐다. 하지만 이러한 접근방식은 민족적 형식을 발전시키고 작가 주체의 창작의지를 고무하는 데 도움이 되는 방식일지는 몰라도 매체나 테크놀로지 자체가 야기하는 인간 지각, 또는

---

44) 맹철남, 「사진촬영가의 새롭고 특색있는 착상」, 『조선예술』, 2012년 제3호, 59쪽.

인지 수준의 변화를 포착하고 그 가능성을 모색하는 데에는 역부족일 수밖에 없다. 오히려 그들은 새 매체의 가능성을 모색하기는커녕 그 '새로움'을 억압하는 길을 택했다. 다시 사진의 문제를 재고해 보기로 하자.

발터 벤야민(Walter Benjamin)을 인용하면 "카메라맨의 영상은 여러 개로 쪼개져 있는 단편적 영상들"이다. '쪼개진 단편'들인 사진에는 오래전 회화가(그리고 초기 사진들이) 간직했던바 '밝은 광선으로부터 가장 어두운 그늘에까지 이어지는 광선의 명암 연속성' 내지는 지속성이 부재한다. '스냅 샷'으로 대표되는 사진의 매체적 특성은 부드럽게 이어지는 연속성을 깨트려 단편화하는 데 있다. 벤야민의 어법으로 말하면 이는 "대상을 그것을 감싸고 있는 표피로부터 벗겨내는"45) 효과가 있다. 그래서 여기에는 정취가 없다. 1950년대 후반 북한 문예의 표현을 빌자면 그것은 '무미건조한 것', '물기가 없는 것', '단편적인 것'46)이다. 다시 벤야민을 인용하면 이러한 파편에는 "보는 사람의 시선에 충만감과 안정감을 부여하는 매질과 같은 것"이 존재하지 않는다. 어떤 논자(벤야민)에게 이것은 해방의 가능성을 시사하는 것이지만 또 어떤 논자들에게 그것은 병적 징후로서 극복되어야 어떤 것으로 보일 것이다. 초기 북한미술은 지금까지 살펴본 대로 후자의 편에 섰다.

이와 관련하여 1950년대 후반 김만형이 제기한 에쮸드(étude)비판은 의미심장하다. 김만형에 따르면 에쮸드는 "구도, 형태, 색채에 있어서 화면 전체가 통일되고 완성되지 않아도 어떠한 일순간의 광선

---

45) Walter Benjamin, 「사진의 작은 역사」(1931), 반성완 역, 『발터벤야민의 문예이론』, 민음사, 1983, 235쪽.
46) 엄호석, 「시대와 서정시인: 상반기 서정시초들을 중심으로」, 『조선문학』, 1957년 제7호, 127쪽.

밑에 어떠한 목적한 부분적인 대상이라도 그것을 국부적으로라도 화폭에 옮겨보려는 련습"47)이다. 이러한 정의를 수용한다면 에쮸드는 '일순간', '국부적인 것'에 관계하는 예술형식이다. 그리고 바로 그때문에 그것은 전체적인 영상이 아니라 단편적 영상을 구현한다. 사진적인 회화를 배격하고 시적인 회화를 추구하는 논자들의 관점에서 본다면 이것은 그 자체로서 존중될 수 없다. 예컨대 김만형은 에쮸드를 작품으로 보는 풍조를 배격하며 작품과 에쮸드를 명확히 구별하자고 주장한다. 그가 보기에 작품으로써의 회화는 한 세계의 형성과 연관된 것으로 에쮸드와는 비교할 수 없는 노력과 시간을 요하는 것이다. 즉 김만형은 세계를 단편화하는 경향에 맞서 지속적인 것, 시간적 연속성을 옹호한다. 이 지속성은 '세계의 인간화', '자연의 시적인 개조'에 대한 요청48)과 만날 것이다.

파편, 단편을 배격하고 지속, 연쇄를 추구하는 경향은 이 시기 사회주의 리얼리즘의 일반적 속성이라 부를 만한 것이다. 가령 1957년 『조선미술』 제3호에 소개된 H. 쥬꼬브의 주장에 따르면 "미술가들은 반드시 예술 수단을 작품의 사상에 복종시켜 자유로히 표현할 줄 알아야 하며 형상의 힘으로 능숙히 처리할 줄 알아야 한다."49) 이런 관점에서 쥬꼬브는 '예술적 테크니끄가 창작을 앞서나가는 현상'을 자연주의적 가식으로 몰아붙인다. 그렇다면 새로운 기술(영화에서의 광폭영사막, 텔레비죤 등등)과 비교하여 미술의 사실적 방법이 뒤떨어진다고 보는 견해는 그릇된 것이다. 쥬꼬브에 따르면 예컨대 왈렌찐

---

47) 김만형, 「우리들의 그림은 왜 다채롭지 못한가?: 소품전을 보고 느낀 몇가지 문제」, 『조선미술』, 1957년 제1호(창간호), 55쪽.

48) 엄호석, 「문학 평론에 있어서의 미학적인 것과 비속 사회학적인 것 」, 『조선문학』, 1957년 제2호, 125쪽.

49) 필자미상, 「쏘베트의 그라휘크: 제1차 전련맹 쏘베트 미술가대회에서 한 H. H. 쥬꼬브의 보충 보고 요지」, 『조선미술』, 1957년 제3호, 14쪽.

쎄로브(Valentine Serov)의 리수노크(데생)는 "사진에서나 사진적인 리수노크에시 흔히 포착되는 것 같은 단일한 모멘트"가 아니라 "묘사되는 사건의 내적인 다이나미끄를 창조하는 모멘트들의 일련의 련쇄가 포착된다"[50]고 주장한다. 1950년대 후반 북한미술가들은 이렇게 '단일한 모멘트'가 아니라 '모멘트들의 일련의 연쇄'를 요구하는 쥬꼬브의 주장을 미술과 사진의 결합을 끊고 미술과 문학(시)의 오랜 연대를 회복하라는 요구로 받아들였다. "서로 모여 앉아 이야기에 꽃이 피면 의례히 "그림이란 시가 있어야 돼"라는 말이 누구 입에서든지 한번은 나오는 분위기"[51]가 바로 그것이다.

그리고 이런 맥락에서 사진의 기계적 특성을 극복할 수단으로 부각된 몽타주 역시 재고의 대상이 됐다. 그 결과 1920년대 아방가르드의 포스터-몽타주 실험은 "기계적으로 사진을 몬타쥬하는 형식주의적 수법"[52]으로 간주되어, 배격되었다. 그 대안으로 제시된 것이 바로 포스터제작에서 "회화적인 수법을 풍부히 하는 것"이다.[53] 이러한 이해에서 포스타에 적용된 단편모음의 방식은 어디까지나 그 자체로는 무의미한 파편들을 모아 하나의 통합적인 대상—매끄럽고 일관된 전체—으로 만드는 것으로 간주된다. '하나의 총체적인 대상을 교란하고 방해하는 파편화의 전략', 곧 역사적 아방가르드의 단편모음 방식에 대해 그들은 알지 못했거나 알았다 하더라도 무시했다.

---

50) 위의 글, 14쪽.
51) 박문원, 「그림과 시」, 『조선미술』, 1957년 제1호(창간호), 60쪽.
52) 필자미상, 「포스타에 대하여」, 『조선미술』, 1957년 제3호, 63쪽.
53) 위의 글, 63쪽.

6. '특이한' 또는 '다른' 근대

지금까지 주로 그 형성기에 초점을 맞춰 북한미술이 '새로움'이라는 근대적 가치를 어떤 방식으로 다뤄왔는가를 살펴보았다. 그 과정을 살펴보면 북한미술의 '새로움'은 한편으로 "인류 역사상의 가장 선진적인 유일의 사회주의 쏘베트국가"[54]로 간주된 소련미술(사회주의 리얼리즘 미술)에의 지향과 다른 한편으로 주어진 조건, 또는 그 자체의 현실에서 빚어진 새로움에의 요구 사이에서 형성, 전개되고 있음을 관찰할 수 있다. 그 결과로서 제시된 미술은 미술의 근대, 또는 근대미술의 새로움에 대한 우리의 일반적인 이해와 배치되거나 많이 벗어나 있다. 하지만 그렇다고 해서 그것을 "새롭지 않다"고 평할 수도 없다. 그래서 그것은 최대한 선입견을 배제하고 그것을 해석, 평가하려는 논자에게조차도—아래 인용문에서 보듯—쉽게 납득될 수 없는 어떤 것이다.

"과연 채색화가 우리 본래의 전통적 양식인가 하는 논의와, 화사하고 부드럽고 고상한 색채만이 전래로 한국인이 좋아하는 색채 체계인지에 대한 검증은 일단 차지해놓고 또 여기다 내용에 있어 천편일률적인 일인 우상화로 집약되는 경직성에도 불구하고 하나의 양식으로서 조선화를 성립시키고 있다는 점은 긍정적인 한 단면이라고 하지 않을 수 없다."[55]

어떻게 선명성과 간결성이란 특징에만 얽매여 삶의 다양한 측면을 조형적으로 소화시키려 하지 않았을까. 어둠이 없는 밝음, 비판이 없는 체제

---

54) 백남운(1950), 『쏘련인상』, 선인, 2005, 9~10쪽.
55) 오광수, 『한국현대미술사』, 열화당, 1995, 275쪽.

순응적 창작이란 무엇인가. 부실한 기반을 연상하게 한다. 시각의 다변화가 논의의 관건이 된다.[56)]

이렇게 납득 불가능한 것은 그 자체 '특이한 근대', 또는 '다른 근대'의 징후일 것이다. 그것은 그 존재 자체로 '근대'란 우리가 쉽사리 거머쥘 수 없는 어떤 것임을 증언한다. 그런데 그 '특이한 새로움'은 지금 어떤 상태인가? 이 경우 북한미술의 형성, 전개과정에서 보편적 근대의 준거틀로 기능했던 소비에트 사회와 사회주의 리얼리즘 미술의 몰락을 주목할 수 있다. 소비에트 미술의 소멸은 북한미술 형성, 전개의 원동력이었던 보편−특수의 양자 가운데 보편의 축이 사라졌다는 것을 의미한다. 그 대응으로 미술의 모든 양상과 문제를 수령의 이름으로 제시한 단행본『김정일 미술론』(1992)이 출간됐으나 이것은 도그마로 기능하며 새로운 것이 다시 새로운 것으로 갱신될 가능성을 차단하는 모양새다.[57)] 따라서 이 글에서 논의한 북한미술의 '새로움'은 이미 (다시 바르트를 빌려) '텅빈 기표'다. 그 '텅빈 기표'가 누군가에게 다시금 새롭게 의미작용하며 새롭게 갱신될 수 있을지 여부는—현재로서는—매우 불투명해 보인다.

---

56) 윤범모, 「북한미술의 특징과 조선화의 세계」, 『한국근대미술: 시대정신과 정체성의 탐구』, 한길아트, 2000, 482쪽.
57) 가령 이 책의 저자는 이렇게 말한다. "시대가 발전하고 혁명이 전진하는데 따라 인민대중의 지향과 요구는 끊임없이 높아지며 미술 앞에는 새로운 과업이 제기된다. (…중략…) 현실 발전의 요구에 맞게 사회주의미술의 시대적과제를 원만히 수행하기 위하여서는 모든 미술가들이 주체의 미학관으로 튼튼이 무장하고 당의 문예방침을 철저히 관철하여야 한다." (김정일, 『미술론』, 조선로동당출판사, 1992, 181쪽.)

참고문헌

김만형,「우리들의 그림은 왜 다채롭지 못한가?: 소품전을 보고 느낀 몇가지 문제」, 『조선미술』, 1957년 제1호(창간호).

김순영, 「선명성과 간결성에 대한 리해」, 『조선미술』 1966년 제5호.

김정일, 『미술론』, 평양: 조선로동당출판사, 1992.

김주경, 「조선미술유산의 계승문제」, 『문화전선』, 1947년 제3호.

김재률, 「민족적 특성 구현에서 내용과 형식」, 『조선미술』, 1966년 제9호.

김재원, 「분단국과 사회주의미술: 舊동독과 북한의 미술을 중심으로」, 『미술사학보』 제21호, 2004.

김지웅, 「유화구도에서 함축과 집중」, 『조선예술』, 2005년 제3호.

김창석, 「문학 예술의 민족적 특성에 대하여」, 『조선문학』, 1959년 제4호.

맹철남, 「사진촬영가의 새롭고 특색있는 착상」, 『조선예술』, 2012년 제3호.

민경현, 「러시아 혁명과 민족주의」, 『史叢』 제59집, 2004.

박문원, 「그림과 시」, 『조선미술』, 1957년 제1호(창간호).

엄호석,「문학 평론에 있어서의 미학적인 것과 비속 사회학적인 것 」, 『조선문학』, 1957년 제2호.

_____, 「시대와 서정시인: 상반기 서정시초들을 중심으로」, 『조선문학』, 1957년 제7호.

오광수, 『한국현대미술사』, 열화당, 1995.

윤범모, 『한국근대미술: 시대정신과 정체성의 탐구』, 한길아트, 2000.

이문빈, 「사진동맹 4년간의 회고와 전망」, 『문학예술』, 1949년 제8호.

이종석, 『(새로 쓴) 현대북한의 이해』, 역사비평사, 2000.

정현웅, 「불가리아 기행」, 『조선미술』, 1957년 제1호(창간호).

조인규, 「유화에서의 〈밝음〉에 대하여」, 『조선미술』, 1962년 제7호.

탁성식, 「부르죠아 형식주의 미술의 반동적 본질과 해독성-2」, 『조선미술』, 1966
년 제6호.

필자미상, 「쏘베트의 그라휘크: 제1차 전련맹 쏘베트 미술가대회에서 한 H. H.
쥬꼬브의 보충 보고 요지」, 『조선미술』, 1957년 제3호.

Barthes, Roland, 이화여자대학교기호학연구소 역, 『현대의 신화』, 동문선, 1997.

Groys, Boris. "The Total Art of Stalinism: Avant-Garde, Aesthetic Dictatorship, and
Beyond", trans. Charles Rougle, London; Verso, 2011.

John, Ehrhard, 임홍배 역, 『마르크스레닌주의 미학입문』, 사계절, 1989.

Martin, Neil A., "Marxism, Nationalism, and Russia", *Journal of the History of Ideas*,
vol. 29, No. 2 Apr.~Jun., 1968.

전후 복구시기 북한 노동계급의 성격화 양상

: 윤세중의 『시련속에서』와 1950년대 노동현장

오창은

1. 노동의 '활력', 문학의 '생동'

1953년 7월 27일 휴전협정이 조인된 이후, 8월 5일 조선노동당 중앙위원회 제6차 전원회의가 개최되었다. 이 회의에서 '인민경제의 복구와 건설을 위한 3단계 방안'이 결정되었고, 1954년부터는 '인민경제 복구 발전 3개년 계획(1954~56)이 추진되었다. 제6차 전원회의는 휴전 이후 전쟁을 결산하고, 피폐해진 경제를 어떤 과정을 걸쳐 복구할 것인가에 관해 논의하는 자리였다.

3년 1개월여에 걸친 한국전쟁으로 남북한에서 150만 명의 사망자와 360만 명의 부상자를 냈고, 한반도 전역이 피폐화되었다.[1] 자료에 의하면, 8,700여 개의 공장과 기업이 파괴되어 1953년의 생산수준이

---

[1] 강만길, 『고쳐 쓴 한국현대사』, 창작과비평사, 1994, 226쪽.

1943년에 비해 74%로 떨어졌다고 한다. 전쟁 이후 북한의 생산력은 1949년도에 비해 전력 26%, 연료 11%, 야금 생산 10%, 화학 생산 22%로 하락했다. 또한, 철광석, 선철, 천연구리, 천연납, 모터 변압기, 코크스, 황산, 화학비료, 카바이드, 가성소다, 시멘트 등의 생산 시설은 완전히 파괴되었다.[2]

조선노동당 중앙위원회 제6차 전원회의의 의제는 이러한 폐허 상태의 북한을 어떻게 재건할 것인가로 모아졌다. 이 회의 이후 김일성은 전후 복구를 위해 9월 10일부터 25일까지 소련을 방문해 10억 루블의 원조를 받아냈고, 11월 12일부터 22일까지 중국을 방문해 8만 억 원(구화폐)의 원조를 제공받았다. 이 원조는 대부분 김책제철소, 성진제강소, 남포제련소, 수풍발전소 등과 같은 국가 기간 사업과 평양방직공장, 육류종합공장 등 소비재 산업 부문의 복구 및 신설에 사용되었다. 이러한 일련의 복구 및 건설 과정은 눈이 부실 정도로 대단한 것이었다. 중공업 위주의 전후 복구는 '사회주의적 공업화'의 추진과 '중공업 우선과 경공업·농업의 동시 발전'이라는 방침에 따른 것이었고, 생산 분야에서 괄목할 만한 성장으로 이어졌다. 이 시기 남한을 추월한 경제 성장은 다양한 지표를 통해서도 여실히 드러난다. 1961년을 기준으로 해서 북한은 남한보다 석탄에서는 2:1, 전기에서는 5.7:1, 철에서는 16:1, 비료에서는 10:1, 면직에서는 1.7:1, 어획고에서는 1.4:1, 시멘트에서는 4.3:1로 각각 앞섰다.[3]

---

2) 알렌, 브룬·재퀴스 허쉬, 김해성 옮김, 『사회주의 북한: 북한 경제발전 연구』, 지평, 1988, 65~66쪽.

3) 이는 김학준이 '1967년 조순승(趙淳昇) 교수의 논문'을 인용해 제시한 지표이다. 덧붙여 김학준은 "1954~60년 기간에 연평균 20.3%의 높은 성장을 과시하면서 1960년대에 도달되는 북한 경제 전성기의 기초"를 형성했고, "북한의 모든 주민에 대한 무상 치료제가 모든 지역에서 실시"되었다고 그 시기 경제 계획의 성과를 높이 평가했다. (김학준, 『북한 50년사』, 두산동아, 1995, 206~207쪽.)

수치상으로 나타나는 이런 성장의 이면에는 열정적인 대중운동이 있었음을 유추할 수 있다. 대중의 자발적 동의와 합의를 거쳐 이루어진 '전후 복구시기의 비약적 경제발전'은 북한사회의 성장원동력이었다. 이 시기 북한사회의 활력은 대중운동과 더불어 이뤄진 것이며, 문화 영역에서의 다양한 합의 기제들이 작동했기에 가능했다. 흔히들, 1950년대 북한 대중 동원은 '천리마운동'과 같은 국가 기구의 총동원 시스템만을 주목하는 경향이 있다. 천리마운동이 1956년 12월 전원회의에서 제기되었다는 사실에 비춰볼 때, 초기 공장 조직 내에서의 군중동원이나 실상에 대한 논의는 상대적으로 소략하다. 그 논의를 북한문학 영역에서 구체적으로 살필 경우, 북한사회의 활력이 어떤 문학적 생동과 연결되어 있는지를 확인할 수 있을 것으로 보인다.

윤세중의 『시련속에서』(1957)[4]는 1950년대 북한문학을 대표하는 작품이며, 남북한문학사를 통틀어서도 주목할 만한 '노동문학'으로 꼽을 수 있다. 이 작품은 북한의 전후 인민경제 복구 3개년 계획 시기에 중공업 분야에서 전개된 '제철소 복구' 과정을 소재로 삼았다. 한국전쟁 이후 북한 노동현장의 풍경을 사실적으로 담고 있을 뿐만 아니라, 생동하는 인물 형상이 돋보이는 작품이기도 하다. 북한문학사는 이 작품을 높은 문학적 가치가 있는 1950년대의 대표작으로 꼽는다. 『시련속에서』는 "사회주의 건설을 위하여 악전 고투하는 로동계급의 영웅적 형상"을 담았을 뿐만 아니라,[5] "강철생산을 둘러싸고 사람 속에서 벌어지는 새것과 낡은것 사이의 심각한 투쟁을 보여 주고 있으며 새것은 반드시 승리한다는 것을 예술적으로"[6] 그려낸 작

---

4) 윤세중, 『시련속에서』, 조선작가동맹출판사, 1957.
5) 조선민주주의 인민공화국 과학원 언어 문학연구소 문학연구실, 『조선문학통사』(하), 과학출판사, 1959, 287쪽.
6) 사회과학원 문학연구소, 『조선문학사』(1945~1958), 과학백과사전 출판사, 1978, 304쪽.

품으로 평가한다. 이러한 평가는 비교적 일관된 것으로 "해방후 새로 자라난 인테리들이 전후 복구건설에서 얼마나 큰 역할을 하는가를 잘 보여"[7] 준 작품으로 일컬어진다. 또한, "이 시기(전후 복구건설시기) 문학에서 일부 나타났던 도식주의적, 기록주의적 경향을 극복하고 로동계급의 생활과 투쟁을 그리는데서 새로운 사상예술적 경지를 개척하였으며 우리 소설문학의 형상 수준을 한단계 끌어오리는데 기여한 의의있는 작품"[8]으로 고평되고 있다.

남한에서 윤세중의 『시련속에서』에 대한 연구는 많지는 않지만 지속적으로 이뤄져 왔다. 서경석은 1950년대 북한문학을 윤세중의 작품을 중심으로 살피면서 처음 『시련속에서』에 대한 관심을 표명했다.[9] 『시련속에서』는 아니지만, 홍혜미는 윤세중이 1930년대를 시대적 배경으로 평범한 아내였던 황을숙이 노동자로 성장해 가는 과정을 그린 『아내』(1965)를 대상으로 하여 인물의 갈등양상을 분석한 바 있다.[10] 『시련속에서』에 대한 남한 연구자의 신랄한 비판으로는 신형기의 논의를 꼽을 수 있는데, 그는 이 작품이 "충실한 상투형"이며 도식적이라고 비판했다.[11]

이러한 다양한 논의에도 불구하고 『시련속에서』에 대한 보다 진전된 논의가 필요하다. 이 작품은 1950년대 북한문학의 대표적인 성과작으로 꼽힌다. 또한, 남북한문학사를 통틀어 노동문학의 한 성취를 보여 주고 있고, 실제 체험에 입각해 1950년대 북한 노동현장의 풍경

---

7) 박종원·류만, 『조선문학개관』(2), 사회과학출판사, 1986, 210쪽.

8) 리기주, 『조선문학사』 12, 사회과학출판사, 1999, 121쪽.

9) 서경석, 「1950년대 북한문학의 한 양상: 윤세중의 소설을 중심으로」, 『1950년대 문학연구』, 예하, 1991.

10) 홍혜미, 「인물의 갈등 양상으로 본 윤세중의 〈아내〉」, 『인문논총』 제9집, 창원대학교 인문과학연구소, 2002.

11) 신형기, 『북한문학사』, 평민사, 2000, 190쪽.

과 인물들을 그려 내고 있다. 무엇보다『시련속에서』는 1950년대 후반 북한문학 내에서 벌어졌던 '공산주의 전형 창조' 논쟁의 핵심적인 텍스트이다. 이 작품에 대한 논의를 통해 북한문학 내에서 '사회주의적 인간형, 노동계급의 성격화'가 어떤 방식으로 이뤄졌으며, 이에 대한 북한문학사의 논쟁이 지향했던 바는 무엇이었는지를 파악할 수 있다. 또한, 전후 복구시기 북한 내부에서 대중의 자발적 동의와 참여가 이뤄지는 방식, 노동현장에서 당의 지도가 관철되는 양상을 문학텍스트를 통해서 살필 수 있다. 논의를 진전시키기 위해 윤세중의 작가적 이력을 북한 문헌을 통해 재구성한 후, 노동계급의 성격화와 갈등의 양상, 그리고『시련속에서』를 둘러싼 컨텍스트에 관해 고찰하고자 한다.

2. 식민지 시대의 작가에서 '노동자들이 사랑한 작가'로

작가 윤세중(1912~1965)은 1912년 1월 4일 충남 논산에서 태어나, 10세 때 부모를 따라 함경북도 선봉지방으로 이주했다. 그는 간도의 영신중학교에서 수학했으며, 국경지대에서 교원생활을 하기도 했다.12) 이후 문학에 뜻을 두고 상경하여 모종의 사건에 연루되어 서대문형무소에서 복역했다. 북한문학사는 윤세중의 감옥생활이 김일성

---

12) 윤세중은『인문평론』창간 1주년 기념 '현상대모집'에서 장편소설 부문 '생산소설'에 장편『白茂線』이 당선되었다. 그의 약력은『인문평론』1940년 11월에 다음과 같이 기록되어 있다. "作家略曆 明治四十五年 論山에서 出生함. 十世에 咸北으로 轉居. 間島 永新中學을 하고 國境地帶에서 教員生活을 하다가 文學에 뜻을 세우고 二十二才 上京「深求」, 「新時代」等의(壽命은 짧었으나) 同人을 거쳐 昭和十一年「朝鮮文學」新春懸賞文藝에『그늘밑사람들』이 當選. 以後同十二年까지에 同誌에『明朗』『路邊』外 二三의 短篇을 냈다. 그後, 朝文誌의 停刊과 더부러 별반 作品行動이 없이 今日에 이르다." (『인문평론』2권 11호, 1940년 11월호, 인문사, 60쪽.)

의 영향 아래 조직된 '조산반일청년회' 활동 때문인 것으로 보고 있다. '주산반일청년회'는 라서시 조사리에서 조직된 단체를 지칭한다. 그의 감옥생활도 "무기생산, 적정탐지, 삐라살포 등 반일 투쟁을 적극 벌리다가 일제놈들에게 체포되어 약 4년간 서대문형무소에서 감옥생활"을 한 것으로 기록한다.[13]

윤세중은 1936년 〈조선문학〉 신춘응모문예에 「그늘 밑 사람들」이 당선되어 등단했다. 이 작품은 1년여 동안의 감옥생활 경험이 있었기에 창작할 수 있었던 작품이라고 한다. 「그늘 밑 사람들」은 장춘단 고개를 넘어 다니는 '인부'가 주인공으로 등장한다. 이 노동자는 한때 사상운동을 하다가 감옥살이를 한 이력을 지닌 인물로, 시대와 타협하지 않고 하층 노동자의 길을 선택했다. 이 소설은 함께 사상운동을 했던 친구가 그에게 '현실과 타협'을 권하지만 이를 거부하고, 동지의 유언을 되새기는 내용을 담고 있다. 윤세중은 자신의 등단작을 회고하며, 그 작품이 "서울에서 일본인이 벌려 놓은 건축 공사장에 다녔는데 한번은 일본인 주임과 충돌이 생"겨 그때 착상하게 되었다고 밝혔다. 그때의 굴욕감과 민족적 멸시감이 작품 창작을 자극했다는 것이다.[14] 그는 「그늘 밑 사람들」에 이어 「명랑」(1937), 「로변」(139) 등을 발표했으나, 문단의 주목을 그다지 받지는 못했다.

윤세중이 주목을 받기 시작한 것은 장편 『白茂線』이 『인문평론』 창간 1주년 기념 현상공모에 뽑히면서였다. 심사위원으로 김남천, 임화, 이원조, 최재서가 참여했고, '생산소설' 부문 장편소설에 당선되었다. 장편 『백무선』은 『인문평론』이 1941년 4월호가 폐간되자, 연재가 중단되었다. 당시 『인문평론』의 작품공모가 "생산소설: 農村이

---

13) 리기주, 『조선문학사』 12, 사회과학출판사, 1999, 111쪽.
14) 윤세중, 「처녀작을 쓰던 때」, 『창작과 기교』, 조선문학예술총동맹출판사, 1965, 104쪽.

나 鑛山이나 漁場이나를 勿論하고 씩씩한 生産場面을 될수있는대로 報告的으로 그리되 그 生産場面에 나타나있는 國策이 있으며 그것도 考慮할 일"[15]이라고 명기되어 있다.

해방 후 그의 작가 생활은 만만치 않은 도전에 직면했다. 윤시철의 기록에 의하면, 1947년경 젊은 작가들이 모인 자리에서 윤세중은 "당신은 새 세대의 작가일 수 없지 않은가?"라는 질문을 받았다고 한다. 황건, 박웅걸, 리상현 등이 모여 있던 이 자리에서 윤세중은 1940년대부터 작품 발표를 해 왔던 현경준, 리동규, 최인준과 같은 연배 있는 작가로 취급되었던 것이다.[16] 해방직후 북한문단은 윤세중을 식민지 시대 작가로 간주했다. 윤세중은 이 와중에서 북한에서의 토지개혁을 긍정적으로 그려낸 「선화리」(1947), 「안골동네」(1948), 「어머니」(1949) 등을 창작했고, 전쟁 시기에는 종군작가로 활동하며 「분대장」(1951), 「편지」(1951), 「구대원과 신대원」(1952), 종군기 「〈삼심령〉, 〈함정골〉」(1952) 등을 발표했다.

윤세중이 북한문학사에서 조명을 받기 시작한 것은 장편소설 『시련속에서』(1957)를 내놓으면서부터였다. 『시련속에서』는 대중적으로도 크게 성공한 작품으로 제철소 노동자들의 반응이 뜨거웠다. 김선려의 논문에 의하면, 제철소 노동자들은 이 작품을 읽고 "작품에 나오는 부정인물인 박봉서가 어느 한때 직공장을 하던 누구와 비슷하다고 수군거렸"다고 하며, "어느날 박봉서라고 지목된 그 로동자가 한밤중에 윤세중의 집문을 두드렸는데 그 때 작가는 문학작품의 전형이란 어떤 것인가에 대하여 이야기해 주느라고 진땀을 뺐다"고 한다.[17] 그의 다음 장편인 『용광로는 숨쉰다』(1960)도 1956년 가을부터

---

15) 인문사, 「창간1주년 기념 현상대모집」, 『인문평론』 2권 3호, 1940년 3월호, 인문사, 204~205쪽.
16) 윤시철, 「윤세중의 작품 세계」, 『조선문학』, 1960년 11월호, 조선작가동맹출판사, 113쪽.

1958년 5월까지를 시간적 배경으로 황해제철소의 노동자들이 자력 갱생의 정신으로 전후 복구 사업을 완료하는 과정을 그려 냈다. 이 작품도 천리마시대 노동계급의 영웅적 행위를 그려낸 작품으로 고평된다.

그 외에도 그의 작품으로 대안전기공장 생활을 그린 장편소설『끝없는 열정』(1965)과 여성노동자의 성장을 그린 장편소설『아내』(1965) 등이 있다. 북한에서 윤세중은 노동자와 함께 한 작가로 기억된다. 1965년 12월 24일, 윤세중이 세상을 떠나자 이 소식이 가장 빨리 전해진 곳은 '황해제철소'였다. 황해제철소는 작가가 1954년경부터 '창작기지로 정하고 5년여의 기간동안 생활'했던 곳이었다. 황해제철소 노동자들은 작가의 임종 소식을 듣고 몰려들었으며, 영구도 직접 메며 그의 죽음을 애도했다고 한다.[18] 그의 대표작인『시련속에서』와『용광로는 숨쉰다』가 바로 황해제철소를 배경으로 한 작품이었다. 그는 이 작품들을 통해 북한 노동자들이 사랑한 작가로 거듭난 것이다.

3. '이상화된 주인공'과 '이상적 주인공'

윤세중의『시련속에서』는 총 12장으로 구성된 원고지 1천 7백 매 분량의 장편소설이다. 이 소설의 시대적 배경은 정전 한 달 후인 1953년 8월경부터 이듬해인 1954년 가을까지다. 공간적 배경은 대부분 대동강이 바라다 보이는 '××제철소'로 설정되어 있다. '××제철소'는 작가 윤세중이 1955년부터 만 2년 동안 있었던 '황해제철소'로

---

17) 김선려,「작가 윤세중의 창작에서 전형화의 특성」,『사회과학원보』, 2005년 제1호, 사회과학출판사, 2005, 29쪽.

18) 윤종성 외,『문예상식』, 문학예술종합출판사, 1994, 230~231쪽.

보아도 무방할 듯하다.

이 소설은 전후 복구시기 폐허로 변한 제철소를 재건하기 위한 노동자들의 헌신적인 노력을 그리고 있다. 이 시기 노동자들의 자발성이 어떤 이념적 합의에 근거하고 있으며, 그 원천적 힘은 어디서 나오는가가 이 소설에는 사실적으로 형상화되어 있다. 소설에는 크게 두 가지 사건이 등장하는데, 그 하나는 제철소 평로를 일제강점기에 만들었던 기존의 50톤로로 복구할 것인가, 아니면 새로운 기술 도입을 위해 100톤로로 확장할 것인가다. 다른 하나는 T번호 특수강 생산을 둘러싸고 벌어지는 '낡은 것'과 '새것'의 투쟁이다. 이 투쟁은 림태운을 중심으로 한 김유상, 유갑석 등의 애국적 열정과 김대준을 중심으로 한 박봉서, 리재호의 보수주의, 경험주의, 공명출세주의의 충돌로 극적 긴장을 형성한다. 이 소설은 1950년대 시대가 요구하는 '중공업을 우선적으로 발전시키고자 했던 당의 정책을 제철소에서 관철시킨' 노동자의 노력을 형상화한 상투적인 작품으로 볼 수도 있다.

그런데 북한문학사에 이 작품이 높이 평가되는 이유는 그리 간단치 않다. 즉, 이 작품은 '복구 건설'을 그렸다는 데 의의가 있는 것이 아니라, 노동계급의 성격과 행동을 사회주의적 사실주의 창작 방법에 의해 그려 냈다는 의의가 있다는 것이다. 『시련속에서』가 간행된 직후, 본격적인 작품론을 발표해 고평한 윤세평은 "≪시련속에서≫는 평로 복구 건설에 관한 이야기인 것이 아니라 평로를 복구 건설하는 사람들의 이야기"[19]라고 짚어 냈다. 실제로 이 작품은 인물의 형상이 핍진하고, 성격화가 구체적이어서 사실성이 뛰어나다. 이러한 사실주의적 경향으로 인해 『시련속에서』는 1950년대 북한문학의 '사

---

19) 윤세평, 「사회주의적 로동의 주제와 형상 문제: 장편소설 ≪시련속에서≫를 중심으로」, 『조선문학』, 1958년 7월호, 조선작가동맹출판사, 1958, 139쪽.

회주의적 사실주의의 성취작'으로 꼽힌다.

『시련속에서』가 포착한 1950년대 인물 군상은 작가의 현장경험과 밀접한 관련이 있다. 작품이 출간된 직후, 〈문학신문〉 기고문에서 윤세중은 다음과 같이 심정을 토로한 바 있다.

> 지난 일년은 나의 창작 ○○에서 어느 때보다도 의의 있는 해라고 생각한다. 그것은 해방 후로는 첫 장편인 ≪시련속에서≫를 완성할 수 있었기 때문이다.
>
> 이 장편을 쓰기 위해 나는 황해 제철소에 나가 만 2년 동안 있었다. 이 사이 나는 많은 새로운 것을 보았으며 새로운 인간들과 사귀었다. 나는 이 형상들을 빨리 작품화하고 싶어 견딜 수 없었다. 그러나 내가 지난 2월에 황해 제철소를 떠나게 되었을 때 나는 겨우 300매의 초고를 썼을 따름이었다.
>
> 나는 초조한 대로 쓰던 초고 뭉텅이를 들고 량강도로 왔다. 혜산으로 오자 나는 병에 눕게 되었다. 나의 초조는 정점에 올랐다. 나는 의사의 충고도 무시하고 자리우에 일어나 앉아 배개를 포개 놓고 이불을 뒤집어 쓰고 집필을 계속하였다. 하루 30매를 넘기지 않으면 눕지를 않았다. 정말 내간엔 기적적인 정열이 솟아났다. 1천 7백 매의 초고가 거의 끝날 무렵 병도 나았다.
>
> 나의 책상 우에는 지금 이 해에 실천하지 못한 여러 장의 원고 의뢰서가 그대로 놓여 있다.
>
> 그 원인은 현지를 떠나 열 달이 되는데 그새에 벌써 내 머리 속은 뽀얀 안개가 끼여지고 있기 때문이 아닌가! 이 안개를 벗기기 위하여 새해가 되면 현실 탐구에 더욱 충실해야겠다.
>
> 현지를 떠나서는 내 창작 생활은 생각 할 수 없기 때문이다.[20]

이 짤막한 글은『시련속에서』의 창작배경을 유추할 수 있도록 해준다. 윤세중은 황해제철소에서 만 2년 동안 노동자들과 함께 생활했다. 이는 정전 직후인 1953년 9월에 소집된 '전국 작가 예술가 대회'에서 토의된 내용에 따라 결정된 '작가 현지 파견 사업'의 일환으로 보인다. '전국 작가 예술가 대회'에서는 사실주의적 전형과 새 것과 낡은 것의 갈등과 모순을 생동감 있게 그리기 위해 '근로 인민의 생활과 사업 속으로 들어'갈 것을 작가들에게 요구했다. 이 노력의 최고 성과작으로 윤세중의『시련속에서』가 꼽혔다.[21] 작가는 이 현장 경험을 통해 평로공들을 근거리에서 관찰하며, '사고하는 것, 언어들, 취미들, 마음쓰는 것들'까지 세심하게 살폈다. 이를 통해 김유상, 유갑석, 서만덕, 박봉서 등과 같은 구체적 인물 형상이 그려졌다. 이는 현실에 대한 사실적 접근이 이뤄낸 성취라고 볼 수 있다. 하지만, 초창기『시련속에서』가 발표되었을 때, 이러한 사실주의적 경향 때문에 만만치 않은 논쟁에 휩싸이기도 했다.

앞에서 언급한 윤세평의 평론은『시련속에서』의 성취가 '생산 현장'의 포착이 아닌, '고투하는 인간의 형상'에 있음을 분명히 함으로써, 노동자의 성격화, 공산주의적 인간 형상'의 문제에 관한 논쟁을 불러일으켰다. 김재하는 윤세평의 논의를 이어받아 당 위원장 박창민의 형상이 "당 일군으로서의 개성이 뚜렷하지 못하다"는 비판을

---

20) 윤세중, 「시련속에서」, 『문학신문』, 1957년 12월 26일자, 문학신문사, 3면.

21) "또 이와 함께 작가들을 공산주의적 당성과 로동 계급의 사상으로 무장시키기 위하여 당의 적절한 조치로 작가들의 현지 파견 사업을 더욱 개선하며 작가들이 직접 창조적 로동에 참가하여 근로자들의 사상 감정에 침투하게 하였다. 이리하여 태반의 작가들이 공장과 광산, 농촌과 어촌 등 사회주의 건설의 현장에 파견되어 창조적 로력에 직접 참가함으로써 자기들의 창작과 생활과의 련계를 더욱 밀접하게 하였다. (…중략…) 로동 계급을 주제로 한 작품들 중 윤세중의 장편 소설 《시련속에서》를 비롯한 많은 단편 소설 들에는 우리 나라 로동 계급의 영웅적 성격과 사회주의 건설을 완성하기 위한 그들의 불요불굴의 정신 세계가 예술적 화폭 속에 진실하게 반영되었다." (조선민주주의 인민공화국 과학원 언어 문학연구소 문학연구실, 『조선문학통사』 (하), 과학원출판사, 1959, 280~281쪽.)

가했다. 김재하는 "당 위원장의 형상은 그 개체의 의의로서 끝나는 것이 아니라, 우리의 당을 보여 주며 우리 시대의 리상과 ㄱ의 실현을 위한 영웅적 조선 인민의 투쟁의 진면모를 밝힘에 있어서도 의의가 있는 것이다"라는 다소 경직된 주장을 펼쳤다.22) 이어 연장렬은 림태운의 성격화에 대해서도 문제제기를 함으로써 『시련속에서』에 대한 비판을 전면화했다. 연장렬은 "로동자 출신의 새로운 형의 기사 즉, 자기 계급과 혈연적으로 련결되고 로동자 대중에 의거하지 않을 수 없는 그런 혁명적이며 락관적인 새형의 기사의 모습 대신에 다만 하나의 인테리, 즉 로동자 생활이란 해 보지도 못하던 그런 사람이 공장으로 찾아 온 것 같이 표현"되었다고 지적했다.23) 림태운의 형상이 노동자 계급의 전형을 획득하지 못하고 있으며, 당적 인간이 지녀야 할 내면세계와 행동세계를 보여 주지 못했다는 것이 연장렬의 주장이다. 김민혁도 림태운이 "보다 용감하고 완강한 성격과 불요불굴의 투지의 소유자"였다면 더 좋았을 것이라는 아쉬움을 표현했다.24)

김재하·연장렬·김민혁은 소설에서 형상화된 인간형을 '공산주의적 이상'에 맞춰 평가하려는 경직성을 드러냈다. 그들은 '전형'을 현실 속에서 구현해야 한다고 보기보다는 '이념' 속에서 도출해 내야 한다고 주장했다. 이렇다보니 경직된 시선으로 『시련속에서』에 형상화된 당 일꾼의 형상을 평가했고, 이러한 태도가 문학에까지 '교조적 이념'을 강요하는 방향으로 이어질 개연성을 갖고 있었다. 이는 1950

---

22) 김재하, 「로동의 주제에서 제기되는 몇 가지 문제」, 『조선문학』, 1959년 2월호, 조선작가동맹출판사, 1959, 141쪽.
23) 연장렬, 「시대의 영웅: 로동 계급의 긍정적 주인공」, 『조선문학』, 1959년 3월호, 조선작가동맹출판사, 1959, 134쪽.
24) 김민혁, 「문학의 현대성 문제와 로동 계급의 집단적 영웅주의」, 『조선문학』, 1959년 5월호, 조선작가동맹출판사, 1959, 135쪽.

년대 북한문학비평의 한 경향이었다고 할 수 있다. 그런 의미에서 김하명의 논의는 사려 깊은 측면이 있다.

김하명은 이러한 경직된 비판에 대해 반박하며 새로운 의견을 제시했다. 그는 우선 '이상화된 주인공'과 '이상적 주인공'을 구분해야 한다고 주장했다. 그가 주장하는 '이상적 주인공'은 "개별적 행동, 태도와 사색이 모두 모범적이여야 한다는 의미에서가 아니며, 이미 완성된 성격을 념두에 두고 있는 것이 아니다"라고 말한다. 그것은 "많은 난관과 애로를 극복하는 그의 투쟁 과정의 묘사나, 또 그 투쟁 행정에 체험하는 희비애락의 묘사를 배제하지 않"는 존재인 것이다.25) 이상화된 주인공으로서 완벽한 인물이 아니라, 고뇌하며 투쟁하는 인물이 '이상적 주인공'이라는 것이 김하명의 주장이다. 김하명은 연장렬과 김민혁의 『시련속에서』에 대한 비판을 반박하며, "노동자 출신 인테리로서의 새로운 기질"26)이 온당하게 표현되어 있다고 윤세중을 옹호했다. 연이어 엄호석이 김하명의 논의를 긍정하고, 연장렬과 김민혁의 논의를 비판함으로써 '공산주의적 전형'에 대한 논쟁은 일단락되었다.27)

김하명의 주장은 도식주의적 경향으로 흐를 수 있는 문학에 대한 성찰을 촉구하고 있기에 의미가 있다. 문학적인 것과 정치적인 것의 첨예한 대립 양상을 이 시기 평론가들의 논의에서 확인할 수 있다. 김재하, 연장렬, 김민혁의 논의는 이념형에 충실한 현실 정치의 영역에서 문학을 평가하고 있는 측면이 강하다. 그들은 1950년대 문학이 감당해야 할 '공산주의적 인간형', '노동계급의 성격'을 완벽한 전형

---

25) 김하명, 「공산주의 문학 건설과 긍정적 주인공의 형상화에서 제기되는 몇 가지 문제」, 『조선문학』, 1959년 6월호, 조선작가동맹출판사, 1959, 129쪽.

26) 위의 글, 131쪽.

27) 엄호석, 「공산주의적 교양과 창작의 질적 제고를 위하여」, 『조선문학』 1959년 8월호, 조선작가동맹출판사, 1959.

으로 설정했다. 이러한 전형은 '완성형의 인간'이기에 '결여형의 인간'보다는 덜 매력적일 수밖에 없다. 또 다른 측면에서 인간과 현실의 상관성을 고려하지 않은 채, 인간의 성격화만을 논한 것이기에 낭만적 측면까지 안고 있다고 할 수 있다.

완벽한 주인공에 대한 열망이 오히려 현실을 왜곡할 수 있다는 측면에서 김하명의 주장은 타당한 것이다. 김하명은 '이상화된 주인공'과 '이상적 주인공'의 구분을 통해, 사회주의 사회에서도 지속적으로 논의되어야 할 '인간에 대한 문학적 탐구'의 폭을 넓혔다. 그는 『시련속에서』라는 구체적 텍스트를 통해 '혁명적 낭만주의'에 침윤되었던 1950년대 후반 북한 평론계의 흐름을 비판하는 냉정한 태도를 견지했다. 이는 다른 측면에서 볼 때, 『시련속에서』가 '중공업 중심의 전후 복구' 이념에 대한 서사화에도 불구하고 인간형의 형상화에서는 사실주의적 측면이 돋보였음을 보여 주는 것이기도 하다.

4. 시대와 인간: 『시련속에서』의 인물 성격화 양상

그렇다면, 『시련속에서』에 등장하는 인물군상들은 어떤 특징을 지니고 있을까? 이에 대한 구체적 논의를 통해 1950년대 북한사회의 실상과 무의식적 열망을 읽어 내고자 한다. 이 소설의 기본적인 갈등은 신세대 노동자와 구세대 노동자, 그리고 당 일꾼 사이에서 발생한다. 여기에다 새것과 낡은 것, 일본으로부터 전수받은 것과 소련에서 새로 유입된 것, 애국주의와 출세주의의 대립이 어우러져 있다.

주인공 림태운은 제철노동자 출신으로 해방 후 공화국 유학생으로 제일 첫 그룹에 뽑혀 소련 대학에서 6년 동안 수학한 인텔리이다. 그는 전쟁 시기에 귀국해 대학 야금과 교원으로 1년여 동안 재직했으나, 정전 이후 복구 현장에서 활동하기를 열망한다. 노동자 출신의 인텔리라는 림태운의 이력은 북한사회가 '이상화한 주인공'의 성격을 일정 부분 갖고 있다. 그는 노동자의 집안에서 태어나 '지천꾸러기' 어린 노동자로 성장했다. 해방과 함께 기술 야간 학교에 진학했고, 김일성대학 예비과에 추천되어 합격한 후 '제1기 소련 유학생' 대열에 합류했다. 사회주의 조국 북한이 키운 노동자 출신의 엘리트가 림태운인 것이다.

공학연구소 가공과 연구사 겸 대학 학장인 리진수 교수는 림태운을 아끼며, 대학을 떠나지 말라고 권유한다. 리진수가 태운의 현지 파견을 주저한 것은 "학문을 대하는 그의 태도"가 "건실성, 불굴성"을 지니고 있었으며, 무엇보다 "과학을 탐구하는 사람들에게 자칫하면 결여되는 풍부하고도 너그러운 인간성"을 지녔기 때문이다.28) 하지만, 스물일곱 살이며 제철노동자 출신인 열혈 청년 림태운은 "보람있는 일은 대학보다도 공장에 더 있"다는 신념에서 제철소로 가기를 고집한다.29) 대학 내에서는 임태운이 '영웅주의, 자유주의'를 지녔기에 공명심 때문에 공장에 가려한다는 쑥덕거림이 나돌고, 대학 조교 윤선주에게 실연당해 공장으로 떠나려한다는 소문까지 나돈다. 실제로, 임태운과 윤선주 사이에는 미묘한 교감이 있었으나, 김대준의 개입으로 연애감정이 무위에 그치고 말았다.

림태운은 발전하는 인물이며, 성장하는 인물로 그려져 있다. 그는 '××제철소'에 배치된 이후, 원칙주의적 모습을 보이며 직장장 리재호 등과 갈등했다. 그는 100톤로 확장 복구를 착안하고, 기술적 신념을 갖고 이를 관철시키려 한 원칙주의자였다. 하지만 직장장 권한

---

28) 윤세중, 『시련속에서』, 조선작가동맹출판사, 1957, 11쪽.
29) 위의 책, 38쪽.

대행을 맡아 업무를 수행하면서부터는 '경험'의 가치를 인정하는 책임있는 모습으로 점차 발전해 나간다. 그는 패기만만한 기술 엘리트에서, 공장 내의 운영 메커니즘을 점차 이해해나가는 합리적 지도자로 형상화된다.

소설 전체에서 부정적 인물로 그려진 김대준은 림태운과 사사건건 맞선다. 그는 일제 때 고등공업을 나왔으며, 제철소에서 기사로 일한 경력을 갖고 있다. 서른다섯의 나이에 벗겨진 이마가 특징적인 김대준은 욕망의 화신이다. 그는 술수를 써 윤선주와 약혼하고, 림태운이 대학을 떠나도록 대학 내에 나쁜 소문을 퍼뜨림으로써 자신의 입지를 강화하려 한다. 또한, '××제철소'에 배치된 이후에는 박봉서 등을 부추겨 림태운이 좌천되도록 여론을 조성하고, 심지어는 'T번호 특수강' 시험 용해에 첨가물을 넣어 실험을 실패하도록 조작하기까지 한다. 김대준이 림태운을 적대시하는 데는 몇 가지 이유가 있다. 그의 아버지는 일제 경찰에서 경부(警部, 경찰서장급)를 지낸 친일파였다. 한때 김대준은 "남반부로 갈까 생각"[30]도 했으나, 고향인 북반부를 떠나지 않기로 결심하고 과거의 이력을 숨긴 채 교원생활을 해왔다. 그가 적대감을 갖게 된 것은 림태운이 자신의 과거 이력을 알고 있으리라는 불안감 때문이었다. 태운은 열일곱 살 때 대준이 기사로 있던 공장에서 일한 적이 있고, 해방 이후에는 기술 야간학교에서 선생과 학생으로 만난 적도 있었다. 이 소설에서 김대준은 1950년대 북한사회가 가상의 적으로 설정했던 '악'을 상징한다. 그는 일제의 고등기술학교에서 배운 지식에 집착하는 '낡은 존재'이며, 경찰간부였던 아버지 슬하에서 자란 '친일 잔재'이기도 하다. 또한, 자유주의와 입신출세주의에 젖어 있는 '타락한 자본주의의 형상'이다. 김대준

---

30) 위의 책, 27쪽.

은 미국이나 남한과 조직적으로 연계되어 있지 않을 뿐, 당의 정책을 훼손하는 '파괴분자'이다. 그럼에도 불구하고, 김대준이 일제강점기의 이력을 숨긴 채 당원이 되었다는 설정은 특이하다. 이는 당원 내부에도 이러한 '파괴분자'가 있을 수 있다는 불안의식의 표현일 수있고, 당원 내부에 있는 입신출세주의가 '파괴분자'와 동일하다는 작가의 태도를 드러내는 것일 수도 있다.

림태운과 김대준의 대립구도라는 단순한 서사가 될 뻔했던 이 소설은 '제철소 노동자'들의 생생한 형상으로 극적 긴장이 높아진다. 실제로 림태운의 시련은 '경험 부족'과 숙련 노동자와의 갈등 때문에 발생하곤 한다.

제대군인 출신의 유갑석은 패기 넘치는 신세대 노동자이며, 림태운의 조력자이기도 하다. 그는 황해남도 송화 태생으로 전쟁 전에는 리 인민위원회 서기장을 맡았던 책임일꾼이었다. 인민군대에 입대해 소성 하나를 단 군관으로 전쟁에서 공을 세웠으나, 가족들이 모두 학살당했다는 사실을 알게 되면서 복수심에 불탄다. 그는 제철소에 배치된 이후에는, 힘든 일에 스스로 발 벗고 나서는 과단성을 보여줌으로써 북한사회가 염원하는 '노력영웅'의 형상을 그대로 보여 준다. 모두가 두려워하는 '불발 상태로 방치 된 시한탄'을 단신으로 제거하는가 하면, 볼트와 너트 자재가 부족하여 조립 공정이 중단된 상태에서 혹한의 추위에도 불구하고 파철 무지에서 볼트와 너트를 회수해 내는 사업을 일궈내기도 한다. 그는 김유상에게 "똑똑하고 대담하고 열정이 있어 어딘지 모르게 마음 꼭 드는, 무슨 일에든지 피로를 느낄 줄 모르는 쇳덩이 같은 의지의 젊은이"라는 평가를 듣는다.[31] 하지만, 1950년대 북한사회가 열망한 '이상화된 인물'로 형상화됨으로

---

31) 위의 책, 78쪽.

써 생동감 있게 살아 있는 인물로 표현되지 못하고 만다. 그는 뛰어난 노력영웅이기는 하지만, 변화가 없는 '이데올로기화된 노동자'이다. 실재한다기 보다는, 실재하기를 염원하는 형상에 가까운 유갑석은 '이상화된 인물'이기에 오히려 문학적으로는 '죽은 형상'에 가깝다고 평가할 수 있다.

　작품 속에서 높은 비중을 차지하는 김유상, 박봉서, 서만덕 등은 뛰어난 숙련공 출신이다. 이들은 일제 강점기에 만들어진 '××제철소'에서 함께 성장해온 동료들이며, 일반 노동자들을 이끄는 지도자들이기도 하다. 이들은 각자 개성이 뚜렷하여, 일상생활의 모습이나 삶의 태도 등이 생동감 있게 전달된다. 이는 윤세중이 실제 노동 현장체험을 통해 구체적 인물들을 모델로 형상화한 때문일 것이다.

　용해공 출신인 김유상은 열아홉 살이던 1928년경부터 제철소 일을 배워온 노련한 숙련 노동자이다. 그는 구세대이면서 신세대와 교감하는 긍정적 인물의 전형으로 그려진다. '제철소 복구사업의 현장정리 책임'을 맡아 일을 하며 7개월 만에 로를 복구해 쇳물을 뽑아내겠다는 의지를 불태운다. 김유상은 일제 강점기, 해방기, 전쟁기를 모두 거치면서 '주인의식을 가진 숙련 노동자'로서의 자부심을 갖게 됐다. 그는 젊은 노동자 유갑석을 아끼며, 자신의 모든 기술을 전수하려 할 정도로 안목이 높고 품이 넓다. 사실, 김유상의 내면에도 '새것'에 대한 두려움이 있었다. 그는 "까놓고 말하면 우리 늙은 사람들에게는 계속 새것, 새 방법, 하고 나오는 것이 제일 두렵습니다. 익은 재주는 하나밖에 없는데 자꾸 새것 새것 하니까요"라고 심정을 토로한 후, "당 앞에 인민 앞에 죽는 날까지 새것을 배우다가 죽겠다"고 결심하게 된다.[32] 그 자신이 민청 브리가다(부대)의 책임자가 되어 림태운이 주장

---

32) 위의 책, 400쪽.

하는 새로운 기술을 누구보다 먼저 도입하려고 시도한다.

반면, 전쟁 시기 후퇴할 때까지는 평로 직공장이었던 박봉서는 자존심과 출세욕이 강한 인물이다. 20여 년을 김유상과 함께 평로에서 일한 그는 '평로의 귀신'을 자처한다. 그는 해방 직후에는 제강 기사 없이도 평로 일을 총괄한 경험을 갖고 있으며, 소련 고문 앞에서도 당당히 자기 의견을 내놓음으로써 조선의 자존심을 세운 인물이기도 하다. 그런 그가 "직위가 탐이 나"[33]서 김대준과 작당해 과오를 저지르고 만다. 그는 림태운을 직장장 대리에서 기술부로 좌천시키는 데 앞장서고, T번호의 강(鋼) 생산을 위한 시험 용해에 반대한다. 소설 말미에서 그는 자신이 어리석었음을 스스로 깨닫고, 참회를 함으로써 제철소 구성원들에게 용서를 받는다. 박봉서의 형상은 서만덕이 김대준의 유혹에 맞서 "우리 노동자들은 일부러 생산을 망치지 못합니다"[34]라며 당당히 선언한 것과 대비된다.

김유상, 박봉서, 서만덕은 자존심이 강한 숙련 노동자들이다. 이들의 과도한 자존심·자부심으로 인해 림태운을 비롯한 젊은 세대와 갈등하고, 때로는 새로운 기술의 도입을 방해하기도 한다. 그들은 표면적으로는 림태운과 대립하고 있는 듯하지만, 실제로는 공장의 당 조직과도 갈등하는 양상을 보인다. 그 당 조직은 상층부에서 이뤄지는 성의 명령이고, 당위원장 박창민이며, 때로는 당원이며 기술엘리트인 림태운이기도 하다. 이 부분을 주목할 경우, 1950년대 전후 복구 시기 북한 공장 내부에서 발생한 변화를 포착해낼 수 있다.

신세대 노동자, 구세대 노동자, 당 일꾼의 갈등을 적극적으로 해석할 경우 새로운 텍스트의 이면 읽기가 가능해진다.

---

33) 위의 책, 385쪽.
34) 위의 책, 348쪽.

국가 주도의 생산결정은 과연 공장 조직 내의 반발 없이 그대로 관철될 수 있었을까? 이에 대한 세밀한 독해를 위해서는 북한의 공장 조직을 이해할 필요가 있다. 북한의 공장 내 조직은 세 부분으로 분리될 수 있다. 생산의 영역을 담당하는 지배인이 있고, 그 밑에 직장장과 생산 조직이 있다(생산 영역). 다음은 공장에서 당의 정치와 이념 부문을 책임지는 당위원장 조직이 있는데, 이는 당원들을 통해 그 지도가 관철된다(당 영역). 그리고 나머지 하나는 노동자 조직인 직업동맹으로, 노동자들의 권익을 옹호하는 것이 그 주요 목적이다(노동자 영역).35)

당위원장과 박창민과 지배인 허진은 소설 속에서 입장이 갈리는 경우가 빈번하다. 또한 숙련공 출신인 직장장 리재호, 박봉서, 서만덕 등이 성의 작업 명령과 당위원장의 지도에 반발해 토론하는 경우도 자주 발생한다. 이는 전후 복구시기 기업소에서 당이 지도하는 정치조직과 생산조직 사이에 갈등이 존재했음을 드러낸다. 당위원장 박창민은 문제에 봉착했을 때마다 "결국은 사상문제입니다. 생산을 올리지 못하는 것도 선진기술을 도입하지 못하는 것도 모두가─모두가 사상문제입니다"36)라며 당의 지도력 관철의 필요성을 강력히 제기했다.

이들의 대립을 정치조직과 생산조직의 갈등으로 보았을 때, 문제는 의외로 복잡해진다. 당 영역, 생산 영역, 노동자 영역 사이에서 발생하는 갈등이 림태운이라는 기술 엘리트의 노력에 의해 극복되는 서사로『시련속에서』를 읽을 수 있다. 그렇다면,『시련속에서』에 나타난 숙련 노동자들의 문제제기는 생산 영역을 매개로 노동자들의

---

35) 김연철,『북한의 산업화와 경제정책』, 역사비평사, 2001, 50쪽.
36) 윤세중, 앞의 책, 363쪽.

자율성을 옹호하기 위한 투쟁으로 해석할 수 있다. 이러한 기층 노동자들의 저항을 당이 신흥 기술엘리트들과 민청 조직과 같은 청년 정치 조직을 통해 억압하고, 당의 지도 이념을 관철시켜 나가는 서사가 이 소설에는 담겨 있는 것이다. 이러한 복잡한 서사가 김대준이라는 부정적 인물의 개입으로 윤리적 문제라는 흑백논리로 귀결됨으로써 북한 공장 조직 내부의 갈등이 은폐된 것으로 해석할 수도 있다.

5. 노동현장의 시련 속에서

『시련속에서』의 초반부에 등장하는 림태운과 유갑석의 대면 장면은 인상적이다. 부임하자마자 폐허가 된 평로를 관찰하고 있는 림태운에게 산소 절단을 하고 있던 젊은 노동자(유갑석)가 다가와 '증명서' 제시를 요구한다. 림태운은 마뜩치 않은 태도로 "성에서 왔소"[37]라며 그 노동자를 무시하려 한다. 하지만, 젊은 노동자는 '이상하다고 인정될 때는 누구나 신분을 확인할 의무가 있다는 현장 규율'을 내세워 기어이 림태운의 증명서를 확인한다. 언뜻 보면 사소할 수 있는 이 장면은 전후 북한사회의 활력이 어디에서 오는가를 단적으로 보여 준다. 림태운이 일제 강점기에 청년 노동자로 있을 때는 '노동자'가 현장에서 당당한 태도로 '관리자'를 대하는 것은 상상할 수도 없었다. 증명서를 요구하는 유갑석의 굳은 태도에서 림태운은 "오늘의 공화국 로동자의 모습"을 보게 되고, "진정 직장의 주인다운 젊은 로동자의 태도가 마음에 들었"다고 말한다.[38]

---

37) 윤세중, 앞의 책, 34쪽.
38) 윤세중, 앞의 책, 36쪽.

전후 복구시기에 북한사회가 이뤄낸 놀랄 만한 경제 성장은 노동자를 주인으로 내세우며, 노동자의 자존심을 세워 주는 '사회주의적 풍토'에 기인한다. 이들의 주인의식은 직장 내에서 이뤄지는 끊임없는 학습과 토론 속에서 진작된 것이었다. 하지만, 앞에서도 살펴보았듯이 노동자들의 자율적이면서 주인적인 태도가 당 조직에 의해 억압되면서, 북한 노동자의 형상은 상투화되는 경향을 보인다. 그 대표적인 예가 1957년경부터 제기된 '천리마운동'이다. 북한사회는 공장 조직을 민주적으로 운영하는 문제보다는 생산시간을 단축시키는 속도를 중시하고, 생산의 합리화를 통해 생산량을 늘리는 데만 골몰했다. 이렇다 보니, 노동자들은 공장 운영을 책임지는 주체로서 자기 정체성을 갖지 못하게 되었고, '생산력을 고양시키는 노력영웅'이 되기를 강요당했다.

　윤세중은 노동현장에서 발생하는 이러한 갈등을 '황해제철소'에서 2년여 동안 생활하면서 목격했을 것이다. 작품에 등장하는 인물군은 실제 모델이 있어서 생동하는 형상성을 지닌다. 이 시기 윤세평, 김하명 같은 평론가들도 이 작품이 '노동 현장만을 그린 것이 아니라, 노동자들의 정신적 특질을 그려 냈다'고 고평한 것도 이러한 사실성 때문일 것이다. 이렇다 보니, 이 작품은 1950년대 초중반의 제철소와 같은 공장의 내부적 진실을 포착할 수 있었고, 더불어 당시 신세대 노동자, 구세대 노동자, 당 일꾼 사이의 갈등도 징후적으로 드러낼 수 있었던 것이다.

　텍스트에 대한 적극적 읽기를 통해, 작품을 이면을 읽어낼 경우 『시련속에서』에 대한 적극적인 해석이 가능해진다. 전후 복구시기 공장 조직 내에서 당의 지도가 기술 엘리트와 연결되어 관철됨으로써, 숙련 노동자를 중심으로 한 노동자들의 자율적 힘은 약화되는 양상을 이 소설은 포착하고 있다. 숙련 노동자들의 공장 내 지도력은

'입신출세주의 혹은 보수주의'로 비판 받았고, 때로는 당과 국가의 명령에 나태하게 대응하는 태도로 규정되기도 했다. 그런 의미에서 북한사회가 1950년대에 가졌던 활력은 노동자들의 자율성에 기반한 것이었고, 이후 침체기를 걷게 된 것은 당의 지배를 중심으로 한 유일사상체계가 확립됨으로써 노동자들의 자율성이 약화된 때문이었다고 유추할 수 있다.

참고문헌

『인문평론』 2권 11호, 1940년 11월호, 인문사, 60쪽.

강만길, 『고쳐 쓴 한국현대사』, 창작과비평사, 1994, 226쪽.

김민혁, 「문학의 현대성 문제와 로동 계급의 집단적 영웅주의」, 『조선문학』, 1959
년 5월호, 조선작가동맹출판사, 1959, 135쪽.

김선려, 「작가 윤세중의 창작에서 전형화의 특성」, 『사회과학원보』, 2005년 제1
호, 사회과학출판사, 29쪽.

김연철, 『북한의 산업화와 경제정책』, 역사비평사, 2001, 50쪽.

김재하, 「로동의 주제에서 제기되는 몇 가지 문제」, 『조선문학』, 1959년 2월호,
조선작가동맹출판사, 1959, 141쪽.

김하명, 「공산주의 문학 건설과 긍정적 주인공의 형상화에서 제기되는 몇 가지
문제」, 『조선문학』, 1959년 6월호, 조선작가동맹출판사, 1959, 129쪽.

김학준, 『북한50년사』, 두산동아, 1995, 206~207쪽.

리기주, 『조선문학사』 12, 사회과학출판사, 1999, 121쪽.

박종원·류만, 『조선문학개관』 (2), 사회과학출판사, 1986, 210쪽.

사회과학원 문학연구소, 『조선문학사』 (1945~1958), 과학백과사전 출판사, 1978,
304쪽.

서경석, 「1950년대 북한문학의 한 양상: 윤세중의 소설을 중심으로」, 『1950년대
문학연구』, 예하, 1991.

신형기, 『북한문학사』, 평민사, 2000, 190쪽.

알렌, 브룬·재퀴스 허쉬, 김해성 옮김, 『사회주의 북한: 북한 경제발전 연구』,
지평, 1988, 65~66쪽.

엄호석, 「공산주의적 교양과 창작의 질적 제고를 위하여」, 『조선문학』, 1959년
8월호, 조선작가동맹출판사, 1959.

연장렬,「시대의 영웅: 로동 계급의 긍정적 주인공」,『조선문학』, 1959년 3월호,
조선작가동맹출판사, 1959, 134쪽.

윤세중,「시련속에서」,『문학신문』, 1957년 12월 26일자, 문학신문사, 3면.

_____,『시련속에서』, 조선작가동맹출판사, 1957.

_____,「처녀작을 쓰던 때」,『창작과 기교』, 조선문학예술총동맹출판사, 1965,
104쪽.

윤세평,「사회주의적 로동의 주제와 형상 문제: 장편소설 ≪시련속에서≫를 중심
으로」,『조선문학』, 1958년 7월호, 조선작가동맹출판사, 1958, 139쪽.

윤시철,「윤세중의 작품 세계」,『조선문학』, 1960년 11월호, 조선작가동맹출판사,
113쪽.

윤종성 외,『문예상식』, 문학예술종합출판사, 1994, 230~231쪽.

인문사,「창간1주년 기념 현상대모집」,『인문평론』 2권 3호, 1940년 3월호, 인문
사, 204~205쪽.

조선민주주의 인민공화국 과학원 언어 문학연구소 문학연구실,『조선문학통사』
(하), 과학원출판사, 1959, 287쪽.

홍혜미,「인물의 갈등 양상으로 본 윤세중의 〈아내〉」,『인문논총』 제9집, 창원대
학교 인문과학연구소, 2002.

북한의 천리마운동시기 음악적 감성

: 노래집 『풍어기 휘날리자』를 중심으로

배인교

1. 수산업에서의 천리마운동

한반도는 지리적 이유로 예로부터 어업이 발달했으며, 어업현장에서 불렸던 어로(漁撈) 관련 민요가 많았다. 그러나 20세기 후반 이후 남한의 민요현장에서 어업노동요, 혹은 수산노동요를 채록하는 작업은 쉽지 않은 일이었다. 그 이유는 전통적으로 나라의 근간이었던 농업과 달리 어업은 그 업 자체를 천시하였기 때문이었다. 그러나 농업노동요가 그러했던 것처럼 수산업 역시 기계화되면서 수산노동요의 존재 근거는 사라졌다. 그 어디에서도 어로작업을 하면서 어로 관련 민요를 부르지 않을 뿐만 아니라 과거의 것들도 기록되지 못한 채 사라져 가고 있다.

한국전쟁이 끝난 후인 1950년대 초부터 김일성은 "바다에서 더 많은 물고기를 잡기위하여 사나운 파도와 싸우는 어로공들의 모습 같은 것을 주제로 하여 문학예술작품을 창작한다면 그러한 작품은 조선사람들의 성격과 감정에 맞을 것이며 인민들의 사랑을 받을 것"[1]이라고 말하였다. 그리고 1957년 4월의 조선로동당 중앙위원회 전원회의에서 수산업을 더욱 발전시키기 위한 과제를 제시[2]하고, 이후 1959년 6월에 있었던 수산 부문 당열성자회의에서 김일성은 바다의 자원개발에 대한 의욕을 보임과 동시에 바다에서 어로 작업 중에 부를 수 있는 노래가 부족하니 많이 만들 것을 지시[3]하였다. 조선 사람의 미감에 맞도록 새롭게 만들어질 어로요에 대한 요구가 있었던 셈이다.

한편 북한에서는 체제 성립 초기부터 산업을 독려하는 선전·교양의 노래들을 많이 창작해 왔다. 또한 익히 알려져 있듯이 천리마운동시기에는 여러 산업 부문에서 생산량 증가를 독려하기 위해 많은 노래들이 제작되었다. 그런데 이러한 시기에 수산업을 독려하되 창작곡만으로 이루어진 노래집 『풍어기 휘날리자』[4]가 1962년 4월에 인쇄·배포되었다는 사실이 주의를 끈다.

이 글에서는 1950년대 후반부터 1960년대 초반의 천리마운동시기에 창작된 노래를 모은 노래집 『풍어기 휘날리자』를 대상으로 당시에 제기된 수산업 독려 지시와 어업관련 노래 창작에 대한 정책을 살펴본 후, 노래집의 수록 악곡에 대한 가사와 음악적 요소, 즉 조성,

---

1) 김일성, 「문학예술을 더욱 발전시키기 위하여: 조선로동당 중앙위원회 정치위원회에서 한 결론 1954년 8월 10일」, 『김일성저작집』 9(1954.7~1955.12), 조선로동당출판사, 1980, 66쪽.
2) 김일성, 「수산업을 더욱 발전시킬데 대하여: 조선로동당 중앙위원회 전원회의에서 한 결론 1957년 4월 19일」, 『김일성전집』 20, 조선로동당출판사, 1998, 209~226쪽.
3) 김일성, 「수산업을 더욱 발전시키기 위하여: 강원도 수산부문 당열성자회의에서 한 연설 1959년 6월 11일」, 『김일성전집』 24, 조선로동당출판사, 1998, 86~111쪽.
4) 조선문학예술총동맹출판사에서 출판된 이 노래집은 단국대학교 부설 한국문화기술연구소 중점연구지원사업단의 2013년 해외수집자료 중 하나다.

박자와 장단, 악상, 음계, 가창형식 등을 검토함으로써 이시기 북한의 창작가들이 지향했던 음악적 간성을 찾아보도록 하겠다. 단, 어업 관련 정책은『김일성전집』이나『김일성저작집』을 주로 살펴볼 것이나, 이 책들은 개작된 내용이 수록되어 있어 비판적 검토가 필요하다. 따라서 당시 출판된 김일성 어록들을 찾는 데는 한계가 있기에 같은 시기에 출판된『조선음악』의 내용과 일치하는 부분을 중심으로 참고하도록 하겠다.

2. 천리마운동시기 수산업 독려와 어로요 창작 요구

1950년대 후반 전후 복구의 과정에서 등장한 천리마운동은 초과 생산을 독려하기 위해 만든 정책이다. 그리고 이 과정에서 인민들에 대한 공산주의 교양이 함께 이루어졌다. 즉, "모든 사람들을 다 공산주의적으로 교양개조하는 천리마시대인 것만큼 뒤떨어진 작가, 예술인들도 다 우리 당의 사상으로 교양개조하여야 하며 그들이 사회주의 건설에 적극 이바지하도록 하여야5)"했다.

수산업도 예외는 아니었다. 1957년 4월 조선로동당 중앙위원회 전원회의6)에서 김일성은 수산업을 더욱 발전시킬 것을 주문하였다. 즉, 1956년 말에는 어획량이 1년에 40만 톤이었는데 1957년에는 60만 톤의 생산량을 달성하라는 것이었다. 그리고 이 회의에서 김일성은 "수산부문 일군들이 자기 사업에 대한 영예감을 높이도록 하며

---

5) 김일성, 「문학예술총동맹의 임무에 대하여: 조선문학예술총동맹 중앙위원회 집행위원들 앞에서 한 연설」, 『김일성저작집』 15(1961.1~1961.12), 조선로동당출판사, 1981, 47쪽.

6) 김일성, 「수산업을 더욱 발전시킬데 대하여: 조선로동당 중앙위원회 전원회의에서」, 『김일성전집』 20, 조선로동당출판사, 1998, 209~226쪽.

수산로동자들의 물질문화생활을 향상시키는데 깊은 관심을 돌려야 하겠습니다. 일부 동무들은 토론에서 제기된바와 같이 어로공들을 배사공이라 하여 천시하는 경향에 대해서는 사회적 투쟁으로써 그것을 시정해야 하겠습니다. 옛날에는 배사공만 천시한 것이 아닙니다. 그때에는 여자도 천시하였고 배우도 천시하였습니다. 그러나 오늘에 와서는 여자들이나 배우들이나 수산일군들이나 다 사회의 당당한 주인으로서 사회주의를 건설하기 위하여 투쟁하고 있는데 이런 사람들을 어떻게 천하게 볼수 있겠습니까.[7]"라며 수산업 종사자 중 특히 뱃일을 하는 사람에 대한 편견을 없애고 그들의 자존감을 높여주기 위해 물질문화생활을 향상시킬 것을 당부하였다.

〈그림 1〉의 조선화 작품은 비록 1970년에 그려진 것이나 "화폭의

〈그림 1〉 정창모·리형규 창작, 조선화 〈배머리에 오신 어버이수령님〉, 1970.

---

7) 김일성, 앞의 글, 1998, 221쪽.

중심에는 조선로동당 중앙위원회 1957년 4월 전원회의에서 수산업 발전을 위한 현명한 방침을 제시하시고 그 실현을 위하여 현지지도의 길에 오르신 나날 어로공들을 만나주시는 모습[8]"을 표현해 놓아서 1950년대 후반의 수산업 증산 정책의 단면을 살펴볼 수 있다. 또한 배의 갑판에 늘어놓은 달걀과 야채 등으로 보아 어로공의 물질문화 향상에 힘쓰고 있는 김일성과 당의 모습을 형상하여 1950년대 말의 수산업 발전을 위한 여러 조치들의 결과물로 상정할 수 있다.

이후 1959년 6월의 연설에서 2년간 많은 성과가 있었음을 언급한 것을 보면, 1957년의 전원회의가 있은 후에 수산업 분야에서 적지 않은 혁신이 이루어졌던 것으로 보인다. 그러나 뱃일에 대한 인식은 그리 향상되지 못한 듯하다. 그 이유는 인민학교부터 바다에 대한 동경심을 길러 주고, 청년들이 바다일 하는 것을 즐길 수 있도록 교양하라고 요구하고 있기 때문이다. 그리고 학생과 인민대중의 의식을 교양시키기 위해 바다 관련 노래를 만들 것을 주문한다.[9]

수산업을 발전시키기 위한 김일성과 당의 요구는 「서해수산업에서 새로운 전환을 일으키자」[10]와 「세소어업을 발전시켜 물고기 생산을 늘일데 대하여」[11] 등에서 세부적으로 확대되었으며, 1962년 2월에는 수산물 80만 톤 고지를 점령하자는 주문[12]을 하게 된다. 1962

8) 사회과학원, 『DVD 문학예술사전』, 2006.
9) 김일성, 「수산업을 더욱 발전시키기 위하여: 강원도 수산부문 당열성자회의에서 한 연설 1959년 6월 11일」, 『김일성전집』 24, 조선로동당출판사, 1998, 105쪽.
10) 김일성, 「서해수산업에서 새로운 전환을 일으키자: 남포지구 수산부문 일군들과 한 담화 1960년 10월 5일」, 『김일성전집』 26, 조선로동당출판사, 1999, 189~197쪽.
11) 김일성, 「세소어업을 발전시켜 물고기 생산을 늘일데 대하여: 함경북도 청진시 수산부문 일군협의회에서 한 연설 1961년 5월 12일」, 『김일성전집』 27, 조선로동당출판사, 1999, 153~165쪽.
12) 김일성, 「수산물 80만톤고지를 점령하기 위하여: 전국수산부문 열성자대회에서 한 연설 1962년 2월 14일」, 『김일성전집』 29, 조선로동당출판사, 2000, 52~70쪽.

년 2월의 연설에서 김일성은 1959년 강원도 수산부문 당열성자회의 후 많은 제대군인들과 청년들이 바다로 진출하였으며 수산부문 사업에서 일대 전환을 일으켰다고 언급하였다. 그리고 바다에 대한 교양사업의 일환으로 바다에 대한 노래를 더 많이 지어낼 것을 요구[13]하였다.

1957년부터 시작된 수산업 증산에 대한 김일성과 당의 노선에 부응하여 창작가들은 바다 노래를 어떻게 만들 것인가에 대한 다양한 의견을 내놓기 시작하였다. 1959년 6월 수산부문회의에서 어로공과 바다에 대한 교양사업을 강화하고 그 일환으로 바다에 대한 노래를 창작하라는 당의 정책에 맞게 1959년에 발행된 『조선음악』 7호의 표지 악보인 〈바다로 가자〉와 함께 권두언에서 바다의 음악을 발전시키자는 의견을 제시한다. 그간 바다와 관련된 노래를 많이 창작하였음에도 불구하고 바다노래가 거의 없다는 극단적인 평가가 내려진 이유에 대하여 음악 창작가들은 "그런데 그 노래들이 바다'사람들의 생활을 진실하게 반영하고 있지 못하며 심한 추상성을 가지고 있고 사상 예술성이 희박하며 천편일률적인 작품들이 대부분"이라며 자평한 후 형식적으로도 바다에 대한 많은 노래들이 율동, 박자, 선율, 정서 모두가 농민의 노래와 전혀 구별되지 않은 점이 문제라고 하였다. 따라서 이를 극복하기 위해서는 "어로 일'군들의 힘찬 투쟁 모습을 노래한 혁명적인 가요을 만들어야 한다"고 선언한다.[14]

또한 1962년 2월의 연설에서 다시 한 번 바다노래를 더 많이 만들라는 요구를 한 이후 1962년 『조선음악』 제4호에는 「당의 붉은 어로전사들에게 더 좋고 더 많은 노래를」이라는 리봉학의 글이 실렸다.

---

13) 김일성, 앞의 글, 1962, 67쪽.
14) 미상, 「(권두언) 바다의 음악을 더욱 발전시키자」, 『조선음악: 조선작곡가동맹중앙위원회 기관지』 제7호, 조선음악출판사, 1959, 4~8쪽.

그는 "우리 작곡가들은 간결한 음악 표현 수단으로써 바다 생활의 아름다움과 진실을 밝힐 뿐만 아니라 투쟁의 기'발이 되어 어로 일'군들의 생산과 점진을 고무 추동하는 전투적인 노래를 많이 만들어야 한다"고 하였다. 또한 "예술이 어로공 자신들의 소유물로, 창조물로 되게하기 위하여 어로공들 속에서 음악 창작 신인들을 발견하며 공산주의적이고도 집단적인 창작 활동이 보다 활발히 전개되도록 하는 것이 중요하다. 그리하여 어로공들 자신이 자기들의 보람찬 로동 과정의 환희를 노래로 만들게 하여야 할 것"이라고 보았다. 즉, 어로공들의 생산력 향상을 위해 선동적인 노래로 만들고, 그런 노래를 어로공들이 직접 만들 수 있도록 도와주어야 한다는 것이다. 그리고 창작가들의 도움으로 실제 어로공이 노래를 만들어 전국축전에서 1등의 영예를 받은 경우[15]도 찾아볼 수 있다.

지금까지 1957년부터 1962년 사이 어획량 초과달성을 위한 당의 정책과 음악 창작가들의 인민교양을 위한 가요 창작 논의를 살펴보았다. 그 결과 북한에서는 휴전협정 이후 계속적으로 수산업에 대한 기반 시설을 강화하여 수산업을 육성시켜 왔으며, 이를 바탕으로 천리마운동의 분위기 속에서 매 해 어획량 증가를 선동해 왔음을 알 수 있다. 또한 창작가들은 어로에 대한 인식개선을 교양하기 위하여 바다 관련 노래를 많이 만들어야 했으며, 그 결과 1962년 4월 15일에 바다 노래집 『풍어기 휘날리자』를 출판한 것으로 보인다.

---

15) 표충혁, 「어로공의 생활은 나에게 삶의 보람을 주었다」, 『조선음악: 조선음악가동맹중앙위원회 기관지』 제11호, 조선문학예술총동맹출판사, 1962, 36~37쪽.

3. 『풍어기 휘날리자』 수록 가요의 음악적 분석

　　노래집『풍어기 휘날리자』는 1962년 4월에 출판되었으며, 총 1만 부를 인쇄하였다. 아래의 〈그림 3〉에서 보듯이 이 노래집에는 총 21 곡의 악보가 수록되어 있다. 그러나 순서상 처음과 끝의 두 곡씩은 당시 천리마운동과 관련된 노래이며, 중간의 17곡16)만이 바다와 관련된 노래이다. 따라서 이 장에서는 17곡을 중심으로 음악적인 내용을 살펴보도록 하겠다. 그리고 노래는 전통민요에서 보이는 여러 요소들의 사용 여부에 따라 크게 둘로 나눠볼 수 있다.

〈그림 2〉 표지

〈그림 3〉 차례

---

16)『한국민요학』에 수록된 필자의 글인 「어로 관련 북한 '민요풍 노래'의 음악적 검토(2013)」
　　에서 19곡이라고 한 것은 오류임을 밝힌다.

1) 전통민요의 요소가 사용되지 않은 노래

〈바다의 전사〉는 김해송이 시를 쓰고 박영이 곡을 붙인 노래이다. 가사는 3절로 구성되어 있다. 1절에서는 "동무들아 출항이다 닻을 올려라"라며 출항의 광경을 묘사하였으며, 2절에서는 별빛과 달빛이 흐드러진 밤에 "동무들아 계문 떼고 산대 질러라"면서 그물을 거두어 올리는 장면이 펼쳐진다. 그리고 3절에는 포구를 향해 "만선기 휘날리며 쏜살같이" 달려가자고 말한다. 마지막 후렴에서는 "수령님께서 가리키신 팔십만톤 저 고지"를 헤쳐 가는 우리는 바다의 용사라고 자부한다. 여기에서도 80만 톤 증산에 대한 가사를 찾아볼 수 있다. 노래는 C장조의 2/4박자 곡이나, 후렴 부분에서는 4/4박자로 박자가 바뀐다. 악상은 "약간 빨리 씩씩하고 희망하게"이며, 전체 32마디로 구성되어 있다. 이 노래에서도 전렴은 중간음역대로 씩씩하게 부르다가 감정을 고조시켜 후렴 부분에서 고음역대로 시원스럽게 부를 수 있도록 배치한 점이 눈에 띈다.

리호일 작사, 장락희 작곡의 노래 〈동해 바다〉는 바다에 대한 예찬의 내용을 담고 있다. 바다는 험하고 무서운 곳이 아니라 갈매기 날아드는 바다, 보름달과 해당화가 빛나는 바다, 해금강 기암절벽이 어우러진 아름다운 바다이다. 그리고 후렴구로 지정하진 않았지만 "사랑하는 조국의 영원한 노래여/ 동해는 파도 높이 우리를 부른다"고 하면서 어로에 젊은 청춘들이 많이 참여하기를 바라는 마음이 담겨 있다. 노래는 D장조에 3/4박자의 곡이며, 악상은 "느리지 않게"라고 명시하였다. 또한 2부분 형식의 노래는 3박자의 왈츠풍이며 따뜻한 정서를 담고 있다.

〈처녀 양식공의 노래〉는 기존의 자연 채굴이 아닌 굴덕장에서 굴을 양식하여 수확하는 여성의 즐거움을 노래하였다. 정문항 작사, 김옥성 작곡의 이 노래는 E♭장조에 3/4박자의 곡으로 부드럽고 잔잔한 느낌을 준다. 노래는 후렴이 있는 2부분 형식으로 볼 수 있다.

〈귀항의 노래〉는 1961년에 조선예술영화촬영소에서 제작한 예술영화 〈갈매기호 청년들〉의 주제가이다. 〈귀항의 노래〉는 만선기 휘날리며 포구로 돌아가는 기쁨의 정서를 "별빛은 반짝이고", "꽃보라 뿌리네"로 표현하였다. 노래는 B♭장조에 4/4박자, 2부분 형식의 곡이며, 악상은 "빠르지 않게 서정을 담고"라고 하였다.

2) 전통민요의 요소가 사용된 노래

전통민요의 여러 요소가 사용된 노래는 모두 13곡이다. 이 중에서 〈서해의 노래〉, 〈굴포벌 10리〉, 〈80만톤 넘쳐내세〉, 〈바다의 달풀이〉, 〈원해선단의 노래〉는 『조선민족음악전집: 민요풍의 노래편』1 에 수록되어 있어 민요를 계승한 노래들임을 알 수 있다. 그러나 그 외의 노래는 언급이 없어 자세히 살펴보도록 하겠다.

〈풍어기 휘날리자〉는 리기환이 시를 쓰고 박제윤이 곡을 붙였다. 3절로 이루어진 가사는 어군 탐지 장비를 들고 동해바다로 나가 창고가 넘쳐나도록 물고기를 잡기 위해 불요불굴의 정신으로 밤낮 없이 힘쓰자는 내용을 담고 있다. 그리고 전렴의 마지막 구절인 "팔십만톤 높은 고지 단숨에 넘자"와 후렴구의 가사 중 "우리는 청춘 바다의 아들/ 파도를 주름잡는 팔십만톤 돌격대라네"에서 1962년 2월에 있었던 김일성의 연설인 "80만톤 증산"의 내용을 가사로 사용하고 있음을 볼 수 있다. 또한 이 노래에는 조흥구로 "에헤라 디야 에헤라 디여차"를 사용하고 있다. 이 중 "에헤라 디야"는 전통민요에서 흥겨움을 표현하는 조흥구이고, 뒤의 "에헤라 디여차"는 흥겨움을 기반한 노 젓는 행위로 만선의 기쁨을 표현하고 있다. 이 노래는 C장조의 곡이고 악상은 "좀 빠르고 씩씩하게"이다. 이 노래는 첫 악단은 4/4박자, 두 번째 악단은 2/4박자, 그리고 후렴구인 마지막 악단은 다시 4/4박자로 박자의 변화를 주고 있다. 그러나 모두 행진곡조이기에 전진의 느낌을 가지고 있다. 이 노래의 음역은 중간 음역대를 사용하나, 후렴구의 "에헤라디여"부터는 고음역대로 설정하였다. 특히 "에헤라디여"는 "레'-도'-레'-도'-라"와 같이 민요 〈노젓는소리〉에서 많이 보이는 음진행을 사용하고 있다.

〈바다의 붉은 전사〉는 김북원의 시에 김원균이 곡을 붙인 노래이다. 가사는 바다로 나가서 바다의 보화인 물고기를 잡아 만선의 노래 부르며 벅찬 가슴 안고 오자는 내용을 3절에 담았다. 그리고 더욱 열심히 애써서 현재는 갈 수 없는 "저기 멀리 저 바다 남해바다로 행복의 노래로 뛰놀게 하라"고 통일을 독려하기까지 한다. 노래는 f#단조의 4/4박자곡이며, 첫 악단이 확대된 2부분 형식이다. 악상은 "명쾌하게"이며, 전통민요의 메나리토리 음조와 선율형을 노래에 많이 적용하였다. 즉 "바다로 가자"에 해당하는 "라-솔-라-솔-미"라든지, "살같이 가자"에 적용된 "라-솔-미-라-라" 등의 음형이 그렇다. 서양음악의 선법으로는 단조이나 악상을 "명쾌하게"라고 명시한 것처럼 메나리토리의 선율형, 즉 선율구조가 "레'-도'-라-솔-미(하행)"의 음구조에 음계의 중간음인 "라"음으로 종지하는 형태를 적용하기 위하여 단조를 사용한 것이며, 이 역시 행진곡과 같은 느낌을 준다.

〈우리는 바다의 붉은 용사다〉는 상민이 가사를 쓰고 김혁이 곡을 붙인 노래이다. 김혁의 본명은 김기명이며, 전남 보성에서 출생한 작곡가[17]이다. 가사를 보면 천리마시대의 어로공들은 힘없는 노인들

---

17) 김초옥, 「(관평) 시대의 숨결과 민족적정서가 넘쳐 흐르는 명곡무대: 공훈예술가 김혁음

이 아닌 건강한 젊은 청년들이라는 것을 3절에 걸쳐 말하고 있다. 노래는 g단조의 2/4박자의 행진곡적인 박자를 갖으며, 악상은 "보통 속도로 힘차게"이다. 이 노래는 단조선법의 곡이나 앞의 〈바다의 붉은 전사〉의 경우처럼 전통민요선법인 육자배기토리의 음형을 사용하기 위하여 단조를 선택한 것으로 보인다. 즉, 1절의 "산악같은 파도는"에 붙은 선율은 "라-라-라-라/ 라-도'-시-라-미"의 음형에서 보듯이 "도'-시"의 꺽는 반음과 "라"음에서 "솔"을 거치지 않고 "미"음으로 떨어지는 음형, 그리고 음계의 중간음인 "라"음에서 곡이 끝나는 점은 전라도 향토민요의 고유 음조이다.

〈바다는 청춘 우리의 일터〉는 남천록 작사, 김덕모 작곡의 노래이다. 가사는 바다로 나간 젊은 청춘들이 바다와 함께 정을 쌓으며, 풍어를 알리는 만선기 휘날리며 귀항하니 바다도 이들을 축복해 준다는 내용을 갖으며, 3절과 후렴구로 이루어져 있다. 그런데 이 노래의 가사는 시조의 율격처럼 한 행이 4구로 이루어져 있고, 한 구는 2~4글자이다. 즉 1절의 가사로 예를 들면, "풍어의 노래 높은 만경 창파 심해로/ 오늘도 어군 찾아 저예망선 떠난다/ 마스트 기'발 우에 날아도는 갈매기/ 만선을 약속해 춤을 추며 감돈다"처럼 3, 4글자로 이루어진 구가 네 개씩 모여 한 행을 이루고 있음을 볼 수 있다. 노래는 B♭장조에 3/4박자의 곡이나 악상은 "흥겹게(양산도 장단으로)"라고 하여 흥겹고 약동적인 양산도장단, 즉 세마치장단[18]의 노래임을 알 수 있다. 노래의 음구성은 "솔-라-도-레-미" 5음음계로 이루어져 있으며, 노래의 종지음이 음계의 중간음인 "도"음인 것으로 미루어 신경토리 음악임을 알 수 있다.

악회를 보고」, 『조선예술』, 2002년 제11호, 23쪽.

18) 세마치장단의 장고형은 │덩│ │덩│ │덕│쿵│덕│ │으로 3박계통의 장단리듬형이다.

〈바다여 너를 반긴다〉는 최석숭이 작사하고 김길학(1923~1993)이 1958년에 작곡한 노래로, 현대 북한의 문학예술사전에 유일하게 수록된 작품이다. 이에 대한 북한의 설명을 보면, "조국의 바다에 대한 청년들의 뜨거운 사랑과 바다를 정복해나가는 그들의 크나큰 영예와 기쁨을 랑만적으로 노래한 작품이다. 3개 절로 되여있는 가요에는 바다에 대한 숭고한 느낌과 사랑의 감정이 정서적으로 강하게 표현되여있다. (…중략…) 풍만한 바다를 련상시키듯 물결형의 리듬을 타고 흥겹게 락천적으로 흐르면서 바다의 정복자들인 청년들의 긍지와 행복에 넘친 모습을 훌륭히 형상하고있다"[19]이다. 이 노래는 f단조이며, 3박자의 왈츠형 리듬에 한원한 정서를 표현하였다. 또한 전통민요의 음조 중 하나인 "레'-도'-시-라-솔-미"의 음형을 쓰기 위해 단조를 취한 것으로 보인다.

　　〈동해 바다〉 다음에 배치한 〈서해의 노래〉는 백인준이 작사하고 리정언(1926~1996)[20]이 곡을 붙인 노래이다. "동해도 좋지만 서해도 좋아"로 시작되는 이 노래는 "산수도 좋은 땅 바다도 좋아/ 에헤라 오곡도 좋지만 고기도 좋아"라고 노래한다. 또한 "에헤라 조기잡이는 해주 앞바다/ 풍어기 날리며 배돌아 온다"에서 보듯이 풍어와 만선을 기원하는 내용을 담기도 하였고, 후렴구에서 "에 에헤에야/ 어 그여차 디그니여차"와 같이 노를 저으면서 부르는 사설을 넣기도 하였다. 노래는 후렴구가 있는 2부분 형식이다. 악상은 "민요풍으로 멋들어지게"이며, 노래의 조성은 f#단조이고, 박자는 9/8박자로 양산도장단이 사용된 곡이다. 양산도장단의 정서는 앞에서 거론한 바와 같

---

19) 사회과학원, 『DVD 문학예술대사전』, 2006.
20) 『풍어기 휘날리자』에는 리정운이라고 하였으나 리정운이라는 작곡가는 보이지 않으며, 『조선민족음악전집: 민요풍의 노래편』 1에는 이 노래의 작곡가를 리정언이라고 기록하고 있어 이를 따랐다.

이 흥겹고 약동적이다. 음계는 "미-솔-라-도'-레'"를 사용하나 여기에는 "라-도'-레'-미'-솔"의 경토리적인 음진행과 하행시에 "레'-도'-라-솔-미"의 메나리토리 음진행이 모두 보이며, 이 노래의 종지음이 "라"음인 것으로 보아 두 음계를 섞어서 노래를 만든 것임[21]을 짐작할 수 있다.

한명천 작사, 김길학 작곡의 〈우리 기관장〉은 바다에서 일어나는 악천후에도 기관장의 운항 솜씨가 좋고, 조업이 기계화되어 수령이 지시한 300일 출어가 힘들지 않다고 노래한다. f단조에 4/4박자의 곡이나 중간에 3/4박자, 2/4박자로 바뀌었다가 다시 4/4박자로 돌아오며 악상은 "경쾌한 기분으로"이다. 노래는 16분음표와 부점음표를 많이 사용하여 역동적이고 씩씩한 기상을 표현하였다. 그리고 전통민요에 보이는 "미"음에서 "솔"음을 거치지 않고 "라"음으로 올라가는 선율형을 쓰고, 민요적인 종지감을 주기 위해 단조를 사용하였다.

〈80만톤 넘쳐내세〉는 김수안이 시를 쓰고 김성용이 곡을 붙인 노래이다. 노래의 가사는 만선과 풍어의 기쁨을 표현하였다. 그리고 자못 딱딱해지기 쉬운 "팔십만톤"의 어획량, "기계배", "삼백일" 출어, "칠개년" 계획과 같은 당의 정책들이 6/8박자의 흥겨운 굿거리장단 속에 녹아 있다. 또한 "에헤라"나 "에헤야"와 같은 조흥구를 많이 사용하였다. 노래는 a단조이나 구성음이 "라-도'-레'-미'-솔"의 경토리음계이며, 음계의 최저음인 "라"음으로 종지하기 위해 단조를 사용하였다. 노래는 후렴구가 있는 2부분 형식이며, 이 노래 역시 16분음표와 부점음표를 많이 사용하여 흥겹고 낙천적이며 기쁨의 느낌을 나타냈다.

---

21) 배인교, 「어로 관련 북한 '민요풍 노래'의 음악적 검토」, 『한국민요학』 38집, 2013, 69~104쪽.

김동전 작사, 한춘원 작곡의 〈원해 선단의 노래〉의 시어는 "팔십만 톤 고지로 워해 선단 나간다", "약동하는 청춘의 환호 소리 드높다", "풍어기를 띄워라 북소리를 울려라"와 같이 근해가 아닌 원해에서의 명태잡이 풍어와 만선의 기쁨을 그린다. 노래는 e단조에 6/8박자를 쓰며, 악상은 "락천적으로 흥겹게" 그리고 2부분 형식을 띤다. 이 노래는 〈80만톤 넘쳐내세〉처럼 6/8박자이나 한 마디 내에 사용하는 음표, 즉 소박의 형태로 보아 중중모리장단으로 보인다. 음계는 〈서해의 노래〉처럼 "미-솔-라-도'-레'"이며, 종지음은 음계의 중간음인 "라"이다. 그러나 "라-도'-레'-미'-솔'"의 경토리적인 음진행과 하행시에 "레'-도'-라-솔-미"의 메나리토리 음진행이 모두 보여, 두 음계가 섞여 있음을 알 수 있다.

〈선박 수리공의 영예〉는 리동준이 작사, 작곡하였으며, 선박을 수리하는 수리공은 풍어와 만선의 기본이 됨을 노래하였다. 노래는 f단조에 2/4박자를 쓰며, 악상은 "약간 빨리 흥겹게"이다. 노래는 2부분 형식을 띤다. 그리고 음계와 종지음, 선율진행은 〈원해 선단의 노래〉와 같다.

〈바다의 달풀이〉는 박근이 가사를 쓰고 리준영이 곡을 붙인 노래이다. 이 노래는 월령체의 시처럼 1월부터 12월까지 4개 절로 나누어 서술하였으며, 각 계절에 나는 물고기를 잡아 인민들의 집으로, 건설장으로 보내고 해외수출도 하자는 내용을 담고 있다. 그리고 "팔십만톤 높은 고지 천리마로 뛰어넘어", "지상 락원 우리 생활 세세 년년 늘어간다(4절)"고 하여 미래에 대한 낙관을 노래하고 있다. 특히 이 노래는 받는 사설로 "다령 다령 다리구 내자"라는 입타령을 써서 흥겨움 가득한 정서를 자아낸다. 노래는 g단조이나 하행시 음계를 "레'-도'-라-솔-미", 즉 메나리토리 음진행을 쓰고 있으며, 종지음도 "라"음이다. 박자는 12/8로 표기하였으나 "보통 속도로"라는 악상으로 보아 중중모리장단으로 추정된다. 이외에 전렴과 선창을 두어 전통민요의 메기고 받는 형식을 차용한 점도 눈에 띤다.

〈굴포벌 10리〉는 리선을이 작사하고 박시훈이 곡을 붙인 노래이며, 1절의 "덕을 매고 지은 농사 굴따러 가요"와 2절의 "패각산 넘어가는 구성진 노래 소리/ 도란 도란 모여 앉아 호굴만 까요"라든지, 3절의 "신포 퇴조 앞바다에 명태잡이 떠난 님은/ 만선기만 휘날린다 편지만 와요"라고 하면서 어촌에서 명태잡이 떠난 님을 기다리며 남은 여성들끼리 굴덕장에서 굴을 따고 굴을 까는 작업을 묘사하고 있다. 노래는 g단조에 6/8박자로 명시되어 있으며, 악상은 "자랑찬 마음으로 (중모리)"라고 하였다. 그러나 곡 전반에 사용된 16분음표들로 보아 중모리가 아닌 굿거리장단에 맞다. 음계는 "미-솔-라-도'-레'"를 사용하나 여기에는 "라-도'-레'-미'-솔'"의 경토리적인 음진행과 하행시에 "레'-도'-라-솔-미"의 메나리토리 음진행이 모두 보이며, 이 노래의 종지음이 "라"음인 것으로 보아 두 음계가 섞여 있음을 알 수 있다. 후렴구가 있어 2부분 형식으로 볼 수 있으며, 후렴구 사설로 "에헤용 데헤용"과 같은 입타령을 넣어 자조적이면서도 흥겨운 정서를 동시에 지닌다.

〈오늘도 만선일세〉는 김북원이 가사를 쓰고 김제선이 곡을 붙였다. 만선의 기쁨과 육지에서 배를 환영하며 맞는 흥겨움이 담겨 있으며, 이러한 만선의 기쁨을 수령이 주었다고 명시하고 있다. 노래의 악상은 "흥겹고 멋들어지게"이고, 조성은 g단조, 박자는 12/8박자의 굿거리장단으로 보인다. 음계는 "레'-도'-라-솔-미"의 메나리토리 음진행을 쓰고 있으며, 종지음도 "라"음이다. 그리고 전렴과 선창-후렴을 두어 전통민요의 메기고 받는 형식을 차용하였다.

노래집에 수록된 17곡을 분석한 결과『조선음악전집: 민요풍의 노래편』1에 수록되어 있지 않은 노래들 중에도 8곡에서 민요적인 요소를 사용하고 있음을 확인하였다. 또한 바다노래 17곡 중에서 4곡을 제외한 13곡이 전통음악의 요소를 사용하되, 전통민요의 가사가 아닌 천리마운동시기의 가사를 넣어 동시대 인민의 교양을 위한 노래로 사용하였음을 알 수 있다.

4. 현대적 감성과 민요의 유대

상론한 바와 같이 김일성은 1959년 6월 강원도 수산부문 열성자회의에서 바다와 관련한 대중 교양 사업의 부진 상태를 지적하였다. 그리고 바다에 대한 노래, 바다의 아름다운 경치가 아닌 어로자원 개발, 어로공들의 힘찬 투쟁의 모습을 담은 노래를 많이 만들고 불러야 한다고 권고하였다.

바다 노래 창작에 대한 정책 발의 이후 1959년 『조선음악』 제7호에는 바다 음악을 발전시키기 위한 음악 창작가들의 자기반성과 과제를 제시[22]하고 있다. 그 내용을 보면, "그런데 그 노래들이 바다' 사람들의 생활을 진실하게 반영하고 있지 못하며 심한 추상성을 가지고 있고 사상 예술성이 희박하며 천편일률적인 작품들이 대부분"이라고 반성한다. 그리고 "수산에 이미 기계화와 현대식 방법이 도입된지 오래인 오늘에 있어서도 작곡가들은 범선을 생각하고 있으며 가사는 ≪어그야 듸야≫만을 찾고 있다"고 비판하였다. 이에 더하여 전통민요 중 어로요에서 많이 사용되는 "비 반복적이며 다양하고 진실"한 6/8박자를 반복적으로 사용한 결과 "전후에 창작된 바다의 노래만 일별하더라도 그 중 80%가 박자에서 6/8박자이며 률동은 탄력

---

22) 미상, 「(권두언) 바다의 음악을 더욱 발전시키자」, 『조선음악: 조선작곡가동맹중앙위원회 기관지』 제7호, 조선음악출판사, 1959, 4~8쪽.

없고 무기력한 ≪흥취≫"라고 하였다. 즉 작곡가들은 바다 생활에 대한 진실을 알지 못한 채 피상적으로 전통민요를 계승하였기 때문에 오류가 발생하였으므로, 창작가들은 당의 정책을 체득하고 어로공들의 힘찬 투쟁의 모습을 노래한 혁명적인 가요를 만들자고 독려한다. 결국 바다 노래 창작에서 전통의 현대적 계승과 함께 음악에 현실을 반영해야 함을 강조하고 있었다.

　노래를 만들 때 현실을 바탕으로 해야 함은 체제 초기부터 지켜왔던 사회주의 리얼리즘의 고수와 관련된다. 예를 들어 1959년 6월에 있었던 군중가요 합평회를 요약 정리한 글[23]에서 "수산성 어로국 기사 손 동광은 ≪바다'가 처녀≫(윤 승진 곡, 리 맥 시)에 대하여 노래가 전반적으로 명랑하게는 되어 있으나 푸른 파도 넘나드는 광활한 바다와 그 것에서 일하는 바다'가 처녀들의 락천성과 생활 감정들이 생동하게 형상화되지 못하였으며 이 노래를 듣노라면 광활한 바다보다도 좁은 울타리를 련상하게 된다"고 말하면서 이것은 가사 자체가 바닷가 처녀들의 생생한 생활보다는 일반적인 구호와 막연한 개념만으로 서술되고 있기 때문이라는 것을 지적하였다. 또한 생활의 진실을 체득하기 위하여서는 작곡가와 시인들이 대담하게 현실 속에 들어가 실생활 속에서 근로자들의 약동하는 생활 감정들을 진실하게 체득하는 것이 필요하다고 강조하였다. 그리고 전초민이 "최근 우리 가요들에서 나타나고 있는 기본 결함은 구체적 생활 감정과 혁명적 랑만이 부족한 것이며 시적 이메지없이 개념적인 구호를 라렬하며 내용 없는 말작난들을 부리고 있는 것이다. 심지어 주인공의 립장이 모호한 목가적인 가요도 부분적이나마 남아[24]" 있기에 생활이 반영

---

23) 미상, 「보다 다양하고 생신한 생활적인 노래를!: ≪군중 가요 합평의 밤≫」, 『조선음악』, 제7호, 조선음악출판사, 1959, 34쪽.

24) 전초민, 「가사 창작의 보다 높은 앙양을 위하여」, 『조선음악: 조선작곡가동맹중앙위원회

되지 않음을 지적한 것을 보면 사회주의 리얼리즘의 원칙을 적용하는 과정이 순탄하지지만은 않았음을 볼 수 있다. 방송예술단의 김종덕은 대중들에게 가창을 지도하는 과정에서 다음의 문제를 제기하였다. 그는 "노래를 불러야 할 대중들에 대한 무고려는 가요에서의 가사 취급에서도 나타나고 있다. 얼마 전에 나는 서해 어로 부문 로동자들의 로동을 노래한 ≪조기잡이 노래≫(리호남 시, 김준도 곡)를 마이크로 가창 지도한 바 있는데 가사는 선률과 일치되지 못하고 있다. (…중략…) 역시 이런 것도 작곡가 혼자의 생각이며 노래 부를 사람을 고려에 넣지 못하고 주관을 극복하지 못한 데서 온 것이라고 생각한다[25]"며 작곡가들의 안이함을 비판하였다.

결국 김일성은 1960년에 "우리의 문학과 예술은 응당 천리마의 기세로 내달리고 있는 우리 인민의 이 위대한 창조적생활을 힘있게 형상화하여야 할것입니다. 우리의 문학과 예술은 천리마시대 사람들의 보람찬 생활과 영웅적투쟁모습을 그려야 하며 그들의 희망과 념원을 뚜렷이 나타내야 할것[26]"이라며 천리마시대 인민들의 약동하는 현실생활을 주제로 하여 많은 작품을 만들 것을 요구하였다.

1957년부터 시작된 수산업 증산과 바다에 대한 인민교양은 1962년 리봉학의 글[27]로 마무리된다. 그는 노래집『풍어기 휘날리자』의 출판 즈음 "우리 작곡가들은 간결한 음악표현 수단으로써 바다 생활의 아름다움과 진실을 밝힐 뿐만 아니라 투쟁의 기'발이 되여 어로

기관지』 제7호, 조선음악출판사, 1959, 27쪽.

25) 김종덕, 「가창 지도 경험에서 본 우리 가요들」, 『조선음악: 조선작곡가동맹중앙위원회 기관지』 제7호, 평양: 조선음악출판사, 1959, 15쪽.

26) 김일성, 「천리마시대에 맞는 문학예술을 창조하자: 작가, 작곡가, 영화부문 일군들과 한 담화 1960년 11월 27일」, 『김일성전집』 26, 평양: 조선로동당출판사, 1999, 277~285쪽.

27) 리봉학, 「당의 붉은 어로전사들에게 더 좋고 더 많은 노래를」, 『조선음악』 제4호, 평양:조선문학예술총동맹출판사, 1962, 47~48쪽.

일군들의 생산과 점진을 고무 추동하는 전투적인 노래를 많이 만들어야 한다"고 말하면서 "우리 작곡가들은 폭 넓은 음악 감정의 뉴안스로 이 대자연의 정복운동과 그 발전 과정을 폭 넓게 노래함으로써 바다사람마다를 혁명적인 사색, 강의한 성격과 투지의 소유잘 되게 하며 그들로 하여금 삶의 환희와 랑만으로 들끓게 하여야 한다"고 바다 관련 노래가 갖추어야 할 내용적 덕목을 정리하였다. 또한 음악적으로는 "바다를 주제로 한 모든 음악 창작에서 반드시 류의하여야 할 점은 인민 유산에 튼튼히 립각하여 모든 노래들이 민족적인 선률에 바탕을 두어야 하는바 이를 위하여 바다 생활을 노래한 우리 민요를 깊이 연구하는 것은 매우 중요하다"고 하면서 "우리들은 민요에 튼튼히 립각하여 이를 오늘 우리 시대 인민들의 미감에 맞게 더욱 발전"시켜야 함을 명시하였다. 즉, 천리마시대 바다 노래의 가사가 지향해야 하는 내용적 덕목이 증산, 고무, 추동, 전투적, 정복, 혁명, 환희, 랑만 등이어야 하며, 음악적인 부분, 즉 선율이나 리듬, 속도 등은 민요를 바탕으로 창작해야 한다는 것이다.

그렇다면 앞장에서 살펴본『풍어기 휘날리자』에 수록된 노래가 당의 정책과 얼마나 부합되었는지 노래의 가사와 음악적 내용을 다시 정리할 필요가 있다. 먼저 노래집에 수록된 바다 노래 17곡의 가사를 다음의 〈표 1〉로 정리해 보았다.

노래집『풍어기 휘날리자』에 수록된 바다 노래 17곡 중 〈처녀 양식공의 노래〉와 〈굴포별 10리〉를 제외한 나머지 15곡의 화자는 남성이다. 가사의 형식을 보면, 〈귀항의 노래〉와 〈바다의 달풀이〉, 〈오늘도 만선일세〉를 뺀 나머지 모든 노래가 3절로 이루어져 있으며, 〈귀항의 노래〉는 2절, 〈바다의 달풀이〉는 4절, 〈오늘도 만선일세〉는 6절로 구성하였다. 가사의 내용으로 보면, 몇몇 노래에서는 김일성의 교시인 80만 톤과 300일 출어를 명시하기도 하였으나, 대부분의 노래

〈표 1〉『풍어기 휘날리자』 수록 어로 관련 악곡의 가사 분석

곡목	작사	내용/정서	조흥구
풍어기 휘날리자	리기환	80만톤, 풍어, 청춘 흥겨움, 기쁨	에헤라디야
바다의 전사	김해송	출항, 풍어, 만선 씩씩한 기상, 낙관	
바다의 붉은 전사	김북원	만선과 미래에 대한 희망	
우리는 바다의 붉은 용사다	상민	천리마시대, 젊음, 청년	
바다는 청춘 우리의 일터	남천록	청춘, 만선귀항, 축복	
바다여 너를 반긴다	최석숭	사랑, 청춘, 기쁨, 랑만, 낙천적	
동해 바다	리호일	바다예찬, 사랑, 청춘	
서해의 노래	백인준	풍어, 만선기원	에 에헤에야 어그 여차 디그니여차
우리 기관장	한명천	기계화로 수월한 어로, 300일 출어	
80만톤 넘쳐내세	김수안	풍어, 만선기원 80만톤, 기계화, 300일출어	에헤라, 에헤야
원해 선단의 노래	김동전	풍어와 만선의 기쁨, 환호 80만톤, 천리마, 청춘	
선박 수리공의 영예	리동준	만선, 승리, 흥겨움	
바다의 달풀이	박근	80만톤, 천리마, 지상낙원, 수출 미래에 대한 낙관	다령 다령 다리구 내자
처녀 양식공의 노래	정문향	양식 기쁨, 웃음, 바다풍년, 자랑	에야 데야
굴포벌 10리	리선을	양식 아름다움, 자랑, 님, 만선기	에헤용 데헤용
귀항의 노래	정문향	만선, 귀항의 기쁨	
오늘도 만선일세	김북원	만선의 기쁨, 귀선 환영	얼싸 좋네

가 전통 수산노동요의 사설인 풍어와 만선을 현대 북한의 상황에 맞
게 바꾸어 노래하였다. 또한 전통민요에서 사용하였던 "에헤에야"나
"에야데야"와 같은 조흥구를 사용한 노래도 7곡이나 되었다.

다음으로 선율이나 리듬과 같은 음악적인 부분에서 북한의 인민이 원
하고 수령이 원했던 것처럼 시대의 감성을 담되 부르기 쉽고 가사와 선율
이 잘 밀착되어 있는 노래로 만들어졌는지 살펴보도록 하겠다. 노래집에
수록된 바다 노래 17곡에 대한 음악적 분석은 다음의 〈표 2〉와 같다.

〈표 2〉『풍어기 휘날리자』 수록 어로 관련 악곡의 선율 분석

곡목	조·선법	가창 형식	리듬·장단	악상/음악적 감성	
풍어기 휘날리자	C장조	제창	4/4 → 2/4	좀 빠르고 씩씩하게 레'-도'-레'-도-라의 민요적 음진행, 행진곡풍	민요적
바다의 전사	C장조	제창	2/4 → 4/4	약간 빨리 씩씩하고 희망하게, 후렴의 시원스런 고음 역대	행진곡풍
바다의 붉은 전사	F단조 메나리토리	제창	4/4	명쾌하게	민요풍 행진곡풍
우리는 바다의 붉은 용사다	G단조 육자배기토리	3중창	2/4	보통 속도로 힘차게	민요풍 행진곡풍
바다는 청춘 우리의 일터	B♭장조 신경토리	제창	3/4 양산도장단	흥겹게(양산도 장단으로) 흥겨움, 약동적	민요풍
바다여 너를 반긴다	F단조 메+육	2중창	3/4 왈츠리듬	원무곡으로 경쾌하게 한원함	민요풍
동해 바다	D장조	제창	3/4 왈츠리듬	느리지 않게 따뜻함	
서해의 노래	F#단조 반경+메	제창	9/8 양산도장단	민요풍으로 멋들어지게 흥겨움, 약동적	민요풍
우리 기관장	F단조	3중창	4/4 → 3/4 → 2/4 → 4/4	경쾌한 기분으로 역동적, 씩씩한 기상/ 민요적 선율진행과 종지감	민요풍
80만톤 넘쳐내세	A단조 반경토리	제창	6/8 굿거리장단	민요풍으로 흥겨움, 약동적, 낙천적	민요풍
원해 선단의 노래	E단조 반경+메	제창	6/8박자 중모리장단	락천적으로 흥겹게 건듯건듯하고, 호방함	민요풍
선박 수리공의 영예	F단조 반경+메	2중창	2/4	약간 빨리 흥겹게 흥겨움, 약동적	민요풍
바다의 달풀이	G단조 메나리토리	선후창 4중창	12/8 중모리장단	보통속도로 흥겨움	민요풍
처녀 양식공의 노래	E♭장조	2중창	3/4 왈츠리듬	부드럽고 잔잔함	
굴포벌 10리	G단조 반경+메	2중창	6/8 굿거리장단	자랑찬 마음으로 (중모리) 자조적, 흥겨움	민요풍
귀항의 노래	B♭장조	제창	4/4	빠르지 않게 서정을 담고	
오늘도 만선일세	G단조 메나리토리	선후창	12/8 굿거리장단	흥겹고 멋들어지게	민요풍

노래 가사가 만선과 풍어를 기원하고 기원이 이루어졌음에 기뻐하는 정서를 표현하고 있듯이, 음악의 선율은 이에 부합하듯이 고음역대로 질러 부르는 부분이 많았다. 또한 노래의 리듬은 행진곡풍의 노래가 갖는 전진의 정서, 역동성, 씩씩함, 경쾌함과 만선이나 풍어의 흥겨운 정서를 표현하였다. 즉, 노래에서 경쾌한 느낌을 주는 16분음표나 부점이 붙은 음표를 사용하였으며, 리듬의 강박이 비껴가는 엇붙임 리듬을 사용하여 역동적이고 씩씩한 느낌이 들도록 하였다. 또한 대부분의 노래가 후렴구를 갖는 두도막 형식이나 월령체 형식을 갖는 〈바다의 달풀이〉와 함께 〈오늘도 만선일세〉는 전렴－선창－후렴과 같은 전통민요의 형식인 메기고 받는 형식을 취하고 있다.

사용된 노래의 선법을 보면, 장조(major scale)가 5곡이고 나머지 12곡은 단조(minor scale)이다. 그러나 단조는 서양식 7음 음계의 단조로 사용된 것이 아니라 전통민요의 선율형과 종지형을 사용하기 위하여 단조를 차용한 것으로 보인다. 앞의 〈표 2〉에서 보듯이 노래집에 수록된 노래들은 전통민요에 보이는 선율형과 종지형을 사용하고 있었으며, 이러한 분석을 바탕으로 "○○토리"라는 이름을 붙여 놓았다. 그 결과 메나리토리 3곡, 육자배기토리 1곡, 신경토리 1곡, 반경토리 1곡, 메나리토리와 육자배기토리의 혼합형이 1곡, 반경토리와 메나리토리의 혼합형이 4곡이 있었으며, 이외에 〈우리 기관장〉은 서양식 장조의 음진행에 더하여 일부에서 민요적 선율진행과 종지감을 주는 곳이 발견되기도 하였다. 한편 전라도 민요에 전형적으로 사용되는 육자배기토리가 보이는 곡인 〈우리는 바다의 붉은 용사다〉는 김혁(1921~1991)이 작곡한 행진곡풍의 노래인데, 이는 김혁이 전라남도 보성 출신[28]이라는 점과 유관한 것으로 추측된다.

이 노래집에 수록된 노래의 리듬체계를 살펴보면, 2박계통은 7곡,

3박계통은 10곡이며, 3박계통의 곡중 왈츠리듬은 3곡이며, 양산도장단 2곡, 굿거리장단 3곡, 중모리장단은 2곡이 확인되었다. 2박계통의 리듬은 경쾌하며, 3박계통의 리듬은 흥겹다.

정리해 보면, 1962년 4월에 출판·보급된 『풍어기 휘날리자』에 수록된 노래의 가사에 드러나는 언어적 감성은 노동 정책과 노동 주체, 그리고 노동의 결과라는 범주로 다음과 같이 분류할 수 있다.

노동 정책: 천리마-80만톤-기계화-300일 출어
노동의 주체: 젊음-청춘-씩씩함-희망-낙관
노동의 결과: 만선귀항의 기쁨-풍어의 흥겨움-웃음-자랑-환영

또한 노래의 선율과 선법, 리듬, 악상을 종합해 보면, 씩씩하고 희망적이며, 흥겹고 경쾌하되 민요적인 느낌을 갖는 음악을 지향했음을 알 수 있다.

장조적 선율진행-2박자 리듬-씩씩하고 경쾌함
경토리적인 선율진행-3박자 리듬-흥겨움, 약동적
메나리토리적 선율진행-양산도, 굿거리, 중모리장단-낙천적, 서정적, 멋들어지게

결국 천리마시대 노동의 정책은 초과생산과 속도에 대한 독려이다. 이는 천리마시대인 만큼 바다에서도 80만 톤은 생산해 내야 하며 어선과 선구를 기계화하여 300일 출어를 가능하게 하라는 말이다. 또한 천리마시대에 새로운 일꾼은 젊은 청년들이며, 이들을 바다로

---

28) 사회과학원, 『DVD 문화예술대사전』, 2006.

나가도록 독려한다. 그리고 그 결과물은 반드시 풍어나 만선이며, 그것이 이루어지리라는 낙관이 가사와 선율 주위를 맴돈다.

한편, 전통적으로 뱃일은 남성들이 맡았으며, 갯가일은 여성들의 손으로 이루어져 왔다. 그러나 북한에서는 1950년대 후반 천리마시기에 여성들이 〈녀성호〉라는 배를 타고 어로작업을 했었다고 한다. 이에 대해 김일성은 1962년 2월의 연설에서 "나는 특히 자기들의 특출한 로력적위훈으로 우리들을 크게 감동시킨 (…중략…) 남포수산사업소 녀성호 선장 김병숙동무, (…중략…) 룡암포수산사업소 녀성호 선장 장금실동무, 문덕수산사업소 녀성호 선장 주춘녀동무들에게 감사를 드립니다"라며 일일이 호명하였고, "특히 17~18살 되는 녀성들로 조직된 녀성호가 40척이나 된다는것은 우리 나라 력사에서 처음 보는 일이며 우리의 커다란 자랑입니다. 이것은 로동당에 의하여 교양육성된 우리의 젊은 세대들의 용감하고 씩씩한 풍모를 뚜렷하게 시위하는것입니다. 나는 녀성호들에서 일하고있는 전체 녀성동무들

〈표 3〉 〈천리마녀성호〉와 〈바다의 처녀〉 가사

천리마녀성호	바다의 처녀
1. 아침노을 비쳐오는 서해푸른 바다로 녀성호의 어부들이 고기잡이 떠나네 수령님이 주신 선물 기계배를 타구요 붉은 수건 휘날리며 쏜살같이 달리네	1. 갈매기 훨훨 따라오고 꽃구름 둥실 떠오는데 처녀들의 고기배는 살같이 달려간다오
2. 햇내기 처녀들이 배를 몬다 나무래도 신비주의 보수주의 푸른 물에 던지며 다기망의 일솜씨로 갖은 고기 잡구요 오늘도 한기망에 서른 톤은 잡았네	2. 신랑감 누구냐고 묻지 마오 시집은 언제가나 묻지 마오 동해서해 고기잡이 소문난 총각에게 간다오
	3. 선장도 선원도 처녀이지만 바다에 나서면 사내대장부 세찬 파도 모진 바람 힘차게 넘어간다오
(후렴) 에헤야 천리마 녀성호가 바다로 나가네 천리마로 달리네 (마감) 에헤야 아하 좋구나 녀성호가 기적을 울리네	(후렴) 즐거운 우리들의 노래소리 넘치는 곳 아아 고기떼가 넘실거리네

을 열렬히 축하"[29]한다고 하였다. 이렇게 바닷일을 하는 여성들의 활동을 두고 〈천리마녀성호〉(1958)와 〈바다의 처녀〉(1962)라는 노래가 만들어졌다. 이 두 노래의 가사는 〈표 3〉과 같다.

남한에서는 지금까지도 여성들이 물고기를 잡기 위해 배를 타고 바다에 나가는 경우는 거의 없다. 배를 타는 주체는 남성이라는 관념이 강하기 때문이다. 그러나 북한에서는 천리마운동시기에 80만 톤 어획량을 생산해 내기 위해 자발적이거나 반강제적인 분위기를 만들어 여성들도 바다에 나가 뱃일을 하도록 추동하였던 것이다. 그러나 〈표 3〉에 제시된 〈천리마녀성호〉의 2절 가사에서 보듯이 주변의 보수주의적인 남성들과 어린 여자아이들에 대한 신비주의 등 이들에게 곱지 않은 시선이 있었던 것으로 보인다. 그러나 〈녀성호〉의 여성 뱃사람들은 자신들에 대한 세간의 관심과 야유를 이겨내고 임무를 완수하기 위해 노력하였고, 또 당 차원에서 이를 독려하였던 것으로 추측된다. 그럼에도 불구하고 이 노래들이 노래집 『풍어기 휘날리자』에 수록되지 않은 이유를 추측해 보면, 당시 북한에 가득했던 보수적인 성향과 어로를 위한 노동력의 주요한 제공자인 남성에 대한 타협의 결과가 아닐까 한다.

5. 청춘의 열정을 바다로

한국전쟁 후 북한에서는 천리마운동시기에 재건사업이 진행되었으며, 당의 이름으로, 혹은 당의 기치 아래 인민 모두가 참여하여 "더

---

29) 김일성, 「수산물 80만톤고지를 점령하기 위하여: 전국수산부문 열성자대회에서 한 연설 1962년 2월 14일」, 『김일성전집 29』, 평양:조선로동당출판사, 2000, 52~53쪽.

빨리, 더 많이" 생산하도록 독려하는 사회적 분위기가 형성되었다. 이 글에서는 이러한 시기에 수산업에서의 천리마운동의 진행과 이를 독려하고 인민들을 교양하기 위해 출판된 노래집『풍어기 휘날리자』를 중심으로 노래집에 출판된 배경과 수록된 노래에서 찾을 수 있는 음악적 감성을 살펴보았다.

1957년부터 시작된 수산업 발전과 인민교양에 대한 논의는 1962년 2월까지 진행되었다. 즉, 1957년 4월의 조선로동당 중앙위원회 전원회의에서 수산업을 더욱 발전시키기 위한 과제를 제시하고, 이후 1959년 6월에 있었던 수산 부문 당열성자회의에서 김일성은 바다의 자원개발에 대한 의욕을 나타냈으며, 11월에는 바다에서 어로 작업 중에 부를 수 있는 노래가 부족하니 많이 만들 것을 지시하였다. 그리고 1962년 2월에는 1950년대의 40만 톤에서 수산물 80만 톤이라는 목표량을 설정하고 계속 매진하도록 독려하였다.

이러한 상황에서 창작가들은 바다가 무서운 곳이 아니며, 젊은 사람들이 나아가 꿈을 실현하는 무대라고 선전하였고, 더 많은 물고기를 잡으라고 경쟁을 촉구하였다. 가사에서는 미래에 대한 낙관과 희망, 청춘의 노력, 만선하여 귀항하는 선원들의 기쁨, 흥겨움, 환영의 분위기를 전하고 있으며, 음악적 어법으로는 전통민요의 느낌을 사용하되 씩씩하고 경쾌한 리듬과 흥겹고 약동적인 선율, 그리고 낙천적이고 서정적인 느낌이 들도록 음을 사용하고 있었다. 그러나 10대의 어린 여성들의 노동력까지도 요구하면서 노래집에는 여성들을 위한 노래를 삽입해 놓지 않아 북한의 이중적인 성향을 엿볼 수 있었다.

참고문헌

사회과학원, 『DVD 문학예술사전』, 2006.

예술교육출판사 편, 『조선민족음악전집: 민요풍의 노래편』1, 평양:예술교육출판사, 2000

조선문학예술총동맹, 『노래집 풍어기 휘날리자』, 평양:조선문학예술총동맹출판사, 1962

김일성, 「문학예술을 더욱 발전시키기 위하여: 조선로동당 중앙위원회 정치위원회에서 한 결론 1954년 8월 10일」, 『김일성저작집』9, 조선로동당출판사, 1980.

_____, 「문학예술총동맹의 임무에 대하여: 조선문학예술총동맹 중앙위원회 집행위원들 앞에서 한 연설」, 『김일성저작집』15, 조선로동당출판사, 1981.

_____, 「수산업을 더욱 발전시킬데 대하여: 조선로동당 중앙위원회 전원회의에서」, 『김일성전집』20, 조선로동당출판사, 1998.

_____, 「수산업을 더욱 발전시키기 위하여: 강원도 수산부문 당열성자회의에서 한 연설 1959년 6월 11일」, 『김일성전집』24, 조선로동당출판사, 1998.

_____, 「서해수산업에서 새로운 전환을 일으키자: 남포지구 수산부문 일군들과 한 담화 1960년 10월 5일」, 『김일성전집』26, 조선로동당출판사, 1999.

_____, 「천리마시대에 맞는 문학예술을 창조하자: 작가, 작곡가, 영화부문 일군들과 한 담화 1960년 11월 27일」, 『김일성전집』26, 조선로동당출판사, 1999.

_____, 「세소어업을 발전시켜 물고기 생산을 늘일데 대하여: 함경북도 청진시 수산부문 일군협의회에서 한 연설 1961년 5월 12일」, 『김일성전집』27, 조선로동당출판사, 1999.

_____, 「수산물 80만톤고지를 점령하기 위하여: 전국수산부문 열성자대회에서

한 연설 1962년 2월 14일」, 『김일성전집』 29, 조선로동당출판사, 2000.

김종덕, 「가창 지도 경험에서 본 우리 가요들」, 『조선음악: 조선작곡가동맹중앙위원회 기관지』 제7호, 조선음악출판사, 1959.

김초옥, 「(관평) 시대의 숨결과 민족적정서가 넘쳐 흐르는 명곡무대: 공훈예술가 김혁음악회를 보고」, 『조선예술』 제11호, 문학예술종합출판사, 2002, 23~25쪽.

리봉학, 「당의 붉은 어로전사들에게 더 좋고 더 많은 노래를」, 『조선음악』 제4호, 조선문학예술총동맹출판사, 1962.

미상, 「(권두언) 바다의 음악을 더욱 발전시키자」, 『조선음악: 조선작곡가동맹중앙위원회 기관지』 제7호, 조선음악출판사, 1959.

미상, 「보다 다양하고 생신한 생활적인 노래를! ≪군중 가요 합평의 밤≫」, 『조선음악』 제7호, 조선음악출판사, 1959.

배인교, 「어로 관련 북한 '민요풍 노래'의 음악적 검토」, 『한국민요학』 38, 한국민요학회, 2013.

전초민, 「가사 창작의 보다 높은 앙양을 위하여」, 『조선음악: 조선작곡가동맹중앙위원회 기관지』 제7호, 조선음악출판사, 1959.

표충혁, 「어로공의 생활은 나에게 삶의 보람을 주었다」, 『조선음악: 조선음악가동맹중앙위원회 기관지』 제11호, 조선문학예술총동맹출판사, 1962.

천 리 마 의
서　　　정

제**2**부

풍경화와 서정성

: 1950년대 후반 북한미술 담론의 양상

홍지석

1. 문제적 장르 '풍경화'

북한미술의 전체 역사에서 1950년대 후반은 각별한 주목을 요하는 시기다. 이 시기에 북한미술은 그 이전까지 절대적인 영향력을 행사하던 스탈린체제의 소비에트−사회주의 리얼리즘과 거리를 두기 시작한다. 주지하다시피 1950년대 중반까지 북한미술은 스탈린체제의 소비에트−사회주의 리얼리즘의 학습과 체화를 통해 성장의 동력을 얻었다.[1] 하지만 1953년 스탈린 죽음, 1956년 제20차 전당대회에서 흐루쇼프의 교조주의 비판을 계기로 북한에 불어온 소련발 변화의 바람은 북한미술에 심대한 영향을 미쳤다. 이 시기에 북한미술인들

---

[1] 이에 관해서는 홍지석, 「초기 북한과 소련의 미술 교류: 1945~1953년간 북한 문예지 미술 비평 텍스트를 중심으로」, 『중소연구』 35권 제2호, 2011 참조.

은 1957년 창간된 『조선미술』(조선미술가동맹 중앙위원회 기관지)을 중심으로 이전까지는 비판 없이 수용했던 스탈린식(또는 즈다노프식) 사회주의 리얼리즘을 재해석, 재평가하는 작업에 몰두했다. 이것은 한편으로 이전까지는 사회주의적 내용에 비해 부차적인 것으로 내쳐졌던 민족적 형식에 대한 본격적인 재고로, 다른 한편으로 도식성을 교조주의적인 것으로 비판하고 서정성을 옹호하는 방향으로 전개됐다. 즉 소련미술가들의 가르침에 따라 정해진 주제를 정해진 방식에 따라 기계적인 방식으로 묘사하는 기존의 방식은 '주관없는 객관'으로 배격되었고 그 대안으로 서정성과 시적 정서가 깃든, 달리 말해 '혁명적 로만찌까'로 충만한 미술에 대한 요구가 봇물을 이뤘다.[2] 이것은 한편으로 스탈린 사후 소련에서 제기된 스탈린 비판에 대한 반응이었고 다른 한편으로는 소련의 노선을 맹목적인 것으로 받아들이는 교조주의에 맞서 '우리식'을 모색한다는 명목으로 전개된 1956년 8월 이른바 반종파 투쟁[3]과도 밀접한 연관성을 지니고 있는 것으로 보인다.

이러한 관점에서 이 글은 1950년대 후반 『조선미술』에 게재된 미술 비평 텍스트를 중심으로 당시 북한미술의 도식성 비판과 서정성 옹호의 양상, 민족적 형식의 재고 양상을 검토하고자 한다. 그것은 구체적으로 어떤 방식으로 전개되었으며 이후 북한미술의 역사적 전개에 어떤 영향을 미쳤는가가 차례로 검토될 것이다. 이 경우 유의미한 주제가 바로 '풍경화'다. 1950년대 전반까지만 해도 반동적, 자연주의적, 형식주의적, 부르주아적 경향으로 치부되어 기피되던 풍경

---

2) 이것은 비단 미술계에 국한된 것이 아닌 당시 북한 문예 전반의 일반적 경향이다. 일례로 문학분야에서는 1955년 2월에 개최된 전연맹 소비에트 작가대회에 참석했던 조선작가대표단의 귀환 보고를 기점으로 도식주의 비판과 서정성 옹호의 바람이 거세게 불었다. 김재용, 『북한문학의 역사적 이해』, 문학과지성사, 1994, 149~150쪽 참조.

3) 이종석, 『새로 쓴 현대북한의 이해』, 역사비평사. 2000, 79쪽.

화라는 개념은 1950년대 후반 도식성 비판의 흐름을 타고 북한미술의 중요 의제로 새삼 부각되었다. 이 시기에 북한에서 풍경화는 객관과 주관이 조화롭게 호응하는 서정적 장르, '사회주의적 내용과 민족적 형식'을 함께 구현하는 사회주의 리얼리즘의 적절한 장르로 부상했다. 이로써 풍경화는 북한미술의 가장 중요한 장르 가운데 하나로 굳건히 자리 잡게 되었다. 그런 의미에서 1950년대 후반 북한미술의 풍경화 담론을 구체적으로 세심하게 검토하는 일은 당시 북한미술의 주도적 흐름을 포착하기 위한 기초 작업이 될 수 있다.

1950년대 후반 북한미술계의 도식성 비판 내지는 풍경화 담론을 다룬 선행연구들은 매우 적다. 도식주의 비판과 관련하여 이 문제를 포괄적으로 짧게 언급한 이구열의 연구, 1975년에 정영만이 발표한 〈강선의 저녁노을〉의 前史로서 1950년대 후반~1960년대 초반 『조선미술』의 풍경화 담론을 언급한 박계리의 연구 등을 거론할 수 있을 따름이다.[4] 이 글은 선행연구를 참조하면서 이 연구들에서 다루지 않은 텍스트들을 포괄하여 논의를 전개할 것이다. 그런 의미에서 이 글은 선행연구를 보충, 보완하는 성격을 갖는다.

2. 1957년 북한미술의 '풍경'

이번 소품전을 보고 외국인들이나 우리들이나 다 일률적이라고 말한다. 기법에서 뿐만 아니라 쩨마에 있어서도 몇점의 작품을 제외하고는 거의가 다 일률적인 풍경화였다. 동맹에서 풍경화 전람회를 조직한 것도

---

4) 이구열, 『북한미술 50년』, 돌베게, 2001, 68~73쪽; 박계리, 「백두산: 만들어진 전통과 표상」, 『미술사학보』 제36집, 2011 참조.

아닌데 왜 일률적인 풍경화 전람회로 되였는가. 이것은 무엇을 말하고 있는가?5)

위 구절은 1957년『조선미술』창간호에 김만형이 쓴 글을 인용한 것이다. 그가 언급한 소품전은 〈지방주권기관 대의원선거 경축 미술 소품전람회〉다.6) 김만형이 보기에 이 소품전에서 보듯 1957년 당시 북한미술에는 풍경화가 지나치게 많다. 특히 금강산, 묘향산 같은 명승지 풍경이나 가을 풍경이 많은 수를 차지하고 있다. 그는 묻는다. "왜 다른 쩨마의 작품들이 안나오는가?"7)

확실히 1957년 연간의 북한미술에는 풍경화가 다수 제작된 것으로 보인다. 김만형이 언급한 소품전 외에도 〈정현웅·림홍은 2인전〉(4월 25일~5월 9일, 평양시 대동문 영화관)8) 〈리석호 개인전〉(4월 11일~4월 26일, 평양시 대동문 영화관),9) 〈최고인민회의선거 경축 전국미술전람회〉10) 같은 굵직한 전시들에는 어김없이 풍경화가 대종을 이뤘다.

---

5) 김만형,「우리들의 그림은 왜 다채롭지 못한가?: 소품전을 보고 느낀 몇가지 문제」,『조선미술』, 1957년 제1호(창간호), 55쪽.

6) 조인규,「도식과 편향: 〈미술소품전람회〉및 그와 관련된 지상 토론을 중심으로」,『조선미술』, 1957년 제3호, 24쪽.

7) 김만형, 앞의 글, 55쪽.

8) 이 전시는 정현웅의 1956년 불가리아 방문, 림홍은의 파란(폴란드) 세계청년학생축전 참가에 대한 귀환미술전람회로 개최됐다. 이 전시에서 정현웅은 불가리아의 자연풍물을 그린 〈쏘피야로 가는 길〉, 〈야트라강〉 같은 풍경화를 다수 선보였고 림홍은은 〈씨베리대지〉, 〈와르샤와 밤풍경〉, 〈만수산〉 등 파란, 모쓰크바, 중국 등에서 취재한 작품들을 내놓았다. 민병제,「사색과 감동의 기록: 정현웅, 림홍은 2인전을 보고」,『조선미술』, 1957년 제3호, 44~46쪽.

9) 이 전시는 이석호가 월남을 방문하고 돌아와 개최한 귀환보고전의 성격을 갖는다. 김용준에 따르면 이 전시에는 하롱만, 태원성, 진무관 등, 남국의 무르녹는 정취를 향기 흘러 넘치는 수묵으로 다듬은 그림들이 선보였다. 김용준,「리석호 개인전을 보다」,『조선미술』, 1957년 제3호, 61쪽.

10) 김창석은 이 전시의 가장 큰 성과로 "미술계의 지도적 작가들이 자기의 개성적 스찔을 탐구하였다는 사실"을 언급하며 이것이 풍경화 장르에서 여실히 표현됐다고 주장한다. 그 예로 김창석은 황헌영, 한상익 등이 그린 금강산 풍경화와 선우담이 그린 〈저녁의 대동

〈그림 1〉 김주경, 〈묘향산〉, 유화,　　〈그림 2〉 선우담, 〈크레믈리 광장〉,
　　　　　　1958.　　　　　　　　　　스케치, 1956.

(뒤에서 보겠지만) 이 시기 북한의 미술 비평에도 풍경화를 다룬 글들
이 다수 발표됐다. 이것은 흥미로운 현상이다. 왜냐하면 좀 더 초기
(1940~1950년대 초반)의 북한미술 담론에서 '풍경화'라는 개념 내지는
범주는 거의 등장하지 않기 때문이다. 일례로 정관철이 1949년에 발
표한 글(정관철이 미술동맹 위원장의 자격으로 동맹의 1945~1949년간 성과
를 회고한 글이다)에는 '풍경화'라는 용어가 등장하지 않는다.11) 여기
서 정관철은 새 시대 화가의 임무로 '개변된 환경'을 묘사할 것을 요
구하지만 그것은 '근로인민의 생활'을 다룬 일종의 주제화—이를테
면 〈카-바이트 공장〉, 〈해주기계제작소〉, 〈불이농장〉 같은 작품—
를 그리는 일이다.12) 이러한 작품은 풍경화가 아니라 주제화(쩨마화,
또는 슈제트화)로 불릴 것이다. 요컨대 일제 강점기에 우리 화단에 자
리 잡은 풍경화라는 장르(개념)는 해방 후 북한미술 담론과 실천에서
한동안 뒷전으로 밀렸다가 1950년대 후반 새롭게 부각됐다. 이러한

　강) 등을 거론한다. 김창석, 「찬란한 민족미술 창건 도상에서: 전국미술전람회를 논함」,
　『조선미술』, 1957년 제5호, 28쪽.
11) 여기에는 정관철, 「미술동맹 4년간의 회고와 전망」(『문학예술』, 1949년 제8호); 정관철,
　「민족미술의 우수한 특성을 화면에」(『문학예술』, 1949년 제10호); 김주경, 「조선미술유산
　의 계승문제」(『문화전선』, 1947년 제3집) 같은 텍스트들이 포함된다.
12) 정관철, 「미술동맹 4년간의 회고와 전망」, 『문학예술』, 1949년 제8호, 89~90쪽.

사실은 '풍경화' 자체의 속성에 비추어 보아도 흥미로운 현상이다. 예컨대 폴 발레리(Paul Valéry)는 근대적 회화장르로서 풍경화가 '인가 없는 세계의 영상'이 되어 바다, 숲, 인적 없는 들판을 그저 그것만으로 사람들의 눈을 즐겁게 하는 방식으로 다루게 됐다고 주장하면서 그 결과 회화에서 제멋대로 독단을 발휘하는 일이 당연하게 됐다고 주장한다. 풍경화에서 다뤄지는 나무나 땅은 동물보다 훨씬 덜 친숙한 것이기 때문에 "예술에 자의성이 증가한다"13)는 것이다. 또한 가라타니 고진(柄谷行人)은 근대적 풍경화가 "외부 세계의 소원화(疏遠化), 다른 말로 하면 극도의 내면화를 통해"14) 발견된 것이라고 주장하기도 했다. 다소의 입장 차이가 있긴 하지만 발레리와 가라타니 고진은 풍경화를 주관화, 내면화가 두드러진 장르로 본다는 점에서 공통적이다. 이렇게 주관화를 속성으로 하는 풍경화는 '사상적 경향성', '현실성(리얼리티)'을 중시하는 사회주의 미술과 어긋나 보일 수 있다. 실제로 많은 소비에트 미술 비평가들은 풍경화를 "사상성이 결여된 것, 즉 그림 내용이 희박한 것"으로 보아 배격했다.15) 이러한 사정은 초기(1940년대 후반~1950년대 초반) 북한미술의 경우에도 마찬가지였다.

1940년대 후반의 북한미술계에서 풍경화라는 단어의 사용이 기피된(아니면 적어도 사용이 자제된) 것은 이 단어가 해방 후 북한미술이 청산 대상으로 삼았던 '일제 잔재' 또는 '부르주아예술 잔재'와 밀접한 연관을 맺고 있다는 사정과도 연관이 있을 것이다. 예컨대 풍경화는 식민지 조선의 미술을 제도적으로 관리하기 위해 조선총독부가 주최한 관설 공모전으로 1922년에 창설되어 23년간 존속했던 조선

---

13) 폴 발레리, 김현 역, 『드가·춤·데생』, 열화당, 2005, 113쪽.
14) 가라타니 고진, 박유하 역, 『일본 근대문학의 기원』, 민음사, 1997, 41쪽.
15) 아. 페도로브 다위또브, 「풍경화론」, 박문원 역, 『조선미술』, 1957년 제1호(창간호), 13쪽.

미술전람회의 최고 인기 장르였던 것이다(일례로 1920년대 조선미술전람회 서양화부에서 풍경화의 출품률 50%에 달했다).[16] 또한 홍선표의 말대로 1930년대에 본격 부각된 모더니즘 미술은 "프로미술에 대한 대타적 견제의식에서 신흥미술의 탈정치화에 따른 예술주의와 주관주의의 자율성 및 순수성의 확장과 결부되어" 진화했고 그 중심에는 서구 인상주의, 후기인상주의, 표현주의 화풍을 간직한 풍경화가 있었다.[17] 즉 이 단어는 해방 후 북한에서 척결의 대상이었던 반동적, 자연주의적, 형식주의적, 부르주아적 경향과 불가분의 관계를 맺고 있었다.

이런 관점에서 보면 1940년대 후반~1950년대 초반 북한에서 발표된 주요 미술 비평 텍스트들에 풍경화라는 단어가 등장하지 않는 것은 오히려 자연스럽다. 주목할 점은 앞서 우리가 보았듯 1950년대 후반 북한미술계에 '풍경화'가 각광받는 장르로 새삼 부각되고 있다는 점이다. 이 시기에 풍경화가 지닌 주관성은 배제될 것이 아니라 살려야 할 어떤 것으로 부각되기 시작했다. 김창석의 1957년 발언을 인용하면 이 시기에 "자연의 아름다움을 노래하는 것을 자기의 목적으로 삼고있는 풍경화나 정물화에서 정치적 사상성의 빈곤을 책망하는 견해"는 "로골적인 비속사회학의 발로"로 간주됐다. 김창석이 보기에 "이와같은 견해가 횡횡하던 시기는 이미 오래 전에 지나갔으나" 아직도 그 잔재가 남아 있는 모양이며 이제 미술가들의 공동과업은 "이런 악경향과의 더욱 간결한 투쟁을 전개"하는 일이다.[18] 이제 우리는 다음과 같은 질문을 던질 수 있다. 1950년대 후반 북한미술에

---

16) 홍선표, 『한국근대미술사: 갑오개혁에서 해방시기까지』, 시공아트, 2009, 151쪽.
17) 위의 책, 200~202쪽.
18) 김창석, 「찬란한 민족미술 창건 도상에서: 전국미술전람회를 논함」, 『조선미술』, 1957년 제5호, 29쪽.

풍경화가 새삼 부각된 것은 어떤 이유에서인가? 당시 북한에서 미술가들이 일제와 부르주아 형식주의 이데올로기에 오염돼 단어, 그렇기 때문에 위험하고 (그래서) 한동안 기피됐던 단어를 다시금 불러내 부각시키는 이유는 무엇인가?

3. 예술적 視: 풍경화와 서정성

1950년대 후반 북한미술에서 풍경화의 부상을 이해하기 위한 한 가지 단서는 앞에서 인용한 김창석의 발언에서 찾을 수 있다. 김창석은 풍경화에서 정치적 사상성의 빈곤을 책망하는 견해를 '비속사회학'의 발로로 간주한다. '비속사회학'이란 무엇인가? '비속사회학' 내지는 '사회학적 비속화'는 1956년 10월에 열린 제2차 조선작가대회 이후 북한 문예 비평에 등장하여 유행한 용어다. 문학비평가 엄호석에 따르면 '사회학적 비속화'란 "생활의 진리를 예술적으로 표현할 무한한 문학적 가능성들을 주관주의와 독단, 정서적 결핍과 무미건조성, 사회학적 도식과 도해성으로써 안팎으로 압착하여 협착하게 하는"[19] 것이다. 그런 의미에서 그것은 '도식주의'와 같은 계열의 것이다. 그리고 그가 보기에 사회학적 비속화와 도식주의는 "사회주의 사실주의 방법을 내부로부터 좀먹는 해충과 같은 병"[20]이다. 요컨대 '사회학적 비속화'는 1950년대 후반 이후 도식주의 비판을 중심으로 전개된 북한 문예의 사회주의 리얼리즘 이해와 체화 과정에서 등장한 비평용어다.

---

19) 엄호석, 「문학 평론에 있어서의 미학적인 것과 비속 사회학적인 것」, 『조선문학』, 1957년 제2호, 124쪽.
20) 위의 글, 124쪽.

엄호석의 주장을 좀 더 들여다보자. 그에 따르면 사회학적 비속화 내지는 도식성에 반대하여 사회주의 사실주의의 요구에 응답하는 일은 다음과 같은 과제를 안고 있다. 그 과제란 우선 표면적인 첫인상의 기록에 안주하는 자연주의적, 기록주의적 태도를 버리는 일이다. 더 나아가 그것은 "자연을 인간화된 자연으로 표현하는 일"이 된다. 이것은 과학의 현실인식과 구별되는 예술적 현실인식(예술적 특수성: 미적인 것)을 회복하는 일이다.[21] 문학에 있어서 이것은 소위 '구호시'를 반대하고 "보다 사색적이며 생활적 정서가 있는 물기있는 시를 쓰는" 일, 또는 "스쩰과 시적개성의 다양성을 더욱 꽃피우는" 일이 될 것이다.[22] 이러한 입장을 미술에 적용한다면 풍경화는 미술에서 도식성을 극복하는 하나의 대안으로 보일 수 있었을 것이다. 조인규의 표현을 빌자면 풍경화 장르는 다른 회화 장르, 이를테면 주제화나 인물화와 구별되는 자체의 특수성, 곧 "화가의 감정, 사색, 미학적 리상이 직접적으로 작용하는 범위가 비교적 넓어지는"[23] 특성을 지닌 까닭이다.

실제로 1950년대 후반 북한미술의 풍경화 담론은 대부분 미술에 있어 기록주의나 도식성 비판과 깊은 연관을 맺고 있다. 어떤 의미에서 이 시기 미술 분야에서 전개된 도식성 비판에서 핵심의제는 풍경화였다고 해도 과언이 아니다. 이 시기 북한에서 풍경화는 '혁명적 로만찌까'와 '사실주의'를 결합한 사회주의 리얼리즘 미술의 본보기로 또 "작가들의 자유로운 예술적 사색을 구속하지 않는"[24] 사회주

---

21) 위의 글, 125쪽.
22) 엄호석, 「시대와 서정시인: 상반기 서정시초들을 중심으로」, 『조선문학』, 1957년 제7호, 127쪽.
23) 조인규, 「도식과 편향: 〈미술소품전람회〉 및 그와 관련된 지상 토론을 중심으로」, 『조선미술』, 1957년 제3호, 26쪽.
24) 최철윤, 「제3차 쏘련 작가대회 문헌을 계속 심오하게 연구하자」, 『조선문학』, 1959년 제8

의 리얼리즘 미술의 가능성을 예시하는 좋은 예로 각광받았다. 여기에는 물론 소련미술의 흐름이 지대한 영향을 미쳤다. 이를 아. 페도로브 다위또브가 쓰고 박문원이 번역한 「풍경화론」을 통해 확인해 보기로 하자. 1957년『조선미술』창간호에 게재된 이 장문의 비평은 창간호의 서론과 서문에 해당하는 정관철과 길진섭의 글 바로 다음에 배치됐다. 다위또브에 따르면 과거의 탁월한 (소비에트) 풍경화 대가들의 창작 속에는 풍경화의 두 측면이 제한적으로 배합되어 있다. 하나는 객관적 측면(자연의 예술적 형상화 및 인식)이고 다른 하나는 주관적 측면(생활 및 인간 감정 활동의 표현)이다. 즉 소비에트 풍경화는 '객관적 인식성'과 '주관적 서정미'의 조화를 추구한다. 그것은 궁극적으로 '자연의 시적인 개조'로 귀결될 것이다. 여기에는 풍경화란 "그 자체의 본질에 의하여 정서가 가장 직접적으로 표현되는 예술"이라는 생각이 전제되어 있다. 그러므로 그것은 "특히 느낌과 취급에 있어서 시정(詩情)을 요구"하게 될 것이다.

다위또브에게서 풍경화란 "인간사를 하나의 사건으로서가 아니라 체험으로서" 다시 말하면 시대의 '정신적 분위기'라고 말할 수 있는 것을 독자적인 직관성에 의하여 그려 내는 데 존재 이유가 있다.[25] 따라서 그것은 인상파의 회화에서처럼 세계를 즉물적, 기계적, 산문적으로 기록하는 것이 아니라 부류겔(브뤼헐), 풋상(푸생), 레위딴의 회화에서처럼 세계를 정서적, 감정적, 시적으로 아름답게 표현하는 것을 추구한다.

산문주의, 현실의 외부적인 기록은 미술의 어떤 장르에 있어서는 나쁜

호, 131쪽.
25) 아. 페도로브 다위또브, 「풍경화론」, 박문원 역, 『조선미술』, 1957년 제1호(창간호), 17쪽.

것이지만 풍경화에 있어서는 전혀 참을 수 없는 것이다. 자연에 대한 시적인 느낌이 결여되어 있는 풍경화는 생명이 없는 것이며 메마른 것이며 주되는 것—즉 자연의 감정을 표현하지 못한 것으로 되는 것이며 미술작품이 어떤 직관물 참고서로 되어 버리고 만다.[26]

이렇듯 미술에 있어서 산문성을 배격하고 서정성을 옹호하는 일은 표면에 나타난 것에 느낌을 국한시키는 감정의 천박성을 배격하고 예술가들이 "새로운 생활의 건설자로서의 눈으로 자연에다 철학적인 해석을 줄줄 아는 특수성"을 회복하는 일에 대응한다. 풍경화에 있어서 이것은 에쮸드(습작) 자체를 확대하여 작품화하는 일이 아니라 에쮸드를 토대로 하여 "기억과 상상의 힘을 크게 발동시켜서 회화작품을 그리는"[27] 일이 될 것이다.

이상에서 살펴본바 다위또브의 글은 풍경화를 매개로 화가의 능동적 상상력, 시적 정서와 감정, 서정성을 강조한다. 이제 소비에트 미술 비평가들은 '인간 영혼을 다루는 기술자'(스탈린)가 아닌 다른 유형의 미술가를 요구한다. 보리스 그로이스(Boris Groys)의 말대로 스탈린 시대의 문예는 표준화를 추구하며 개인주의와 미술가의 '고유한 방법'을 경멸했다. 그들은 미술가의 고유한 방법이 아니라 '구성의 객관적인 법칙'을 보다 중시했던 것이다.[28] 하지만 1953년 스탈린 사후 사정이 달라졌다. 1957년에 북한에 소개된 다위또브의 글이 시사하는바, 이제 중요한 것은 도식과 표준에 따르는 작가—기술자가 아니라 사실을 토대로 하여 기억과 상상력을 발동시키고 자신만의

---

26) 위의 글, 16쪽.
27) 위의 글, 17쪽.
28) 보리스 그로이스, 「아방가르드 정신으로부터 사회주의 리얼리즘의 탄생」, 오원교 역, 『유토피아의 환영: 소비에드문화의 이론과 실제』, 한울, 2010, 122쪽.

스찔(스타일)을 창안하는 시인-화가다. 그가 보기에 과거의 리얼리즘 해석은 "창작적 탐구를 제약하고 본질상 혁신을 불가능하게 만들어버린" 협소한 관료주의적 해석이며 이로 말미암아 "쏘베트 미술이 최근 년간에 입은 피해는 막대하다" 이러한 변화는 물론 이강은이 '미학적 폭발'로 지칭했던 1956년 이후 소비에트 미학의 해빙 분위기[29]와 매우 밀접한 관계를 맺고 있다.

소련발 변화의 징조가 동시대 북한미술에 미친 영향은 매우 컸다. 미술에서 서정성을 강조하는 새로운 분위기에 호응하여 화가들은 그림에서 시를 찾고 풍경화를 그렸다. 화가들이 서로 모여 앉아 이야기에 꽃이 피면 의례히 "그림이란 시가 있어야 돼"라는 말이 누구 입에서든지 한 번은 나오는 분위기가 조성됐다는 것이다.[30] 박문원의 다

〈그림 3〉 리석호, 〈루산 풍경-월남에서〉, 조선화, 1957년경.

---

29) 이강은, 「창조적 능동성과 미적활동: 소비에트 연방에서의 가치론 미학의 발전과정에 비추어」, 『유토피아의 환영: 소비에트문화의 이론과 실제』, 한울, 2010, 48쪽.
30) 박문원, 「그림과 시」, 『조선미술』, 1957년 제1호(창간호), 60쪽.

음과 같은 발언을 통해 소련미술계의 담론 변화가 이 시기 북한미술가들에게 미친 영향 정도를 미루어 짐작할 수 있을 것이다.

　작년에 쏘베트 미술가 모쓰끄바 동맹에서 주최한 〈전통과 혁신〉 토론에서도 많은 미술가들이 미술창작에 있어서의 도식주의를 배격하는 토론들을 하면서 미술창작의 시적정신에 대하여 언급을 하였었다. 이 토론회에서 개회 보고를 한 아빠또브 교수는 미술이란 관중들이 이미 다 알고 있는 것을 되푸리하는데 끝이는 것이 아니라 위대한 사상 창조의 적극적인 참가자가 되어야 한다는 것, 미술에는 예술성과 시정신이 있어야 한다는 것을 주장하고 나왔다. 미술학자인 꼬스찐 역시 〈날개 없는 형상성〉, 〈삽화성〉을 배격하면서 〈시적 내용성〉에 대하여 언급하였으며 요간손은 또한 미술작품에 있어서 사상의 무미건조한 표현에 대하여 지적하면서 작품이란 우선 보는 사람의 발길이 무의식적으로 그 그림 앞으로 옮기게 하는 그러한 끄는 힘이 있어야 한다고 말하였다.[31]

　소비에트의 이론가/비평가들을 따라 박문원은 미술에서 시 정신, 시적 내용, 시적 느낌을 살릴 것을 주장한다. 그가 보기에 시 정신이 결핍된 화가는 도식주의 화가다. 이 도식주의 화가는 "사실주의와 사진주의를 혼동하며 자연에 충실해야 된다고 하면서 자연을 해석할 줄 모르며 아무 느낌도 없이 붓만 헛되이 놀리는" 화가들이다.[32] 또 같은 맥락에서 김창석은 작품에 개입하는 화가의 주관적 사상정서에 '예술적 視'라는 명칭을 부여하기도 한다. 김창석이 보기에 "화가의 주관적 요인이 노는 중요한 역할을 무시하는 자는 필연코 자연주의

---

31) 위의 글, 60쪽.
32) 위의 글, 61쪽.

의 구렁탕에 빠지게"[33] 될 것이다.

이상에서 살펴본바 1950년대 후반 북한미술의 풍경화 담론은 도식주의, 자연주의, 기록주의, 산문주의를 배격하면서 시적 정서와 서정성—예술적 視를 강조하는 방식으로 전개된다. 김만형의 글에서 언급된 1957년 풍경화의 유행은 이런 문맥 속에서 이해되어야 할 것이다. 하지만 풍경화는 속성상 주관성을 갖지만 객관성도 지닌다. 풍경화가는 주관적으로 그리지만 눈앞에 있는 현실을 무시하고 그릴 수는 없다. 여기에는 다위또브의 말대로 객관적 측면과 주관적 측면이 제한적으로 배합되어 있는 것이다. 물론 주지하다시피 이 양자—주관성과 객관성—의 조율은 쉬운 일이 아니다. 1950년대 후반 북한미술계의 어법으로 말하자면 조율을 방기하고 객관에로 기울면 자연주의 구렁탕에 빠지고, 주관에로 기울면 추상과 관념의 구렁탕에 빠지게 될 것이다. 이렇게 보면 1950년대 북한화가들에게 요구된 '서정적(시적) 풍경화'란 사회주의 리얼리즘이 요구하는 '낭만적 리얼리즘'만큼이나 달성하기 어려운(어쩌면 불가능한) 경지를 가리키고 있다고 할 수 있다. 다음 장에서는 1950년대 후반 이후 북한미술에서 양자의 관계가 어떻게 다뤄졌는지를 살펴보기로 하자.

4. 서정의 경직 또는 주객의 딜레마

1957년 『조선미술』 창간호(1호)에 김만형이 쓴 글로 돌아가 보자. 김만형은 여기서 주관—객관의 균형을 잃고 주관 없이 그린 풍경화를 비판한다. 구체적으로 그가 문제 삼는 것은 '깜빠니야적'인 것으

---

33) 김창석, 앞의 글, 『조선미술』, 1957년 제5호, 28쪽.

로 지칭되는 작화 태도다. 여기서 깜빠니야적 작화 태도란 "높은 수준으로 준비된 자기의 주관 없이 또는 그림 대상에 대한 고도의 감격과 애정과 서정의 순화 없이 자연의 일각을 따서 옮기면 풍경화가 된다는 안일한 태도"[34]를 뜻한다. 김만형이 보기에 화가들이 이렇게 안일한 태도로 붓을 들기 때문에 아무 맛이 없고, 유형적, 도식적이며, 자기 개성이 뚜렷하지 않은 작품들이 양산되고 있다. 김만형에 따르면 그것은 '시적 정서가 없는 그림'이다. 그가 보기에 지금 하루한 장씩 풍경화를 제작하는 작가들에게는 "인민 생활과 관련해서 진실한 노력이 적다" 이렇게 진실한 미를 찾으려는 경건하고 의욕적인 태도가 결핍된 화가들이 풍경화의 제작에 나서고 이것이 일률적인 풍경화의 범람을 야기하고 있다는 것이 그의 진단이다. 그리고 이렇게 시적 정서, 진실성이 부족한 작품이 양산되는 것은 화가들이 "자기 그림을 팔 것을 의식적으로, 무의식적으로 넘두에 두기 때문에" 나오는 현상이다. 김만형이 보기에 이렇게 정서가 결핍된 작품들, 달리 말하면 예술품이 되지 못한 작품들이 문제인 것은 "예술품이 되기 전에 명승지의 위신을 빌려 관자에게 군림하려는" 데 있다.

　김만형은 『조선미술』 창간호의 다른 풍경화 논자들(다위또브, 박문원)과 마찬가지로 풍경화의 두 가지 측면, 곧 주관성과 객관성 가운데 주관성의 요구를 좀 더 강조하고 있다. 하지만 이런 방식의 접근은 곧장 비판에 직면하게 된다. 1957년 『조선미술』 제3호에서 조인규가 김만형을 향하여 쓴 글이 바로 그것이다. 여기서 조인규는 김만형이 "명승지를 묘사한 또는 그 외의 많은 화폭에서 나타나고 있는 바와 같이 자연현상과의 류사성을 위한 부면에서의 적지않은 진전"을 간과

---

34) 김만형, 「우리들의 그림은 왜 다채롭지 못한가?: 소품전을 보고 느낀 몇가지 문제」, 『조선미술』, 1957년 제1호(창간호), 55쪽.

하고 있다고 지적한다.[35] 즉 조인규는 객관의 성취라는 관점에서 주관성에의 경도(김만형)를 비판한다. 더 나아가 조인규는 김만형이 말하는 준비된 주관이란 "선진적인 시대적 감정, 정서, 의지, 리상과 합치되며 그것을 추동하는 형상의 내용으로서의 주관이 아니라 어떤 개별적 미술가의 개인적 주관이나 개인적 확신이 아닌가"[36]라고 묻는다.

〈그림 4〉 길진섭, 〈종달새는 운다〉,
유화, 1957.

김만형의 글에 대한 조인규의 비판에서 중요한 것은 1950년대 후반 도식성 비판과 연관되어 강조된 화가의 주관성이 처음에는 화가 개인의 주관성으로 이해되다가(김만형) 점차 시대정신과 연루되어 '객관적 세계의 부분인 주관'으로 이해되는 (조인규) 양상이다. 조인규의 표현을 빌면 "쩨마는 미술가의 두뇌에 있는 것이 아니라 현실 가운데에 있는 것"[37]이다. 따라서 쩨마(테마)는 화가가 현실 속으로 들어갔을 때 나타나며 작품의 내용으로 형성된다고 그는 주장한다. 조인규에게서 화가의 창조적 기량이란 선진적인 시대적 생활 감정과 정서를 "구체적이고 각이한 자연현상과의 일

35) 조인규, 「도식과 편향: 〈미술소품전람회〉 및 그와 관련된 지상 토론을 중심으로」, 『조선미술』, 1957년 제3호, 28쪽.
36) 위의 글, 28쪽.
37) 위의 글, 28쪽.

치점에서 반영하여 추동할 줄 아는 능력"[38]이다. 하지만 이렇게 화가의 주관성을 제약할 경우 개성을 창출하려는 화가의 시도는 위축될 수밖에 없다. 또 이러한 분위기 속에서 박문원이 말했던 '시적 정서' 내지는 서정성 개념도 위축, 경직될 것이다. 이 문제를—풍경화는 아니지만—길진섭의 〈종달새는 운다〉(1957)라는 작품에 대한 북한미술계의 평가 변화를 통해 구체적으로 확인해 보자. 먼저 1957년 『조선미술』 제5호에 실린 김창석의 평을 보자. 그가 보기에 이 작품은 화면 전체 크기에 비해 전면 소년의 몸집이 좀 크고 비례도 맞지 않으며 얼굴 묘사도 충분치 않지만 보는 이의 발걸음을 잡아당기는 친밀감을 느끼게 한다. 그래서 김창석은 이 작품이 하나의 훌륭한 서정시와 흡사하다고 주장한다. 그것은 김창석이 보기에 "삽화적이며 설명적인 화폭들이 범람한 회장에서 그래도 회화예술의 질적특성을 높은 직업적 수준에서 살린 작품"이다.[39] 하지만 1963년에 이르면 평가가 크게 달라진다. 1963년 『조선미술』 제2호에 실린 글에서 문학수는 이 작품을 혁명적 현실에 대한 무관심에서 비롯된 것으로, 즉 시대정신과는 거리가 먼 주관주의적 요소들이 포함된 '서정을 위한 서정'으로 배격한다. 그것은 "서정을 그릇되게 도입한 것으로 새 시대의 생활과 현대인의 기호감정을 옳게 파악하지 못한 데로부터 결함을 산생시킨 작품의 실례가 된다"는 것이다.[40] 1963년의 문학수가 보기에 서정성은 사실주의 미술에 필수불가결한 것이지만 이러한 서정은 "주관적으로 추상화된 것도 아니며 낡은 시대의 서정과도 판이한 것"이다. 즉 이제 서정은 "사회주의 혁명과 사회주의 건설속에서 창조되는 생활의 생동한 반영으로 특징지어지며 어떠한 말초적인

---

38) 위의 글, 27쪽.
39) 김창석, 앞의 글, 『조선미술』, 1957년 제5호, 27쪽.
40) 문학수, 「조형 예술에서 서정적 쟌르의 발전을 위하여」, 『조선미술』, 1963년 제2호, 15쪽.

신경의 작용이나 관능을 자극하는 부패한 부르죠아적 서정과는 아무런 공통성도 없다"는 것이 그의 생각이다.

앞에서 우리는 1957년 무렵 북한미술의 풍경화 담론이 스탈린 사후 전개된 소비에트 미학의 해빙 분위기와 밀접한 관계를 맺고 있음을 지적한 바 있다. 이강은에 따르면 1956년 이후에 만개한 소비에트 미학 담론은 주관주의와 객관주의의 대립을 기초로 '사회론자'에 '자연론자'에 이르는 다양한 사고의 갈래를 낳았다. 이강은이 보기에 당시 소비에트 미학 담론의 성취는 가치를 문제삼으면서 '개인성', '개성'의 의미를 강조했다는 점이다. 이는 "모든 개인적인 것, 주관적인 것을 뭔가 그릇된 것, '주관주의자', '관념론자'의 것으로 밀어붙인 소비에트 연방의 지배적인 철학적 경향에 대한 저항의 성격을 띠기도 하는 것"41)이다. 하지만 오원교의 말대로 이렇게 스탈린주의에서 벗어나 사회주의 리얼리즘의 쇄신과 지평을 확대하고자 했던 노력들은 여전히 규범미학의 편협성과 도그마에 머무는 한계를 보였다.42) 이는 북한도 마찬가지여서 이를테면 우리가 김만형으로부터 조인규로, 다시 김창석으로부터 문학수로 이어지는 화가 주관성의 제약과정, 또는 서정성 개념의 경직 과정에서 보는바, 1957년에 풍경화 담론과 더불어 본격 제기된 작가 주관성의 강조는 점차 선언적인 차원으로 귀결되어 또 다른 도그마로 거듭났다. 이를테면 과거에는 불결했던 대동강변이 근로 인민의 공원으로 거듭난 모습. 강반에 즐비하게 일떠선 아파트를 보면서 "자연 속에서 삶의 기쁨을 노래하는 시를 어찌 느끼지 않겠는가"43) 하는 식이다. 즉 시적인 것, 서정과 개성은 여전

---

41) 이강은, 앞의 글, 『유토피아의 환영: 소비에트문화의 이론과 실제』, 한울, 2010, 57쪽.
42) 오원교, 「사회주의 리얼리즘의 재고: 독자대중과 국가권력의 역학을 중심으로」, 『유토피아의 환영: 소비에트문화의 이론과 실제』, 한울, 2010, 96쪽.
43) 황헌영, 「몇 점의 풍경화를 창작하면서」, 『조선미술』, 1962년 제1호, 29쪽.

히 강조되지만 그 서정과 개성은 정해진 방식으로 서정적인 것이고, 규범적으로 개성적인 것이다. 이러한 논리가 이후 북한체제에서 어떤 방식으로 계승, 규범화되었는지에 대해서는 다음의 발언을 인용하는 것으로 충분할 것이다.

자연을 정서가 있게 그리는데서 중요한 것은 깊은 시적감정으로 자연과 생활을 대하는 것이다. 자연을 그린 그림은 문학에서 자연을 노래한 서정시와 류사하다고 할수있다. 서정시는 작가가 자연에서 느낀바를 주정토로한것이라면 자연을 그린 그림은 미술가가 느낀 자연의 아름다움을 화면우에 펼쳐놓은 것이다. (…중략…) 미술가는 자연에서 얻은 시적격정을 뿜어올리되 그 정서적줄기가 화면안에서는 굵직하고 단순하게 느껴지게 하고 작품을 보는 사람들로 하여금 그 줄기에 잇닿아진 여러 갈래의 아지를 내다볼수 있게 형상하여야 한다.44)

5. 민족적 형식의 문제: 풍경화, 유화, 그리고 조선화

이제 1950년대 후반 북한미술의 풍경화 담론이 갖는 또 다른 의의를 검토할 차례다. 이 시기 북한미술가들에게 풍경화와 작가 주관성, 서정성의 강조는 앞에서 언급한 바와 구별되는 또 다른 중요한 의미를 갖고 있었다. 이 문제를 다루기 위해서는 다시금 앞서 언급한 박문원의 글을 들여다보아야 한다. 이미 지적한대로 박문원은 소비에트의 이론가/비평가들을 따라 미술에서 시 정신, 시적 내용, 시적 느낌을 살릴 것을 주장한다. 주목할 점은 그가 이 시 정신을 동양화

---

44) 김정일, 『김정일미술론』, 조선로동당출판사, 1992, 71~73쪽.

내지는 조선화의 담론과 연관 짓는다는 점이다. 그가 보기에 다위또 브의 다음과 같은 주장, 곧 "풍경화라는 것이 하나의 작품으로 되기 위하여서는 자연의 피상적 사상에 그치는 것이 아니라 이를 시 정신과 상상력과 기억력에 의하여 정리하고 심화하여야 된다"는 주장은 "밖으로는 자연을 스승으로 삼고 안으로는 가슴속에서 얻어야 한다 外師造化, 中得心源"는 중국 당대(唐代) 화가 왕유의 주장과 일맥상통한다. 양자 모두 "어디까지나 자연에 충실하면서도 이를 자기의 마음속을 통하여 해석하고 정리하고 노래 부를 줄 알아야 한다"고 주장한다는 점에서 말이다.[45]

여기서 더 나아가 그는 시와 그림의 연관성에 대한 미학사상이 "구라파나 중국에만 있는 것이 아니라 또한 우리 조선에도 있었다"고 주장한다. 그에 따르면 "리조 시대 화가들 중에는 시, 서, 화를 모두 잘한다 하여 삼절(三絶)이라고 불리우던 사람이 많았다." 또 신 자하(신위)처럼 탁월하게 시, 서, 화는 서로 공통적이라는 것을 역설한 논자도 있다. 그는 이렇게 말한다. "우리는 이 말을 뜻깊이 들어야 할 것이다"[46] 이와 유사한 맥락에서 김창석은 그가 '예술적 視'라고 지칭한바, 객관적 대상의 묘사에 개입하는 작가의 주관적 사상 정서를 연암 박지원을 인용하여 '사의지법(寫意之法)'이라고 불렀다.[47]

요컨대 박문원과 김창석은 1950년대 풍경화 담론이 요구한 서정성(시적 정서)을 '사의(寫意)'에 관한 왕유나 자하 신위, 연암 박지원의 전통회화 담론과 연관시키고 있다. 여기에는 특별한 사정이 있다. 1950년대 후반 북한에서는 스탈린의 1925년 발언에서 천명된 사회주의 리얼리즘의 또 다른 요구, 곧 '민족적 형식에 사회주의적 내용'

---

45) 박문원, 「그림과 시」, 『조선미술』, 1957년 제1호(창간호), 62쪽.
46) 위의 글, 62쪽.
47) 김창석, 앞의 글, 『조선미술』, 1957년 제5호, 28쪽.

을 실천의 수준에서 관철한 구체적인 방법을 아직 찾지 못하고 있었다. 오늘날 북한미술을 지배하는 대원칙, 곧 "조선화를 토대로 하여 우리의 미술을 더욱 발전시켜나가자"는 원칙은 1966년 9월 김일성 담화 〈우리의 미술을 민족적 형식에 사회주의 내용을 담은 혁명적인 미술로 발전시키자〉에서야 비로소 확립됐던 것이다.[48] 요컨대 1950년대 후반에는 아직 '민족적 형식' 문제를 조선화(의 화법)을 통해 해결한다는 원칙이 정립되어 있지 않았다. 오히려 이 시기에 북한의 많은 미술가들은 '유화'라는 보편적 매체 수준에서 민족적 형식 문제를 해결하고자 노력했다.

예컨대 1957년 『조선미술』 창간호에 정현웅이 쓴 「불가리야 기행」을 보자. 그는 불가리아 방문 당시 그 지역 화가들로부터 "왜 조선 그림과 쏘련 그림과 중국 그림이 같으냐는 질문"을 숱하게 받았다. 이러한 질문에 그는 다음과 같이 응답했다고 기록했다.

"만약에 당신들의 질문이 재료 문제 즉 조선 사람이 왜 유화를 그리느냐에 있다면 이것은 옳지 않은 견해라고 생각한다. 그렇다면 내가 보기에는 불가리야의 미술은 구라파의 다른 나라의 그림과 별다른 차이를 발견할 수 없다. 체코나 웽그리야나 루마니야나 파란 그림과 불가리야의 그림과 무엇이 다르냐. 당신이 양복을 입은 것과 같이 나도 같은 옷을 입었다. 조선 사람이니까 조선 옷만 입어야 한다는 것은 너무나 협소한 견해라고 생각한다. 오늘날 유채를 사용한다는 것은 세계의 공통적인 그리고 상식적인 수단이 되었다. 재료의 공통성을 말할 것이 아니라 같은 재료를 사용하면서 어떻게 자기 민족의 특성을 나타내느냐는 데 문제가 있다고 생

48) 김일성, 『우리의 미술을 민족적 형식에 사회주의적 내용을 담은 혁명적인 미술로 발전시키자』 (1966), 사회과학출판사, 1974, 4~5쪽.

각한다"49)

인용한 정현웅의 발언으로부터 우리는 1957년 당시 북한미술계에서 보편 형식으로써 유화를 그리면서 민족적 형식을 구현할 방안을 모색한 일군의 작가들이 있었다는 사실을 확인할 수 있다. 이와 관련하여 『조선미술』 1957년 제3호에 실린 중국화가 동희문(董希文)의 「중국회화의 표현방법과 유화의 민족적 특성」을 주목해야 한다. 그는 이 글에서 "유화를 섭취하여 완전히 자기의 피와 살이 되도록 소화시켜야 한다"고 주장하면서 동시에 이 외래 형식을 "우리 중국의 민족적인 것으로 전변시키는 동시에 민족적인 성격을 지니도록 하여야 한다"고 주장한다. 그가 보기에 '유화의 중국적 풍모'야말로 중국 회화미술이 응당 갖추어야 할 특성이다.50)

자연스럽게 이러한 질문이 제기될 수 있다. 과연 서구의 회화형태인 유화를 그리면서 민족 형식을 구현할 수 있을까? 이 해결이 쉽지 않은 문제에 직면하여 일군의 화가들은 '풍경화'를 그 대안으로 생각했다. 즉 조선의 풍경을 극진한 애정을 담아 그린 풍경화라면 조선의 맛-민족 형식을 살릴 수 있지 않겠느냐는 것이다. 이러한 관점에서 보면 선우담의 다음과 같은 발언이 갖는 함의를 헤아려 볼 수 있을 것이다.

메쉬꼬브의 그림들은 풍경화로서 내용이 깊고 색채가 아름다운 고상한 그림들이였다. 이 동지는 자기 그림들을 보여주면서 로씨야의 풍경에 큰 애착과 조국에에 불타는 심정을 피력하면서 말하기를 "로씨야는 광대하

---

49) 정현웅, 「불가리아 기행」, 『조선미술』, 1957년 제1호(창간호), 39~45쪽.
50) 동희문(董希文), 「중국회화의 표현방법과 유화의 민족적 특성」, 『조선미술』, 1957년 제3호, 6~7쪽.

고 좋은 나라다. 동서로 남북으로 아름다운 경치가 한 없이 많다. 이 좋은 풍경을 다 그리지 못하고 죽을 것 같다. 당신들은 젊어서 행복하다. 아름다운 조선의 산수와 생활을 마음껏 그릴 수 있다. 사랑하는 자기 조국을 그려야 한다. 남의 것을 모방할 것이 아니라 자기 것을 살려야 한다. 중국에서 가져온 물건은 모두 중국 냄새가 난다. 이것이 예술에서 귀중한 것이다. 싸리안은 아르메니아를 그리기 때문에 싸리안이다"라고 하면서 자기 조국 강토에 대한 극진한 애정과 예술가가 조국에 복무하는 길에 대하여 감격적인 말을 반복 강조하였다.[51]

물론 민족적 소재(조국의 풍경)가 곧장 민족적 형식을 담보해 주지 못할 것이라는 것은 자명하다.[52] 그렇다면 여기에 조건이 따라 붙게 될 것이다. 위에서 인용한 선우담에게 그것은 '자기조국강토에 대한 극진한 애정'일 것이고 김만형에게 그것은 '화가의 경건하고 의욕적인 태도'일 것이다. 또 사진주의(기록주의)와 상반된 사실주의(시 정신을 간직한 풍경화)에 대한 박문원의 요구도 이런 문맥에서 이해되어야 할 것이다. 또 장의 서두에서 언급한대로 이렇게 외적 풍경을 내적 요구(시 정신, 시적 내용, 시적 느낌)—寫意(사의)—와 어울리게 하는 것은 우리 민족회화 내지는 동양화의 전통이기까지 하다.

서정성을 강조하는 풍경화 담론은 비단 '유화형식을 통한 민족적 형식의 구현'을 주장하는 작가에게게만 자양분을 제공한 것은 아니다. 민족 형식으로써 조선화의 가치를 부각하려는 논자에게도 그것은 유용한 토대가 됐다. 이에 관해서는 『조선미술』 1957년 제3호에 김용준이 쓴 글이 좋은 예가 된다. 김용준에 따르면 민족회화의 전통으로

51) 선우담, 「내가 맞나본 쏘련 미술가들」, 『조선미술』, 1957년 제3호, 20~23쪽.
52) 동희문(董希文), 앞의 글, 『조선미술』, 1957년 제3호, 7쪽.

써 조선화의 가치를 무시하고 "유화로써 우리 미술의 주인노릇을 하게 하려는" 최근의 경향은 마르크스주의 미학에 대한 불충분한 이해에서 나온 것으로 교조적인 모방에 지나지 않는다. 그가 보기에 "민족적 형식이란 그 민족의 주체성을 떠나서는 생각할 수 없는 것"이다. 따라서 민족미술에 대한 보다 진지한 연구가 필요하다고 그는 주장한다. 예컨대 그는 김홍도가 그린 것으로 알려진 〈투견도〉를 김홍도의 대표작으로 절찬하는 태도를 비판한다. 그가 보기에 〈투견도〉는 양화(유화)적 방법을 도입하여 입체감을 표현한 작품인데 이러한 방법은 물론 새롭고 좋은 기도이기는 하되 결코 김홍도의 본질적인 특색은 아니다. 그가 보기에 "단원 작품의 예술적 품격은 결코 〈투견도〉에서 보이는 그러한 립체감에만 있는 것이 아니라 그보다는 더욱 심도 있는 내재적 기운, 생동성과 랑만적인 시정서가 흐르고 있다는데" 커다란 특성이 있기 때문이다.

김용준에게 있어 미술 분야에서 풍경화 담론과 더불어 유행한 서정성, 시적 정서란 김홍도의 품격 있는 작품에서 확인할 수 있는 바 전통미술—조선화의 특성이다. 그렇다면 조선화로서 새 시대가 요구하는 민족 형식을 구현하는 일은 충분히 가능한 일일 것이다. 이것은 풍경화(담론)의 유행과 더불어 부상한 시 정신(서정성)에 대한 강조를 민족 형식으로써 조선화의 가치를 부각하기 위해 전유한 사례. 그리고 머지않아 김용준이 바라는 바는 현실이 됐다. 이렇게도 볼 수 있을 것이다. 즉 1956년 스탈린의 죽음과 더불어 소련에서 불어온 '미학적 폭발'의 바람은 화가들로 하여금 도식성을 배격하고 양식과 예술적 기법의 다양성을 모색하게끔 했다. 그리고 이러한 분위기 속에서 1940년대 후반에만 해도 낡은 예술 형식으로 간주됐던 조선화의 예술적 지위가 재고될 수 있었다. 이는 훗날 "조선화를 토대로 하여 우리의 미술을 더욱 발전시켜나가자"(김일성, 1966년)는 북한미술의 대원칙이 정립되는 데 하나의 중요한 계기점이다.

　이상에서 살펴본 바, 입장의 차이가 있지만 박문원과 김창석, 정현웅, 그리고 김용준의 발언은 1950년대 후반~1960년대 초반 풍경화 담론이 '조선적' 또는 '민족적' 형식에 대한 모색의 활로가 되고 있음을 보여 준다. 이것은 1950년대 후반 북한 풍경화 담론이 갖는 또 하나의 의의가 될 것이다.

6. 사회주의 리얼리즘과 풍경화

　지금까지의 논의를 정리해 보자. 1957년을 전후로 한 시기에 북한 미술인들은 문예의 흐름을 규정하는 사회적 여건의 변화, 또는 체제의 이데올로기적 요구에 호응해 도식성 비판, 서정성 옹호, 민족적 형식의 모색에 나섰다. 체제 성립기에 부르주아 형식으로 치부되었던 '풍경화'가 다시금 호명되어 미술 비평 담론의 핵심 의제로 부각된 것은 이러한 문맥에서 이해할 필요가 있다. 속성상 주관화가 두드러진 풍경화는 작가들의 시적 사색이나 감정 표현을 고무했던 당시 북한 예술의 지향에 부합하는 장르였고, 이에 따라 풍경화를 '내용없는 그림, 정치적 사상성이 빈곤한 장르'라고 비난하는 주장들은 비속 사회학적 견해로 간주되어 지탄받았다. 요컨대 이 시기 풍경화 담론의 부상은 미술에서 기록주의, 사진주의, 산문주의를 배격하고 서정성, 시적 감정, 주관적 정서를 회복하고자 하는 노력을 반영한다. 하지만 1950년대 후반 북한 풍경화 담론이 요구했던바 주관적, 시적 정서를 회복하는 일은 처음에는 개인(작가)의 시적 정서, 작품의 서정성을 회복하는 일로 여겨졌다가 이내, 보다 집단적인 수준으로 확장 내지는 경직되었다. 1960년대 초반에 다시금 개인적 주관성은 배격됐고 작가의 주관은 당과 수령의 의지와 동일시되거나 융합되어 당과 수령의 의지가 겨냥한 현실의 모델을 창출하는 선53)에서 용인받게 됐다. 그런 의미에서 당시 풍경화 담론에서 내세운 시적 서정이란 자유로운 주관, 개성이 아닌 규범적 주관, 도식적 개성이라 할 것이다. 하지만 이런 방식으로나마 서정, 주관을 담론, 실천 내부에 아우르게 됨으로써 북한미술은 명목적으로 주관과 객관의 통일을 주장할 수 있게 되었다.

1957년 이후 풍경화 담론은 북한 초기미술이 사회주의 리얼리즘의 핵심테제 가운데 하나였던 '민족적 형식과 사회주의적 내용'을 다룬 방식을 이해하는데도 중요하다. 풍경화 담론에서 강조한 개인의 주관적 서정, 또는 시적 정감 같은 주제는 당시 북한미술가들이 外師造化, 中得心源"(왕유)이나 '寫意' 내지는 '詩畵一致'로 지칭되는 민족전통회화의 가치를 복권시키는 기폭제가 됐다. 서구회화 형식인 유화를 통해 민족 형식의 구현을 모색했던 미술가들뿐만 아니라 조선화를 통해서만 민족적 형식을 구현할 수 있다고 본 논자들 모두에게 풍경화 담론이 시사하는 '詩', '주관', '정서'의 가치는 자신들의 주장을 펼치는 데 유의미한 토대가 됐다.

---

53) 이 서술은 스탈린 시대 예술에 대한 보리스 그로이스의 비판을 차용한 것이다. 보리스 그로이스, 최문규 역, 『아방가르드와 현대성: 러시아의 분열된 문화』, 문예마당, 1995, 96쪽.

참고문헌

김만형, 「우리들의 그림은 왜 다채롭지 못한가?: 소품전을 보고 느낀 몇가지 문제」, 『조선미술』, 1957년 제1호(창간호).

김용준, 「리석호 개인전을 보다」, 『조선미술』, 1957년 제3호.

김정일, 『김정일미술론』, 조선로동당출판사, 1992.

김창석, 「찬란한 민족미술 창건 도상에서: 전국미술전람회를 논함」, 『조선미술』, 1957년 제5호.

동희문(董希文), 「중국회화의 표현방법과 유화의 민족적 특성」, 『조선미술』, 1957년 제3호.

문학수, 「조형 예술에서 서정적 쟌르의 발전을 위하여」, 『조선미술』, 1963년 제2호.

민병제, 「사색과 감동의 기록: 정현웅, 림홍은 2인전을 보고」, 『조선미술』, 1957년 제3호.

박계리, 「백두산: 만들어진 전통과 표상」, 『미술사학보』 제36집, 2011.

박문원, 「그림과 시」, 『조선미술』, 1957년 제1호(창간호).

선우담, 「내가 맞나본 쏘련 미술가들」, 『조선미술』, 1957년 제3호.

아. 페도로브 다위또브, 「풍경화론」, 박문원 역, 『조선미술』, 1957년 제1호(창간호).

엄호석, 「문학 평론에 있어서의 미학적인 것과 비속 사회학적인 것 」, 『조선문학』, 1957년 제2호.

_____, 「시대와 서정시인: 상반기 서정시초들을 중심으로」, 『조선문학』, 1957년 제7호.

이강은, 「창조적 능동성과 미적활동: 소비에트 연방에서의 가치론 미학의 발전과정에 비추어」, 『유토피아의 환영: 소비에트문화의 이론과 실제』, 한울, 2010.

정관철, 「미술동맹 4년간의 회고와 전망」, 『문학예술』, 1949년 제8호.

정현웅, 「불가리아 기행」, 『조선미술』, 1957년 제1호(창간호).

조인규, 「도시과 편향: 〈미술소품전람회〉및 그와 관련된 지상 토론을 중심으로」,
『조선미술』, 1957년 제3호.

홍선표, 『한국근대미술사: 갑오개혁에서 해방시기까지』, 시공아트, 2009.

홍지석, 「초기 북한과 소련의 미술 교류: 1945~1953년간 북한 문예지 미술 비평
텍스트를 중심으로」, 『중소연구』 35권 제2호, 2011.

황헌영, 「몇 점의 풍경화를 창작하면서」, 『조선미술』, 1962년 제1호.

북한 서정시가 욕망하는 스토리텔링

: 천리마 영웅 스토리 전사(前史)

이지순

1. 서정시 경계를 넘어온 이야기

아버지의 머슴살이 시절과 어머니의 문맹의 한을 풀어내고, 가슴 아픈 과거에서 어떻게 새로운 사회가 되었는지 조곤조곤 풀어내는 북한의 시는 한겨울 화롯가 옆에서 들려주는 옛 이야기와 같다. 풍문처럼 들리던 '김장군'의 활약은 시에서 '충'과 '제도의 우월성'을 선전하며 감정적으로 고양시킨다. 개인의 서정에서 시작되는 서정시는 공민의 서정으로 확대되고, 확대될 것을 요구받는다. 자연스럽게 대중 속으로 스며들어 가는 이야기는 '시멘트'처럼 사회를 통합하는 이데올로기의 기능을 한다.

생크에 의하면, 인간은 나열된 정보보다 이야기에 담겨 있는 정보를 더 잘 이해하고 기억할 수 있다.[1] 스토리텔링은 정서적 유대감과 공감을 얻어낼 뿐만 아니라 설득력도 제고한다. 소설도 아니고, 희곡도 아니고, 더더군다나 서사시도 아닌 서정시에서 자주 발견되는 이 야기는 여타의 서사 장르에 비해 정서적 감응력이 높은 장르이다. "사회주의 사상과 애국주의 사상으로 충만된 새 형의 인간으로 교양 하는 영예로운 임무"[2]로 호명되는 북한문학이 서정시에 요구하는 것 또한 여기에서 크게 어긋나지 않는다. 교양된 인간을 만들어 내야 하는 북한문학의 강령은 시를 "서정성이 어느 문학형태들보다 풍부 하며 현실을 객관적으로 반영하는 것이 아니라 현실에 대한 정서적 체험에 의해 환기된 시인의 사상감정을 직접 정서적으로 표현하는 서정적인 묘사방식으로 창작"[3]되는 장르로 정의한다.

'사상감정'은 '문학 작품에서 표현한 인물의 사상과 감정'을 일컫 는다는 점에서 문학의 보편적 지대에 속해 있다. 시인의 생각(사상)과 감정을 주로 표현하는 장르가 서정시라는 점에서 북한과 우리는 동 일한 출발선상에 놓여 있다고 해도 과언이 아니다. 그러나 북한의 서정시는 우리에게 낯선 체험을 겪게 한다. 서정시가 당과 수령에 대한 충성의 공간이 될 뿐만 아니라 서술적인 이야기가 삽입된 산문 적인 경향을 지닌 점에서도 그러하다. 여기에서 문제되는 것은 서정 성이다.

북한은 서정에 대하여 "작품의 정치사상성과 무관계한 서정은 아 무런 가치도 없다"고 단언하면서, "오직 혁명적인 내용과 결합된 서 정만이 작품의 인식교양적 기능을 높이는데 이바지"한다고 정의하 고 있다.[4] 개인의 주관적 감정이나 정서에 바탕한 서정은 종교적이 며 신비적인 경향으로써 북한에서 타도해야 할 부르주아 잔재인 형

---

1) Roger C. Schank, *Tell Me a Story: Narrative and Intelligence*, Illinois: Northwestern University Press, 1995.
2) 조선중앙통신사 편, 『조선중앙년감 1957』, 평양: 조선중앙통신사, 1957, 111쪽.
3) 장용남, 『서정과 시창작』, 평양: 문예출판사, 1990, 8쪽.
4) 사회과학원 문학연구소, 『문학예술사전』, 평양: 사회과학출판사, 1972, 516쪽.

식주의·자연주의의 기초이며, 무계급적인 것이다. 결국 북한에서 시의 서정이란 "사상이 정서적으로 드러난 것 즉 사상이 감정의 흐름을 타고 정서적으로 펼쳐진 것"[5]이 된다. '서정시'의 생명이 '사상의 알맹이'이기 때문에 시에서 구현해야 할 것은 당성, 계급성, 인민성이다. 서정시는 주관화된 감정이 아니라 당대의 전형을 담아야 한다.

북한의 시 장르는 매우 다양한 편이다. 서사시와 서정시의 일반적인 구분 외에 서사성과 서정성을 결합한 서정서사시는 북한 시의 장르적 분화의 독특함을 보여 준다. 그 밖에 풍자시, 정론시, 송시, 벽시, 담시 등은 서정시의 하위 장르이다. 이 가운데 이야기의 특성을 지니는 담시가 서정시에 속하는 특이성은 서정시에 내면화된 서사지향성을 나타낸다.

북한 시문학에는 유독 서사시가 많으며, 당의 문예정책에서도 지속적으로 서사시 창작이 독려되었다. 서정시의 서사성 강화는 서정시 장르의 형질을 지속적으로 변화시킨 요인 중 하나이다. 시적 언어의 산문화와 이야기 도입, 정치사상의 발현은 이미 북한문학 형성 초기에 서정시의 서사적 자질로써 내재되고 있었다. 북한 서정시의 서사지향성은 대중의 취향이나 문학의 유통에서 발생하는 경제원리가 아니라 외적 요구에 의해 달성되었다고 할 수 있다. 당의 문예정책으로 장려되는 문학적 전범을 재생산하는 과정에서 나타났던 것이다.

이 글에서 중점적으로 살펴볼 『서정시선집』은 해방 후 10년간의 서정시 양상을 살펴볼 수 있는 자료이다. 『서정시선집』에서 북한의 서정시가 사상의 옷을 입고 산문화되는 과정과 주체문학 설립 이전의 문학적 양상을 고찰할 수 있다. 또한 천리마시대와의 문학적 구별점도 찾아볼 수 있다. 『서정시선집』은 천리마시대 스토리텔링의 전

---

5) 장용남, 『서정과 시창작』, 평양: 문예출판사, 1990, 13쪽.

사를 구성한다. 천리마시대가 천리마기수라는 전형적 인물 이야기를 통해 근대적 욕망을 표출하였다면, 『서정시선집』에는 천리마기수 영웅 이야기의 선행 구조가 등장하기 때문이다.

『서정시선집』은 1955년 6월 30일 조선작가동맹출판사에서 엄호석이 발행한 시집이다. 북한의 문학이 외적 요인에 따라 변모된다고 할 때, 1955년에 발행된 『서정시선집』의 주제 양상은 당시 북한의 사회정치적 지향이 반영되어 있다고 볼 수 있다. 김일성이 당을 장악하면서 고조되기 시작한 김일성 개인숭배가 문학의 주요 주제로 위치 설정되는 것이나,6) 소련에 대한 자주성을 표방하기 전에 소련 예찬이라는 주제가 나타나는 것과 같다.7)

1953년에 소련파인 허가이가 숙청되고 같은 해 반국가·반혁명 간첩죄로 남로당 계열의 핵심인물이 숙청되었으며, 마지막으로 1955년 12월에 박헌영이 사형되면서 '반종파 투쟁'이 마무리되었다. 조선로동당 내의 파벌을 평정하면서 김일성을 중심으로 하는 북한 권력 구도가 정립된 것이다. 조선로동당에서 주체확립 문제가 표면화된 것은 1955년부터인데, 이는 1953년 3월 스탈린이 사망한 뒤 새로 구성된 소련지도부가 스탈린식 단일지도체계를 부정하고 집단지도체제를 채택하고 개인숭배 비판을 위한 준비에 김일성이 사전 방어벽으로 소련과 북한의 현실을 분리시키면서 주체확립 문제를 제기한 것

---

6) 1952년 4월 김일성의 40회 생일을 맞이하여 『로동신문』은 「김일성 장군 략전」을 싣는 한편 박헌영, 박창옥 등 지도자들이 공개적으로 '경애하는 수령'의 만수무강을 축원하였다. 임화의 시 「四〇년: 김일성 장군 탄생 四〇년에 제하여」도 이와 같은 맥락에서 볼 수 있다.

7) 『서정시선집』에 나타난 당대 북한 현실은 소련과의 친선 강조와 국제주의 예찬, 인민군대 예찬과 미군에 대한 증오심 표출, 김일성의 고매한 인간성 찬양, 새 공화국 예찬과 민주기지론 등장, 민주개혁조치에 대한 지지와 변화된 농촌(노동)환경에 대한 기쁨 표현, 미군철수 주장과 남한에 대한 비판 등으로 구분될 수 있다. 박태상, 「새로 발견된 북한 『서정시선집』 연구」, 『북한연구학회보』 제4권 제2호, 2000.

이다. 소련에 대한 자주성의 확립을 의미하는 주체확립 시도는 조선로동당과 국가기구의 전통이 김일성의 항일무장투쟁으로 확정되고 조선의 해방과 국가건설에서 소련의 역할이 축소 서술되면서 자립이라는 표현이 빈번히 등장하기 시작하였다.[8]

정치사적 영역을 고려할 때, 북한의 문학사에서 『서정시선집』에 대한 언급이 전혀 없다는 사실과 1979년에 발행된 『해방후서정시선집』에는 소련이나 중국과의 친선예찬 주제가 누락되어 있는 것에서 대외적인 정치상황과 문학의 주제 양상이 얼마나 긴밀한 관계에 놓여 있는가를 짐작케 한다. 서만일의 경우를 예로 들어 볼 수 있다. 그의 시 「봉선화」는 1958년 '부르주아 잔재와의 투쟁'으로 서만일이 숙청된 후에는 북한문학사에서 찾아볼 수 없는 시가 되었다. 서만일은 당성 원칙을 훼손하려고 시도한 반동으로 그의 시집 『봉선화』는 문학에서의 사상성을 거세하며, 창작에서의 작가의 세계관의 역할을 과소평가한 것으로 낙인받는다. 사상, 감정, 행동을 통하여 시대의 진보적 역량의 특징들을 긍정적 주인공을 통해 표상해야 하는데, 창작의 자유를 은근히 부르짖기 때문이다.[9] 북한이 문학에 요구한 것은 개인적인 예술이 아니라 공리적인 차원임을 알 수 있다.

주관적인 세계보다 공리적인 세계에 경사된 북한 서정시가 어떻게 '서정'을 기본으로 하면서 외적 현실을 반영하고, 서사성을 지향했는지 논의하는 것이 이 글의 목적이다. 혁명적인 내용과 결합된 서정만

---

8) 1960년대 들어서서 "위대한 소비에트군대에 의한 조선인민의 8·15해방"이라는 상용적인 표현이 사라지고 "8·15해방"이라고 간단히 표현되는 것은 소련의 위상변화를 보여주는 것이다. 이종석, 『조선로동당 연구』, 역사비평사, 1995, 70~73쪽.

9) 서만일의 시 「봉선화」는 이 시기의 북한 시의 일반적인 모습과 달리 짙은 서정을 기반으로 하고 있다. 시의 전문은 다음과 같다. "적탄은 앞 뒷산을/ 숯처럼 태웠으나,/ 제 철 찾은 봉선화는/ 울 밑에 붉게 피였구나.// 하룻 일에 지친 몸/ 고되진 않으랴만,/ 밤이면 남 몰래/ 손톱마다 붉은 꽃물 들인다.// 끓는 이마에서 이마로/ 그 손이 옮겨 갈제,/ 전사들은 간호원의 손에서/ 고향을 숨쉰다./ 조용한 숨결 속에/ 래일의 힘을 기른다."

이 작품의 인식 교양적 기능을 수행할 수 있다는 북한의 논지는 문학이 인민들을 지도하고 가르치는 교사가 되고, 예술은 생활의 교과서가 되어야 한다. 시가 장형화·산문화되고 이야기와 대화 등이 도입되는 시적 요건은 문학 외적 현실과의 대응관계에서 북한 서정시의 서사지향성을 살펴볼 필요가 있다.

2. 인민의 언어로 세운 서정시

해방과 더불어 소련군과 평양에 입성한 김일성은 성인의 4분의 1 이상인 문맹자들을 그대로 두고서는 인민 대중을 새로운 문화건설 사업에 투입할 수 없었다. 1946년 북조선임시인민위원회 제3차 확대위원회에서 김일성은 일본 제국주의 잔재를 청산하고 교육사업의 발전을 위해 농한기를 이용한 문맹퇴치운동과 농촌계몽사업에 주의를 돌릴 것을 요청하고 1946년 11월에 북조선임시인민위원회는 문맹퇴치를 위한 결정서를 채택하였다. 북한은 1947년 말에 이르러 문맹자의 50%가 문맹에서 벗어났으며 1949년 초까지는 성인 대부분이 문맹에서 벗어났다고 주장한다.10)

북한정권이 수립되면서 문맹퇴치운동이 당사업의 주요 과업이 된 것은 "대중이 자기 말과 글을 잘 알아야 자연과 사회를 개조하며", "혁명과 건설의 책임"을 다할 수 있기 때문이다. 또한 "말과 글은 사람들의 정치사상적 및 지적 발전을 촉진시켜주는 중요한 수단"이기에 사람들이 말과 글을 알아야 그것을 수단으로 "혁명적 세계관으로

---

10) 과학원 언어문학연구소, 『조선로동당의 지도 밑에 개화발달한 우리 민족어』, 평양: 과학원출판사, 1962, 136~137쪽.

무장하며 자연과 사회를 능동적으로 변혁"11)할 수 있다. 특히 문학은 말보다 더 파급력을 지니고 있으며, 이데올로기를 내재화할 수 있는 합리적인 양식이다.

당이 언어를 통제하는 것은 대중을 공산주의 사상으로 교양하고 사회 정치적으로 단합시키는 것으로써, 곧 권력이 말과 관련되기 때문이다. 문맹에서 벗어난 대중들을 공산주의 사상으로 교양하는 것은 인민들을 사회 정치적으로 집결시키면서 사회주의적 인간으로 '개조'하는 동시에 '공산주의적 도덕품성'을 소유하게 하기 위해서이다.

중앙신문에서 지방신문, 공장, 기업소 신문들과 방송 원고, 중앙통신 원고, 국가 공문들을 후열하는 출판물 지도통제는 일련의 필화사건을 낳기도 하였다. 1946년 원산에서 발행된 시집 『응향』의 시인들은 "민족적 허무주의와 부르죠아적 코스모폴리찌즘의 배신적 이데올로기를 전파"하였으며 1947년 함흥에서 출판된 『문장독본』에는 "퇴폐적 경향─상징주의, 형식주의와 결합되어 반동적 본성"12)을 폭로한 것으로 규정되고 있다. 북조선문학동맹은 검열원을 원산에 보내 시집 『응향』이 편집 발행되기까지의 과정, 작품의 검토와 작가의 자기비판, 시집 원고의 검열 전말에 관한 것을 조사하고 나아가 로동당 중앙상무위원회에서는 「북조선문학예술총동맹 사업 검열 총화에 관하여」라는 결정을 내리게 된다.13) 이와 같은 일련의 조치들은 출판매체와 같은 공공적 커뮤니케이션에 대한 통제는 교사, 안내자, 지도자의 역할을 당이 수행하면서 대중의 심리에 영향을 주고 대중을 자기편으로 끌어넣기 위한 것이다.

11) 사회과학원 언어학연구소, 『우리 당의 언어정책』, 평양: 사회과학출판사, 1976, 59쪽.
12) 한효, 「자연주의를 반대하는 투쟁에 있어서의 조선문학(3)」, 『문학예술』, 제6권 제3호, 1953, 137~138쪽.
13) 김재용, 『북한문학의 역사적 이해』, 문학과지성사, 2000, 128쪽.

언어는 의식의 반영이기에 북한에서 혁명적 언어생활기풍을 수립하는 것은 사람들의 낡은 사상의식을 개조하고 낡은 사업방법과 사업작풍을 고쳐나가는 개조과정이다. 언어는 사람들의 세계관을 담는다. 그렇기에 당시 북한의 언어정책의 골자는 노동계급의 계급적 입장에 서서 노동계급을 비롯한 인민대중의 관점에서 말을 하고 글을 쓰는 것에 있다. 즉 언어의 규범화와 문학에서의 언어성은 인민성 원칙에 의거한다는 것이다.

> 내가 오늘 여러 동무들에게 요구하고 싶은 것은 여러분들이 대중 속에 들어가서 대중을 찾아가서 대중이 알아들을 말을 하며 대중이 원하는 글을 쓰며 대중의 요구를 표현하며 해결하며 대중과 같은 의복을 입으며 대중에게서 배우며 또한 대중을 배위주어야 한다는 것입니다. 그렇기 때문에 오직 대중을 위하고 대중의 심리를 잘 알고 대중이 요구하는 글을 쓰고 말을 하며 대중을 가르치며 대중에게서 배우는 사람만이 진정한 문화인이 될 수 있으며 대중의 문화인이 될 수 있으며 민주주의 문화인이 될 수 있는 것입니다.[14]

인민성은 문학예술이 노동자, 농민을 비롯한 인민을 위해 복무해야 한다고 강조하는 것이다. 북한이 출판매체를 장악하여 문학에 있어서 작품 창작에서 검열을 강화하고 합평회를 통해 문학에 지속적인 간섭을 일으키는 것은 말을 장악하는 것이 곧 글을 장악하는 것이고, 이는 바로 사상을 통제하면서 권력을 장악하게 되기 때문이다. 당의 제3차 대회에서 제시한 '문체의 간결성, 정확성, 명확성'[15]을

---

14) 『김일성 선집』 1권, 1954, 120~121쪽; 과학원 언어문학연구소 편, 『조선로동당의 지도 밑에 개화발달한 우리 민족어』, 평양: 과학원출판사, 1962, 18쪽 재인용.
15) 과학원 언어문학연구소 언어문화연구실, 『우리 생활과 언어』, 평양: 군중문화출판사,

보장하는 문풍개선 투쟁은 글을 쓰는 모든 사람들로 하여금 대중이 원하는 글, 대중이 이해하기 쉬운 글을 쓰도록 하는 것으로 인민성 원칙을 고수한다.

스탈린에 의하면 언어란 "우리가 숨쉬는 공기처럼, 일종의 주어진 자율적 도구다. 다시 말해, 의사소통과 표현이라는 목적을 위해 완벽하게 작용할 준비를 갖추고 바로 거기에 그렇게 있는 것"이다.[16] 기표의 응축성과 언어의 다의성은 형식주의 잔재로서 타파할 대상이다. 서정시는 사상을 교양 선전하는 역할을 수행하면서 인민에게 명료한 의미의 영역으로 데려다주는 전달수단으로 언어의 명시성을 표방할 수밖에 없다. 소통적 언어의 투명성은 개별 낱말들이 아니라 통합된 전체 맥락에서의 의미 전달에 효과를 지닌다. 투명하고 명료한 언어, 명확한 언어로 혁명적 사상을 형상화하여 전달하려는 의미는 북한이 인민대중을 문맹에서 벗어나게 한 이유와 동일 선상에 놓여 있다.

사회주의 혁명과 투쟁의 무기로서의 문학은 주관적인 개인 서정과 결별하고 공리적이며 전체적인 집단주의적 혁명정신을 고취시켜야 하며, 그것은 생활의 구체성을 가지고 인민들이 쓰는 말과 언어로서 인민들을 계몽시키고 교육해야 하는 생활의 교과서이다. 문학은 인민 대중에게 사상을 설명하고 설득하는 교양임무를 수행해야 한다. 이때 시는 압축되고 응축된 기표의 덩어리가 아니라 단성적이고 투명한 언어로 명료하고 간단하며 정확하게 대중에게 전달되어야 할 필요성이 제기된다. 때문에 서정시는 인민들이 잘 알 수 있게 쓰여져야 한다. 체제를 선전하고 설득하기 위해 서술적인 산문화의 양상을

1963, 35쪽.
16) A. Easthope, 박인기 역, 『시와 담론』, 지식산업사, 1994, 50~51쪽.

띠며, 혁명전설과 같은 민담적 요소나 대화를 차용하기도 한다. 언어를 장악하는 것이 권력을 장악하는 것이며, 그렇게 말과 글을 장악한 권력은 언어를 통제하면서 교사로서, 지도자로서, 안내자로서 대중에게 커다란 영향력을 끼치게 되는 것이다. 여기에 인민성에 기초한 언어정책의 내포적 의미가 있으며, 사상의 무기인 문학이 '그들의 말'로 인민을 교양해야 할 당위성이 놓이게 되는 것이다.

3. 선전과 설득의 스토리텔링

『서정시선집』에 실린 해방 후 10년간의 시문학에 있어서 한국전쟁 전까지의 중요한 문학적 주제는 제반 민주개혁의 성과를 노래하는 것이었다. 해방 후 북한의 공산주의자들은 '공산주의'보다 '민주'라는 용어를 더 즐겨 사용하였다. 일반 대중들에게 '공산주의'라는 용어가 호의적이지 못한 이유도 있지만, 민족주의 세력들의 영향이 강하였기에 일반 대중들이 공감할 수 있는 '민주', '민주주의'라는 용어를 사용하였고, 공산주의 진영 자체적으로는 '사회주의'라는 용어가 일반적이기도 하였다. 급속하게 변한 당대 현실은 어두웠던 과거와 대비되는 '벅찬 감동' 그 자체였다. 농민들의 삶을 전변시킨 토지개혁은 당시 기반이 미약한 공산당이 절대 다수의 농민들을 지지 세력으로 확보하여 북한체제의 대중적인 지지를 마련하는 초석이 되었다.

땅은 밭갈이 하는 농민에게—/ 토지 개혁의 우람찬 환성은/ 등을 넘고 비탈길을 감돌아/ 두메 산골에까지 산울림해 왔다.// —나라를 찾음만 해도 고마운데/ 땅까지 차지하게 되다니…/ —이게 모두 꿈인가, 생시인가,/ 눈은 뜨이고 귀는 열리여/ 곰처럼 느린 산사람들은/ 금시 줄달음쳐/ 그악한 산발을 타고 넘어 왔고/ 약수터가 자리 잡은 마을의 글방에/ 불을 밝혀 밤으로 모이었다.

—김우철, 「농촌 위원회의 밤」(1946)

"땅은 밭갈이 하는 농민에게"라는 구호 아래 진행된 토지개혁은 실제적으로 농민들에게 해방의 기쁨보다 더 감격적인 사건이었다. 토지개혁의 소식을 들은 화전민들은 밤길을 서둘러 농촌위원회에 모여 미래에 대한 희망을 이야기한다. "두더쥐마냥", "북더기"를 파 뒤지던 지난날의 비참한 생활은 끝나고, "등살을 쳐먹던 지주들을 내몰고" 토지개혁으로 농민들은 자기 땅을 소유하게 된다. 이러한 감격은 토지개혁을 실시한 김일성에 대한 감사로 이어진다. 일제와 지주에게 이중 착취를 당했던 지난날에 비해 "즐거운 오늘을 호흡"하는 농민들은 "김장군 초상, 더 높이 걸어/ 내 마음의 거울"(리호남, 「지경돌」)로 삼으리라 다짐하는 것이다. 토지개혁에 대한 감사한 마음은 앞다투어 현물세를 바치는 것에서 감격적으로 표현된다. "잡것 하나 섞일세라 현물세 찰강냉이/ 굵은 알갱이만 고르던 할머니"(리용악, 「막내는 항공병」)나 "한알이라도 보람지게 하여/ 나라 일 돕는 것이 본심이라 하시며/ 큰 놈으로만 고르시는/ 어머니"(김광섭, 「감자 현물세」)는 "누구 하라는 이, 시키는 이 없어도" "애국 농민 무리져" 나와 "건국미 구월산보다 키높여 쌓았다."(민병균, 「재령강반에서」) 토지개혁과 현물세를 주제로 한 시의 공통점은 토지개혁에 대한 감사함이 김일성에게 향하는 것과, 감사함에 보답하기 위해 현물세를 누구보다 먼저 앞장서 바치겠다는 것이다. 그것은 주제와 전망에 있어서 애국주의이며, 문학적으로 재생산되면서 장려되는 운동이었다.

실제적으로 토지개혁(1946. 3), 농업 현물세(1946. 6), 산업 국유화(1946. 8. 10), 노동법(1946. 6. 24), 남녀 평등법(1946. 7. 30), 선거법 등

일련의 민주개혁은 소련이 점령한 동유럽에서 실시한 정책들이었고, 소련 군정은 김일성이 이러한 건국 사업들을 추진할 수 있는 직책인 북조선 임시인민위원회 위원장이나 훗날의 북조선 인민위원장 등의 행정직을 부여해 주었다.[17] 민주개혁이라는 이름 아래 단행된 여러 조치들에서 토지 개혁이 가장 먼저 실시된 궁극적 목적은 향후 사회주의적 협동 경제로 발전할 수 있는 농업의 집단화를 이루는 데 있었다. 토지 개혁과 더불어 지주 추방이 기도된 것은 농촌에서의 종래의 권력구조를 파괴하고 공산당 지배를 확립하려는 목적에서이다.[18] 산업 국유화 또한 북한 지역에서 봉건적 경제 구조를 청산하고, 전체 산업을 국유화함으로써 사회주의 발전을 위한 물적 토대 구축에 있었다.[19] 일련의 외적 현실이 반영된 한국전쟁 전의 문학은 민주개혁의 실천과 새 생활의 건설, 새것과 낡은 것과의 투쟁, 조국의 통일을 위한 미제와의 투쟁, 김일성 빨치산 투쟁 및 인민 경제복구 건설을 위한 투쟁, 국제 친선 및 조쏘 친선 등이 주된 주제라고 할 수 있다.[20]

저산 넘어 구름 저편엔/ 우리 깃발 날리는 평양성이 있다오/ 평양성엔 김 일성 대학—/ 그 대학에선 그리운 이 글 배운다오/ 한뉘 머슴살이 하리라던/ 이 마을 총각이라오

—조기천, 「그네」(1947. 6)

문맹퇴치와 일반 대중에게 확대된 교육의 기회는 북한에서 삶의

---

17) 서대숙, 『현대 북한의 지도자』, 을유문화사, 2000, 64쪽.
18) 기무라 미쓰히코, 김현숙 역, 『북한의 경제』, 혜안, 2001, 66~69쪽 참조.
19) 전인영 편, 『북한의 정치』, 을유문화사, 1990, 41~42쪽.
20) 안함광, 『조선문학사』, 연길: 연변교육출판사, 1956; 『서정시선집』, 한국문화사, 1999 영인, 360쪽.

형질을 변모시킨 이유가 되었다. 머슴이 글을 배운다는 것은 교육의 기회가 한정되었던 전시대에 비해 획기적이었다. 글을 알게 된 사람들은 당에서 선전하는 사상들을 수용해 사상개조의 여지가 마련되었고, 그것은 인민의 삶을 변화시키는 중요한 근거가 되었다.

글줄을 더듬어/ 신문도 읽게 되시였다는/ 손자국 아련한 당신의 글월을/ 몇번이나 읽노라면/ 저의 가슴엔/ 놀라움과 기쁨이 물결칩니다. (…중략…) // 항거와 파괴의 지난 날 세계에서/ 보복과 반항에 버릇 들었던 저는/ 인제 정신을 새로이 가다듬고/ 오직 하나 젊고 젊은 건설의 길에서/ 쏘련의 청년들과 어깨 나란이/ 밝고 넓은 조국의 앞날을 위하여/ 배우고 있습니다.

—리효운, 「어머니께 드리는 편지」(1949)

문맹이었던 어머니가 쓴 편지를 읽는 시적 화자는 현재 소련에서 공부하는 청년이다. 당시 성인들 대부분이 문맹이었던 처지를 감안하면, 시적 화자가 어머니의 편지를 몇 번이나 읽으면서 "손길은 감격에 떨고/ 가슴은 뜨겁게" 감동하는 것을 이해할 수 있다. 시적 화자가 소련에서 배우는 것은 조국의 앞날을 위한 것이며, 그것은 사회주의 국가 건설을 위한 것이다. 이때 사회주의적 새 인간형의 모델은 소련이다. "인민의 정권이 돌보아준/ 아담하고 밝은 집에서/ 초가 오막살이/ 지루하던 꿈도 잊고" 내일의 노동을 위해 안녕히 주무시라는 인사로 끝맺는 이러한 유형의 시가 강조하는 것은 과거의 "오막살이"와 대비되는 현재의 "기와집" 혹은 "밝은 집"을 가능케 했던 "인민정권"의 강조이다. 새것과 낡은 것과의 투쟁에서 승리는 새것의 몫이다. 새것은 선이며, 아름다움이다. 모든 개혁의 성과와 공로는 새로운 세상을 열어준 김일성과 소련에 대한 감사와 칭송으로 돌려진다. 이는 해방 후부터 조심스럽게 보이기 시작한 '김일성주의'를 내포한다.

레닌은 대중의 지지가 없는 행동은 단순한 정치적 모험주의에 불과하다고 강조한다.[21] 혁명은 법령으로 일으킬 수 없으며, 대중에게 명령을 부여하는 것만으로 근본적인 사회변화를 일으킬 수 없기에 레닌은 "우선 첫째로 설득"을 내세운다. 대중 속에 들어가 대중이 알아들을 말을 하며 대중이 원하는 글을 쓰고, 대중의 요구를 표현하고 해결하는 글을 쓰라는 김일성의 지시는 인민에 대한 설득의 측면을 중요시했음을 알 수 있다. 대중이 창발성을 발휘하여 사회주의 국가 건설에 복무하기 위해서는 사회주의적 신념을 지닌 인간형으로 개조되어야 한다. 이를 위해 선전원은 노동자 농민이 알아들을 수 있으며 그들 자신이 쓰는 쉬운 말로 선전해야 함을 강조하고 있다.

> 아 여기가/ 인민의 대표로 우리를 부른/ 모두 그리워하던 조국의 민주 기지! (…중략…) // 보라 내 앞에/ 무연히 펼쳐진 북쪽 벌판 우에/ 대견히 머리 숙인 나락들/ 조국의 자유인양 물결치는 밀 파도 보리 이랑/ 숨을 쉬여도/ 숨을 쉬여도/ 가슴이 터지게 풍겨오는 향기로움이여// 이것이 모두다/ 우리의 것이여라/ 몇 천년을 눌려서만 살던/ 우리 농민의 것이여라 (…중략…) // 감사하여라/ 천년 조국의 자유 찾아 쥐고/ 이 나라 건설 알뜰히 돌봐 주시는/ 쓰딸린 대원수이시여/ 행복하여라/ 우리 민족 만년의 영웅이시며/ 이나라 인민의 앞길 밝혀 주시는/ 김 일성 장군 계심이여
>
> ─조령출, 「북조선으로」(1948)

당시 대중들 대부분이 마음을 빼앗긴 것은 개혁의 성과들이었고,

---

21) A. Inkels, 이규종 역, 『소련의 여론』, 대학문화사, 1985, 35쪽.

시에서 개혁의 성과는 풍요로움과 이상화된 국가로 표상되었다. 여기에 평양을 중심으로 하는 민주기지론은 설득력을 얻게 된다. 민주기지 북한은 인민이 주체가 되는 인민의 나라이며, 자유와 평등이 있는 풍요의 나라이다. 그것을 가능케 한 것은 '해방군' 소련과 '민족의 영웅 김일성'이다.

> 슬픔과 가난은/ 이미 사라져 간 하나의 추억// 새로운 인민들/ 제땅 주인 되고/ 해마다 오곡 무르익어 풍요로운/ 나의 조국 그는 인자한 어머니/ 시달림 받던 만백성에게/ 자유와 권리를 보장하는/ 우리에게는/ 공화국의 헌법이 있지 않은가!// (…중략…) 만약 조국이 요구한다면/ 인민을 위하고 나를 위하여/ 무엇 하나 아까울 것이 있겠는가// 마지막 죽음이 찾는 순간에라도/ 우리는 조선의 공민임을/ 자랑할 뿐이다
>
> —김춘희, 「공민증」(1949)

공민증을 지닌 시적 화자에게 공화국은 인민의 나라이며, 자유와 권리를 보장하는 나라이기에 조국이 요구한다면 죽음도 불사할 수 있다. 공민임을 자랑스러워하는 시적 화자와 "우리"라는 북한 인민과의 동일화는 "인민을 위하고 나를 위하여" 투쟁할 수 있는 집단적인 이데올로기를 표상한다. 특히 '인민의 나라' 또는 '노동자의 정당'과 같은 표현은 당이 말하는 바를 정당화하여 인민 대중이라는 거대한 공동체를 당과 동일시하는 효과를 지니고 있어, 곧 '당의 목소리'는 '인민의 목소리'와 동일시된다. 인민은 어머니(조국)가 요구한다면 목숨(충성)도 바칠 수 있다. 신념화된 이데올로기는 "힘을 권리로, 복종을 의무로 변화"[22]시키면서 내면화되기에 이르는 것이다.

---

22) O. Reboul, 홍재성·권오룡 역, 『언어와 이데올로기』, 역사비평사, 2003, 259쪽.

우렁찬 인민의 미래를 고하는/ 항쟁의 기폭을 (…중략…) // 미 제국주의 야수의/ 흉계 음모 깡그리 찍어 무너 판치고/ 완전 자주 독립 어엿이 틀어쥘/ 새 힘의 핏줄이 굽이 도는/ 산아 조국의 산들아/ 잊지 말자 약속하자/ 최후의 승리를!/ 증오할 원쑤를! (…중략…) 국토 완정의 그 날을 위하여!

—강승한, 「수양산상에서」(1949)

시는 독자를 생산하고, 독자는 시를 통해 담론을 생산한다. 시는 투쟁의 담론을 양산하고, 전쟁의 당위성을 양산한다. 조국의 통일을 전취하기 위해 선행되어야 하는 것은 미제와의 투쟁이며, 미제 주구 남조선 정권과의 투쟁이다. 북한이 인민의 주권으로 세워진 인민의 나라라면 적으로 규정되는 '미제'는 반드시 타도해야 할 존재이다. 소련과 중국이 피를 나눈 형제의 나라로 선전되는 것과 반대 항에 위치한다.

선전의 양상이 가장 극렬한 시기는 전쟁 시기다. 전쟁에서의 승리를 위해 전쟁의 정당성을 인식시키고 용감히 싸울 것을 독려하는 수단으로 문학이 이용되는 것은 전 세계적인 공통 양상이다. 정신적 단결이 전쟁의 승패를 좌우하기에 문학의 중요 역할 중 하나가 선전임무 수행이다. 민족을 통일시키기 위한 전쟁은 북한 인민군대의 영용한 투쟁을 통해 미제의 압제에서 동족을 해방하는 민족해방전쟁이며, 김일성의 은덕으로 겨우 얻게 된 자유와 행복을 수호하는 전쟁이다.

어머니는/ 『이것이 모두/ 김 일성 장군님 은덕이라』고/ 『우리 새 세상이 왔다』고 (…중략…) 허나 저 고지에 들싸는 원쑤들은/ 평화의 적 미제 야수들은/ 저에게도 또 다시/ 종살이 멍에를 들씌우려는 놈들.// 우리는 수령께서 베풀어 주시는/ 이 자유와 이 행복을/ 저 야수 놈들에게,/ 어떻게 빼앗길 수 있겠습니까.

—박세영, 「수령은 우리를 승리에로 부르셨네」(1953)

증오심을 불러일으켜 투쟁을 고취하는 것이 전쟁 시기 선전 선동의 목적이다. 인민이 주인되는 자유와 평화가 있는 행복한 새 세상을 부수고 인민에게 다시 종살이의 멍에를 지우는 적은 "도적놈/ 식인종/ 침략자/ 고용병/ 돈벌레"(백인준, 「얼굴을 붉히라 아메리카여!」)인 미국이다. 이데올로기는 '아름다운 담화'가 아니라 '효과적인 담화'를 목표로 한다[23]고 할 때, 이와 같은 표현은 혐오감과 증오심을 불러일으켜 적대감을 고조시키는데 효과적인 수사학을 보여 주고 있다.

김일성은 "작가 예술가들은 인간 정신의 기사로서 자기들의 작품에 우리 인민이 갖고 있는 숭고한 애국심과 견결한 투지와 종국적인 승리를 위한 철석같은 결의와 신심을 가장 뚜렷하게 표현할 뿐만 아니라 자기들의 작품이 싸우는 우리 인민의 수중에서 가장 강력하고도 예리한 무기가 되게 하며 전체 인민을 최후의 승리에로 고무추동시켜야 할 것"[24]이라고 주장하는데, 이것이 작가 예술가들의 사명과 의무이다. 현실을 반영하는 문학은 인민들에게 전망에 대한 신념을 심어 주어 모든 난관을 극복하면서 용감하게 전진하는 내적 추동력을 제공한다. 인민들의 행복과 조국의 발전을 위해 모든 힘을 다 바쳐 투쟁하기 위해 문학이 담아야 할 것은 진실이다. 그 진실은 구체적 현실에 바탕하고 있어야 한다. 새로운 생활을 담보하는 새로운 체제는 미래에 대한 희망을, 전쟁기에는 신념으로 내면화된 사상으로 승리의 투쟁으로 전진할 수 있어야 한다.

---

23) O. Reboul, 홍재성·권오룡 역, 『언어와 이데올로기』, 역사비평사, 2003, 146쪽.
24) 「전체작가예술가들에게 주신 김일성장군의 말씀」, 『문학예술』, 제4권 제3호, 1951, 4쪽.

시는 민주개혁의 성과를 알리고 인민이 자연과 사회를 개조하는 실천투쟁을 성과적으로 진행하는데 복무하며, 인민들의 애국주의를 고취한다. 그것은 시에 등장하는 주인공들을 통해 말해지는 것이며, 인물들의 대화를 통해 선언되는 것이다. 이를 위한 시어는 명시적·설명적이며, 선언적·표어적이며, 적개심을 고취하기 위해 과격한 시어도 서슴지 않는다. 알기 쉬운 말과 글로 된 시는 사회주의 건설에서 대중에게 목적의식성을 부여하며 그들의 높은 혁명적 열의와 창조적 적극성을 불러일으키는 수단이 된다. 인민의 언어로, 인민의 생활을 그려 인민이 행동하게끔 선동하는 것이 문학의 과제였던 것이다.

4. 서정시의 영웅 이야기

세계 어디에나 영웅담은 흥미로운 서사로서 전해져 온다. 고대 그리스의 오디세우스를 비롯해 영국의 베어울프, 프랑스의 롤랑, 스페인의 엘 시드, 독일의 구드룬이나 니벨룽겐은 영웅 서사시의 주인공들로 널리 알려져 있다. 우리의 전우치나 홍길동, 박씨부인에 이르기까지 영웅담은 친숙한 서사로서 존재해 온 것이다.

북한은 건국 초기부터 수많은 영웅 이야기를 생산/재생산해 왔다. 새로운 시대의 새로운 인간의 전형은 영웅으로 만들어졌다. 일찍이 조기천의 『백두산』은 "조선의 민족적 영웅인 김일성장군의 항일투쟁의 영웅적 모습을 그린 서사시"[25]로서 평가된 바 있다. 북한문학에 등장하는 영웅의 전형이 김일성인 것이다. 대중적 영웅주의로서 호명되는 "영웅적 인간"[26]은 시기와 주제에 따라 다르다. 전쟁을 배

---

25) 조선중앙통신사 편, 『조선중앙년감 1949』, 평양: 조선중앙통신사, 1949, 142쪽.

경으로 하는 시에서는 인민군대와 후방의 인민이 전쟁영웅으로 호명되며, 전후 복구 시절에는 건설자들이 노동영웅으로 호명되었다. 북한에서 노동영웅은 시대정신의 체현자이다. 1960년대의 천리마시대에는 천리마기수로, 1970년대의 사회주의대고조 시대에는 3대혁명소조원으로, 1980년대에는 숨은 영웅 등으로 등장한다. 군사영웅과 노동영웅 모두 조국애에 기반하지만, 그들의 구체화는 다른 이야기 구조로 드러난다. 군사영웅이 주로 전쟁과 과거에 초점을 맞춘다면, 노동영웅은 생활의 미시적 요소에 영향을 끼치며 현재와 미래에 초점을 둔다. 『서정시선집』에는 천리마시대 이후 노동이 신화화되고, 개별적 노동영웅이 탄생하기 전의 모습을 보여 준다고 할 수 있다.

북한에서 문학의 "사상성과 형상성은 하나의 유기적인 통일체"로서 "문학에서의 사상"은 "형상된 인물과 그 인물들의 호상 관계 및 발전 속에서 스스로 유출되어 나오는 것"[27]이다. 예술이 생활의 교과서라는 체르니셰프스키의 말은 사회주의 리얼리즘 예술론의 중요한 부분을 이루고 있으며, 시는 이데올로기의 기능을 언어로 표상할 수 있다. 사회주의 리얼리즘은 새로운 사회, 보다 나은 인간과 보다 완전한 세계를 창조하기 위하여 인민들과 공산당을 보조하는 근본목적을 가지고 있다. 진정한 현실을 반영해야 한다는 원리와 대중들에 대한 이데올로기 교육을 해야 한다는 원리는 모두 동일선상에 놓여 있다. 그러므로 현실의 진정한 반영은 공산주의 이념을 최고도로 표현하는 것이며, 가장 중요한 사회주의적 측면은 예술이 미래를 전망할 수 있어야 한다.[28]

---

26) 사회과학원 문학연구소, 『조선문학통사: 현대문학편』, 평양: 사회과학출판사; 인동, 1988, 269쪽.
27) 김명수, 「우리 문학의 형상성 제고를 위하여」, 『조선문학』, 1954년 제6호, 124쪽.
28) C.V. James, 연희원 역, 『사회주의 리얼리즘론』, 녹진, 1990, 135쪽.

민주개혁과 전쟁, 그리고 전후 복구의 시기를 거치면서 북한은 유 례없이 많은 영웅들을 낳았다. 이들 대중적 영웅주의는 불굴의 용기 와 혁명적 자각의 모범을 보여 주는 환희와 경외의 대상이며 도덕적 이상의 구현자이다. 애국적 반향을 일으켰던 주인공들의 도덕적 파 토스는 윤리적 풍격의 아름다움과 위대함을 특징짓지 않고서는 형상 자체의 미학적 의의를 명확히 할 수 없다. 마르크스—레닌주의 미학 에서 예술과 정치와의 연관뿐 아니라 예술과 도덕의 상호연관을 고 려하는 이유가 여기에 있다.[29]

인민대중은 혁명과 건설의 주인이며 자연과 사회를 개조하는 힘 있는 존재이다. 따라서 혁명과 건설의 성과 여부는 인민대중의 높은 혁명적 열의와 창조적 적극성 여하에 달려 있다. 이를 위해서는 인민 대중 모두가 사상적으로 일치되어야 하며 사회주의적 신념을 지닌 새로운 인간형이 되어야 한다.

우리 작가 예술가들은 수다한 공화국 영웅들을 작품에 묘사하여야 하 겠습니다. 그러나 영웅이라해서 반드시 신기한 사실 전설적인 비범한 인 간을 찾으려고 애쓰는 작가 예술가들이 있습니다.

이러한 창작적 태도로서는 우리의 영웅들을 옳게 묘사할 수 없습니다. 우리의 영웅들은 어젯날의 로동자 농민 사무원 학생들이며 또는 그들의 자제들입니다.

그들의 풍부한 감정과 인간성 그들이 갖고 있는 사상과 신심 그대로를 묘사한다면 오늘날의 우리 공화국의 영웅들이 될 것입니다.[30]

---

29) 소련과학 아카데미 편, 신승엽 외 역, 『마르크스 레닌주의 미학의 기초이론』 I, 일월서각, 1988, 282~284쪽.
30) 「전체작가예술가들에게 주신 김일성장군의 말씀」, 『문학예술』, 제4권 제3호, 1951, 11쪽.

사상적 신념을 지닌 새로운 인간형, 인민적 영웅들은 노동자, 농민, 학생과 같은 일반 대중이며, 이들의 영웅성을 묘사하는 것이 예술가의 임무이다. 생활의 교과서로서의 문학이 나타내야 할 주제로 김일성은 가장 먼저 애국심을 들고 있다. 애국심을 표현하는 데 있어 추상적인 구호나열을 지양하고 구체적이며 형상적인 감정, 사건, 인물, 사상을 보여 주어야 애국심의 구체성과 진실성을 갖게 된다고 주장한다.

　사회주의적 영웅은 세 부분에서 고찰할 수 있다. 첫째는 인민 대중이 영웅적 형상으로 그려지는 것과, 둘째는 전쟁 시기 영웅적 투쟁으로 승리를 자랑하는 인민 군인들, 셋째는 김일성이 빨치산 영웅으로 등장하면서 영웅의 전형으로 우상숭배되는 양상 세 가지이다. 이들은 영웅이면서 또한 도덕적인 존재들이다.

　　우리는 우리들의 대표를/ 최고 인민 회의에 보냈다/ 그리고/ 강괴를 물어 당기는/ 로르 소리와 함께/ 2개년 계획에 관한/ 국가 계획 위원장의 보고를 들었다. (…중략…) // 전날 나의 꿈은/ 실컷 쉬여보는 것이었다/ 지금 나는/ 피곤을 느끼지 않는다/ 누를 수 없는 나의 욕망은/ 일하는 것/ 만드는 것/ 쌓아 올리는 것/ 내가 만든 강철판으로/ 나의 국토를 덮는 것/ 다시는 어느 누구도 손을 못 대게/ 거기서 굳건히 우리 행복이 일어서게/ 튼튼히 무장하는 것!

　　　　　　　　　　　　　　　　　　　　　—김상오, 「압연공」(1949)

　새 조국을 건설하는 막중한 임무를 지닌 노동자는 새로운 시대의 새로운 영웅이다. 그들은 "조선을 돕고 있는/크나큰 힘"(김상오, 「기사」)의 소유자이며, 새로운 조국을 건설하고 행복을 만드는 주체들이다. 실컷 쉬는 것이 꿈이었던 노동자가 오늘날은 노동의 기쁨으로 한껏

충만되어 증산에 앞장서고, 그것이 행복의 길이 된다. 피곤을 느끼지 않는 증산에의 열의는 "보은의 윤리에 입각"한 "사상과 신념의 문제"[31]였다. 이들은 또한 전후 복구의 주인공이기도 하다. 그들이 남편을 잃은 여성일지라도, 노동자로서의 위대한 영웅성을 지닌 인물들인 것이다.

> 불ㅅ길이 세차게 타오르는 콕쓰로 앞에/ 남편을 대신하여 일어선 그대의 튼튼한 팔뚝은/ 무쇠를 쉴새 없이 불 속에 구어 내며/ 이마에 흐르는 땀방울이 잠시도 멎지 않는다// 그대는 이렇게 모범 단야공이 되어/ 억센 새 생활의 주인으로 일어섰다/ 녀성은 강철 앞에 약하다는/ 또 하나 옛말을 쇠망치로 두드려 부시며-// 마치 어느 신화 속의 어머니인양/ 어깨 우에 두 어린것을 세우고/ 로동의 마치를 머리 높이 힘차게 추켜든/ 그대는 이 나라 새 녀인들의 기념비!// 수령께선 우리를 다시 투쟁으로 불렀거니/ 눈물 속에서 웃음을 창조하며 일어선/ 그대-로동과 사랑의 노래-/ 그 어느 원쑤도 꺾지 못하리라!
>
> —민병균, 「기념비」(1954)

「기념비」의 주인공은 여성 노동영웅이다. 그는 전쟁에서 남편을 잃었지만, 슬픔과 실의에 빠지지 않고 남편 대신 새 생활의 주인공으로 일어선다. 신화 속의 어머니처럼 새 생활을 건설하는 것은 수령이 전후 복구의 투쟁으로 불렀기 때문에 눈물 속에서 웃음을 창조할 수 있다. 새 생활의 역군이며, 전후 복구의 주인공인 여성 노동자는 더 이상 약한 존재가 아니다. 강인한 생활의 주인이며, 영웅인 것이다.

영웅의 증명과도 같은 노동의 헌신성은 천리마운동과 같은 동원체

---

31) 신형기·오성호, 『북한문학사』, 평민사, 2000, 94쪽.

계에서는 '공산주의적 새 인간'의 표지가 되었다. 『서정시선집』속 노동영웅의 형상이 보은의 윤리에 입각하고 있다면, 천리마시대에는 공산주의적 신념을 지닌 새로운 인간형의 요소가 되는 것이다. 게다가 천리마시대에는 "로동 속에서 단련되고 로동 속에서 개화"[32]되는 노동의 빠포쓰가 시대정신이었다. 애국주의의 표상이었던 전후 복구 시기의 노동영웅이 천리마시대에는 유일지배와 김일성 숭배를 내재하게 되는 것이다. 애국주의를 실천하는 존재들은 국가 구성원 전체로 확장되어 있다. 약하고 어린 존재, 늙고 힘없는 존재의 애국적 실천은 초기 북한 문단에서 영웅으로 호명될 자격을 얻게 된다. 이에 대해서는 다음의 인용시를 보자.

가슴 깊이에 간직한/ 당증을 남몰래 눌러 보며/ 사람들은…/ 죽음으로 지킬/ 당 중앙 결정을 들었다 (…중략…) 비록 나이는 먹어/ 허리는 굽었으나 (…중략…) ―못 간다니 말이 되오/ 어서 탄약 상자를 이리 보내오/ 수염자리 흰/ 백발 로인의 말이였다 (…중략…) 마을의 녀맹원/ ―저도 식사를 섬기려/ 부상병을 도우려 (…중략…) 이들이 모두/ 너의 물결 마시며 자란/ 소박한 이 고장의 사람들이다/ 인민의 조국이/ 나아서 기른/ 이 땅의 순박한 사람들이다

―김순석, 「어랑천」(1951)

과거가 고통과 억압이라면 현재는 낡은 것에 대한 새것의 승리가 이룩된 희망과 자유의 시대이다. 그들은 모두 순박한 사람들로서, 전쟁에서 승리할 수 있었던 것은 이들 모두의 단결에서 비롯된다. 이들

---

32) 로금석, 「서정시에 있어서의 로동의 빠포쓰」, 『조선문학』, 1960년 제12호; 이지순, 「북한 시문학의 여성 노동영웅 형상화 고찰」, 『국문학논집』 제20집, 2005, 208쪽 재인용.

의 단결은 전쟁의 성패를 가늠하는 중요한 것이다. 가슴 깊이 당증을 간직한 이들은 당중앙의 결정을 죽음으로 지키려 든다. 시는 백발노인이 전쟁에 떨쳐 일어서고, 식사를 나르고 부상병을 도우려는 여맹원의 모습을 통해 순박하고 평범한 인민들이 어떻게 영웅이 되는지를 보여 준다. 단결된 모습으로 헌신적으로 조국에 봉사하는 인민들의 애국주의가 바로 영웅성으로 연결된다. 조국을 지키기 위해 탄약상자라도 나르려는 백발노인의 모습처럼 전선의 인민군 영웅 못지않은 후방의 영웅인 것이다.

인민군의 영웅성은 전선에서 투쟁하는 것에서만 발휘되는 것이 아니라 따뜻한 인간애에서도 발현된다. 전선에서 만난 간호장은 전우들을 어머니인양 누이인양 보살펴 주고, 그러한 보살핌 속에서 전사들은 큰 힘을 얻는다(김조규, 「간호장 박기춘」). 이들 인민군은 "그저 농막집 착한 막내"였지만 "고향의 사람들께 착하던 마음이/고향을 불태운 원쑤에게" 사나울 수밖에 없다. 이들은 "수령이 베풀은 고향의 행복"을 지켜낸, 고향을 사랑한 만큼 용감한 영웅이기에 "이전엔 아무런 레절도 안 차리던 사이"지만, "승리하고 돌아온 환영의 오늘은/ 끝없는 존경의 박수"(강립석, 「고향의 인사」)를 받는 영웅이며, "승리자"로서, 따뜻한 인간애의 소유자인 것이다.

『서정시선집』의 특이 사항 중 하나는 인민군 출신 시인들의 대거 출현이란 점이다. 이들 인민군 출신 시인들은 전쟁 당시에『문학예술』의 코너인 「인민군 시첩」에 시를 발표하며 등장하였다. 이들의 시를 모아서 낸 시집 『강철의 대오』(1954)는 조국해방 전쟁 기간에 직접 총을 든 인민군대 군무자 시인들의 작품집이다. 이 시집은 인민군의 사기를 고무하고 널리 인민들에게 감명을 주었다고 평가되었다.『강철의 대오』에 시가 실린 박승수, 김영철, 신상호, 전태정, 김영철 등이 인민군 출신 시인으로 『서정시선집』에서도 확인된다. 박승수의

「우리의 최고 사령관」과 신상호의 「장고개 술밭 언덕을 넘어」와 전태정의 「제비」 등은 각각 작품의 주제와 표현 면에 있어서 군무자의 억센 의지와 다감한 정서가 유감없이 표현되어 있는 성과로 꼽히고 있다.[33]

> 신기철이 나섰다./『전우들이여, 나를 따르라!/ 당원이 점령 못할 고지는 없다!』/ 박 원진이 나섰다./『맹원 박 원진이 올라간다!/ 당원들의 뒤를 따라 앞으로!』// 침략의 화구를 막기 위해/ 전우들의 돌격로를 열기 위해,/ 락엽을 밟고/ 탄우 속을 누비며,/ 지금 두 용사가 올라간다. (…중략…)// 지금 승리의 화신이며 / 행복의 상징인/ 강철의 령장/ 김일성 원수의 아들들이 올라간다.// 「돌격대」가 올라간다./ 당과 조국의 영예를/ 목숨으로 지키며,/ 인민의 자유 행복을/ 피로써 수호하는/ 조선 인민군이 올라간다.
>
> ―김영철, 「당과 조국을 위하여」(1953)

당과 조국을 위하여 투쟁하는 조선 인민군은 승리의 화신으로 그려진다. 김영철의 시 「당과 조국을 위하여」는 노동당원 신기철과 민청 맹원 박원진이 주인공이다. 이 둘은 당과 조국을 위한 전쟁에서 죽는 영웅들이다. 전쟁은 "수령"이며 "최고 사령관"인 김일성이 "민족을 령도"하고 "영웅의 군대를 지휘"하기에 반드시 "승리"(박승수, 「우리의 최고 사령관」)할 수밖에 없다. 왜냐하면 영웅적인 인민군이 "침략의 불길"을 "애국의 가슴으로 막"(전태정, 「제비」)았기 때문이다. 전쟁이라는 극한 상황 속에서 1인 권력집중이 가속화되는 양상을 시에서 살펴볼 수 있는 것이다.

---

33) 조령출, 「시집 『강철의 대오』에 대하여」, 『조선문학』, 1954년 제8호, 119~122쪽.

이들 영웅 가운데 가장 전형적인 영웅은 김일성이다. 현재까지 지속적으로 생산되는 장르인 송시 혹은 송가형태로서 김일성 찬양시도 이 시기에 출현하기 시작하였다. 김일성의 탄생 40주년을 기념한 백인준의 「크나큰 그 이름 불러」와 리맥의 「장군께서 오신 마을」은 인민과 혈육적 존재로 연결된 수령이 조국과 당에 대한 관념을 육화시키면서 친근하면서 영광스러운 존재로 형상화되고 있다.

그 뉘보다/ 우리 마을 사정 잘 알으시고,/ 그 뉘보다/ 우리 마을 걱정 많이 하시며,// 어려울 때나, 괴로울 때나,/ 언제든지 인민 위원회가 있고/ 언제든지 로동당이 있다고 하시며// ―소금이 없으면/ 소비조합에 말해/ 얼른 실어 오시오./ 간곡한 말씀 주시며/ 장군께서 몸소 찾아 오신 일 있었다
―리맥, 「장군께서 오신 마을」(1951)

수령은 농민들의 형편을 누구보다 잘 알고 한 집안의 어버이처럼 세간살이 걱정을 하고 적절한 해결을 해 주고 있다. 이 시는 인민의 수령으로서의 "김일성 장군의 인민적인 풍모를 실지의 생활 속에서 형상화하면서 훌륭하게 노래"하였다고 평가된다.[34] 이와 같은 수령 형상 창조는 인민들에게 통일의 상징으로써의 수령에 대한 주제가 곧 애국주의이기에 타당성을 얻게 된다.

인민들의 찬양과 북돋음/ 또한 그대들에게/ 희망이 넘치는 푸른 창 밑에/ 오롯한 행복 안고 살리라/ 새 조국 찬가/ 목청 모아 부르며 살리/ 태양을 따르는 해바라기처럼/ 밝은 한곳을 우러러
―김춘희, 「태양을 따르는 해바라기처럼」(1949)

---

34) 엄호석, 「문학 발전의 새로운 징조: 최근의 작품들과 그 경향을 말함」, 『문학예술』, 제5권 제11호, 1952, 107~108쪽.

인민은 김일성이 제시하는 길을 따라 "태양을 따르는 해바라기처럼" 한 곳을 우러르며 희망이 넘치는 미래로 향한다. 수령이 혈육처럼 육화되어 "장군을 아버지라고" 부르는 시적 화자에게 김일성은 너그럽고 그리운 모습으로 형상된다. 김일성은 풍요를 약속하는 태양이며 새 시대의 전망으로 제시되면서 김일성 개인 숭배양상이 북한문학에 내면화되기 시작한다.

북한문학이 혁명적 낭만주의에 입각해 그릴 미래는 성심과 믿음을 통해 보아야 할 미래였다. 여기에서 김일성은 성장의 지침이자 성심과 믿음의 원천이었다.[35] 사회주의 리얼리즘은 혁명적으로 발전하고 있는 현실과 혁명적이고 진보적인 것에서 미의 원천을 찾는다. 새로운 것의 특질, 사회주의의 특질이 확실하고도 다양하게 드러나 있는 인물들은 사회주의적 영웅이다. 영웅의 이야기는 서사적일 수밖에 없다. 그것은 개인의 이야기가 아니라 인민 대중의 이야기이며, 과거와 현재 그리고 미래를 아우르는 방대한 시간의 이야기이기 때문이다. 영웅으로 표상되는 인물들은 사상적 이상을 체현한 전형들이다. 이들이 겪은 사건은 역사적인 서사가 되는 것이다.

5. 서사지향성의 표지들

김순석은 "사람들의 가슴에 혁명적 열정을 불러일으킴으로써 모든 사람들로 하여금 혁명가로 양성케 하는 혁명 문학"은 "공산주의 건설에 바쳐지는 정신적 양식이며 무기인 만큼 작가―시인이 우선 혁명가가 되며 공산주의자가 되는 것"[36]이 선결과제라고 말하면서

---

35) 신형기·오성호, 『북한문학사』, 평민사, 2000, 88~89쪽.

시인을 혁명투사로 규정하고 있다. 혁명투사 시인은 공산주의적 이상을 작품에 담아야 한다. 『서정선시집』에 수록된 시들은 이데올로기적인 전략으로 정치성과 사상성을 담아내고 있다. 새로운 시대의 문학인 사회주의 건설 문학은 사상의 힘을 근간으로 하지만, 대중적 설득력과 정서적 감화력을 높이기 위해 많은 서정시들이 적극적으로 이야기를 도입하고 있다. 서정시의 스토리텔링은 이분법을 기반으로 한다. 혁명적 발전을 위한 전제로 새 것과 낡은 것의 대립에 있어서 낡은 것은 악이고, 새 것은 선이라는 이분법은 주관적이고 신비적인 개인의 정서를 타파해야 할 낡은 것으로 규정한다.

인민들의 투쟁 면모와 성장의 발자국, 그리고 미래의 전망은 장편의 창작으로 충족된다. 전쟁에서 발휘한 인민의 영웅주의를 역사적으로 형상화하기 위해서 장편을 쓰는 일은 인민들과 그 후대를 애국주의 사상으로 교양함에 있어 작가들에게 부과되는 심중한 책임을 안고 있다. '민주건설의 장엄하고 찬란한 현실'을 그리고 '당과 조국과 수령에 바치는 헌신성, 땅에 대한 사랑, 삶에 대한 뜨거운 의지'를 지닌 당대의 전형화된 인물을 형상화하기 위해서, 불굴의 투지와 혁명적 낭만주의 정신을 인민적 입장에서 형상화하기 위해서 필연적으로 요구되는 것이 시에 있어서의 서사성이다. 해방 후의 민주개혁들로 삶의 현상이 전변하였으며, 격변하는 역사의 전형화된 인민의 영웅주의나 애국주의 등을 형상화하기 위해 시대가 요구한 것이 서사시라는 것이다. 북한은 당대의 역사적·정치적 현실과 새로운 삶의 양상들이 웅대한 서사시를 필연적으로 요구하기 때문에 시인들에게 서사시 창작을 고무하였으며, 해방 후 10년 동안 창작된 시들은 장형화되는 양상을 보이고 있다.

---

36) 김순석, 「시인에로의 길」, 『창작과 기교』, 평양: 조선문학예술총동맹출판사, 1965, 42쪽.

실제적으로『서정시선집』에 게재된 대부분의 시는 대체적으로 짧은 서사시 형태를 보이고 있는 경우가 많다. 북한 서정시의 서사지향성을 나타내는 표지를 정리하자면 문학외적 표지와 문학내적 표지로 구분해 볼 수 있다.

우선 문학외적 표지로서의 서사지향성은 시가 체제 선전과 정책 설득의 역할을 담당하는 것에서 나타난다. 시는 대중들을 당의 지지 세력으로 확보하기 위해 토지개혁과 같은 민주개혁의 성과를 알리거나, 전쟁의 당위성을 직설적으로 설명하기도 한다. 북한 서정시에서 자주 보이는 표어적인 문구는 북한체제를 옹호하는 단적인 발언으로 주장되고 있다.

서술적이며 표어적인 언어가 시적 언어로 가능할 수 있었던 것은 북한이 표방하는 언어정책이 인민성에 기초하기 때문이다. 인민이 사용하는 언어로 인민이 알아들을 수 있는 표현으로써 인민의 이야기를 표현해야 하는 것이 문학에 부과된 임무이다. 그것은 북한체제가 지향하는 사회주의 이데올로기를 내면화시킨 것이었다.

문학내적으로 서사지향성의 표지들은 우선 카프의 단편서사시 전통을 들 수 있다. 1930년대 김일성 혁명문학이 북한문학의 혁명적 전통이 되기 전에 사회주의 리얼리즘의 전통은 카프에 귀속된다. 임화가 단편서사시에서 이룩한 시적 모범은 이야기 구조를 지닌 시가 어떻게 대중에게 문학적 보편성을 획득하여 대중에게 설득력 있게 이데올로기를 전달하는가를 잘 보여 준다.『서정시선집』이 발간된 1950년대 중반까지는 사회주의 리얼리즘과 혁명적 낭만주의의 전통이 카프에 있었으며, 혁명적 낭만주의가 지향하는 미래에의 전망은 사회주의적 영웅의 전형화와 관련된다.

문학내적인 서사지향성의 표지는 사회주의적 영웅이 민담적 영웅으로 전형화되면서 혁명적 낭만주의의 미래적 낙관과 전망을 표현하는데서 우선 이루어진다. 민담의 형식을 시적으로 차용하는 경우 시는 서사시의 장르적 표제를 달지 않아도 과거와 현재, 미래의 연대기적 시간 순서를 가진 장형의 형태를 보여 준다. 과거와 대비되는 현재의 투쟁은 미래의 희망과 공산주의적 이상이 실현된 사회를 위해 시련을 극복해야 한다. 시에 표상된 영웅들이 허구적인 영웅이 아니라 현실의 구체적인 영웅임을 표시하기 위해 구체적인 실명을 사용하는 경우도 많지만, 실제적으로 이들은 개성적으로 구분되지 않는다. 특히 『서정시선집』의 주인공들은 천리마시대 노동영웅의 선행 모습을 보여 준다. 천리마시대의 영웅 스토리가 특정 개인의 압도적인 노동 헌신을 담고 있다면, 전후 복구시기의 노동영웅은 집단적 애국주의를 표상하고 있다. 이러한 영웅의 형상은 북한문학 속 영웅 스토리의 원형으로 존재한다. 『서정시선집』은 노동을 신화화하기 전, 조국에 대한 헌신으로써 형상한다고 할 수 있다.

『서정시선집』에 압도적으로 많은 편수를 지닌 주제 중 하나가 소련과의 친선 강조이다. 소련은 해방군으로서 "인민의 위대한 벗"으로 칭송되는 해방의 은인이다. 서사적 이야기 속에서 소련이 공산주의 사회의 전범으로서 북한이 지향하고자 하는 바를 가리킨다고 할 때, 전형화되는 것은 개별적인 인물이 아니라 전체적인 맥락으로써 소련이다. 전쟁 서사 속에서 영웅으로 표현되는 인물들 또한 인민군의 영웅성을 나타내는 전형으로 기능한다.

문학을 통해 이루어지는 사상 교육은 선진적인 인간의 품격 형성, 즉 영웅적 행위를 '따라 배우는' 역할을 수행하고 있다. 시에 등장하는 인물들은 인민의 혁명적 실천 그 자체이다. 혁명적인 내용과 결합된 문학은 인민들을 지도하고 가르치는 교사이며, 생활의 교과서이다. 사선에서 죽음을 불사하는 인민군 영웅전사들의 모습과 따뜻한 인간애를 가진 간호장의 모습, 휴가 나온 인민군 병사 주위로 몰려든 마을 사람들의 인민 영웅에 대한 존경심은 대화를 통해 더욱 잘 설명된다. 결론적으로 선전과 설득, 공산주의 교양 목적이라는 문학외적 서사지향성이나 단편서사시의 전통을 계승한 영웅의 전형화를 통한 문학내적 서사지향성은 모두 정치적이고 사회적인 상상력과 결합했기에 가능한 것이다.

북한이 창건 이후 새로운 역사를 만들고 전파하기 위해 애써 온 것은 스토리텔링에 다름 아니다. 이야기의 내재적 힘은 가치와 이데올로기를 공유하게 할뿐만 아니라 하나로 결속시키는 접착제 역할을 하는 데 있다. 머리에 스며들어 선험적으로 존재하게 된 이야기는 마음을 움직여 행동하게 하는 힘이 있다. 바로 여기에 북한이 서정시에 적극 이야기를 도입한 까닭이 있다.

참고문헌

1. 기초자료

조선작가동맹출판사 편, 『서정시선집』, 평양: 조선작가동맹출판사, 1955.

2. 논저

과학원 언어문학연구소 편, 『조선로동당의 지도 밑에 개화발달한 우리 민족어』, 평양: 과학원출판사, 1962.

과학원 언어문학연구소 문학연구실 편, 『공산주의 교양과 우리 문학』, 평양: 과학원출판사, 1959.

과학원 언어문학연구소 언어문화연구실, 『우리 생활과 언어』, 평양: 군중문화출판사, 1963.

김명수, 「우리 문학의 형상성 제고를 위하여」, 『조선문학』, 1954년 제6호.

김재용, 『북한문학의 역사적 이해』, 문학과지성사, 2000.

박태상, 「새로 발견된 북한『서정시 선집』연구」, 『북한연구학회보』제4권 제2호, 2000.

사회과학원 문학연구소, 『문학예술사전』, 평양: 사회과학출판사, 1972.

_____, 『조선문학통사: 현대문학편』, 평양: 사회과학출판사, 인동, 1988.

사회과학원 언어학연구소, 『우리 당의 언어정책』, 평양: 사회과학출판사, 1976.

서대숙, 『현대 북한의 지도자』, 을유문화사, 2000.

서울대학교 사회주의연구팀 편, 『사회주의개혁과 북한』, 형상사, 1991.

소련과학 아카데미 편, 신승엽 외 역, 『마르크스 레닌주의 미학의 기초이론』 I,

II, 일월서각, 1988.

신영덕, 『한국전쟁과 종군작가』, 국학자료원, 2002.

신형기·오성호, 『북한문학사』, 평민사, 2000.

안함광, 『조선문학사』, 연길: 연변교육출판사, 1956, 한국문화사, 1999 영인.

엄호석, 「문학 발전의 새로운 징조: 최근의 작품들과 그 경향을 말함」, 『문학예술』
　　　제5권 제11호, 1952.

이종석, 『조선로동당 연구』, 역사비평사, 1995.

이지순, 「북한 시문학의 여성 노동영웅 형상화 고찰」, 『국문학논집』 제20집, 2005.

장용남, 『서정과 시창작』, 평양: 문예출판사, 1990.

전인영 편, 『북한의 정치』, 을유문화사, 1990.

「전체작가예술가들에게 주신 김일성장군의 말씀」, 『문학예술』 제4권 제3호,
　　　1951.

조령출, 「시집 『강철의 대오』에 대하여」, 『조선문학』, 1954년 제8호.

조선문학예술총동맹출판사 편, 『창작과 기교』, 평양: 조선문학예술총동맹출판사,
　　　1965.

조선중앙통신사 편, 『조선중앙년감』 1949, 평양: 조선중앙통신사, 1949.

조선중앙통신사 편, 『조선중앙년감』 1957, 평양: 조선중앙통신사, 1957.

한효, 「자연주의를 반대하는 투쟁에 있어서의 조선문학(3)」, 『문학예술』 제6권
　　　제3호, 1953.

기무라 미쓰히코, 김현숙 역, 『북한의 경제』, 혜안, 2001.

A. Easthope, 박인기 역, 『시와 담론』, 지식산업사, 1994.

A. Inkels, 이규종 역, 『소련의 여론』, 대학문화사, 1985.

C.V. James, 연희원 역, 『사회주의 리얼리즘론』, 녹진, 1990.

O. Reboul, 홍재성·권오룡 역, 『언어와 이데올로기』, 역사비평사, 2003.

Roger C. Schank, *Tell Me a Story: Narrative and Intelligence*, Illinois: Northwestern
　　　University Press, 1995.

천리마시대에 나타난 북한식 서정의 양상

: 『리용악 시선집』(1957)[1]을 중심으로

김수복·이지용

1. 전후 북한에서의 서정의 필요와 천리마시대

정전 이후, 북한은 전쟁을 통해 집중했던 사회적 역량들을 '모든 것을 민주기지 강화를 위한 전후 인민경제 복구 발전에로'라는 슬로건 아래 고스란히 전후 복구와 사회주의 건설로 이양하면서 사회문화 전반에 걸친 구조적인 변혁을 가속화한다. 이런 흐름 속에서 문화예술 분야는 1953년 9월에 제1차 전국 작가 예술가 대회를 열고, 이른바 '부르주아 미학의 잔재'에 물들어 있다고 여겼던 문학단체인 '조선문학예술총동맹'을 해체한 뒤 이를 대체하는 '조선작가동맹'을 발족시켰다.[2]

---

1) 해당 자료는 북한대학원대학교 이지순 연구교수의 도움을 받은 자료로 지면을 빌어 감사드린다.

2) 김성수, 『통일의 문학 비평의 논리』, 책세상, 2001, 155쪽 참조.

당시 사회주의 건설을 위해 문학에서 가장 먼저 과제로 떠 오른 것은 부르주아문학의 잔재를 청산하는 것이었다. 이는 구조적인 변화와 함께 문학비평논쟁을 거쳐 창작의 영역까지 영향을 미쳤는데, 그 중에서도 '서정'에 대한 접근방식은 조금 특이한 형태를 보이고 있다. 북한에서도 '서정'은 1920~30년대 서구의 낭만주의와 상징주의 문학론의 영향으로 형성된 것이었다. 하지만 배제했어야 할 부르주아 미학의 소산인 서정이 전후 북한에서 오히려 남한에 비해 더 빈번하게 사용되는 특이한 현상이 나타난다. 일반적으로 '시'나 '화자'로 설명 가능한 것도 '서정시'나 '서정적 주인공'으로 지칭하거나, 이전까지는 존재하지 않았던 '서정서사시'라는 장르까지 만들며 오히려 그 개념을 확장하고 있다.

이러한 현상에 대해서는 "해방 후 북에서 활동을 하던 대부분의 문학인들도 바로 그 통념(시=서정시)의 자장 안에서 '서정', '서사' 등의 말을 접한 이들이었다는 점"[3]이라 분석한 신지연의 논리가 설득력이 있어 보인다. 해당 논리를 대입해 보면 당시 북한에서도 서정이란 단어를 배제하고서는 시에 대한 담론의 전개가 불가능할 것이라는 자체적인 판단이 있었던 것으로 보인다. 때문에 서정이라는 단어를 배제하지는 못했지만, 단어가 가지고 있던 서구 부르주아 이데올로기와의 연계성도 인정하지 않으려는 모습을 보인다. 이른바 서정의 '사회주의적 전유'가 이루어지는데, 이는 마르크스―레닌주의 미학에 근거한 논쟁을 통해 부르주아문학의 잔재였던 과거의 개념으로부터의 연관성을 부정하고 사회주의 리얼리즘 이론과의 미학적 연관성을 도출해 서정을 새롭게 해석하려는 움직임의 결과라고 할 수 있다.

이런 배경에서 서정에 대한 문제가 이론적 쟁점으로 본격화되는

---

3) 신지연, 「'서정'의 딜레마」, 『우리어문연구』 40집, 우리어문학회, 2011, 87쪽.

것은 1954년 무렵이라고 할 수 있다. 이러한 쟁점은 사회주의 리얼리즘 문학의 형성과 함께 비판적으로 언급되던 도식주의에 대한 평론에서 나타난다. "우리 시인들은 사랑을 노래하며 자연을 노래하며 떠오르는 아침 해와 아름다운 저녁노을을 노래하는 서정시도 쓰자."4)고 강조하기도 하고, "문학에 있어서의 형상은 사상적 인식적 요소만을 가지는 것이 아니라 동시에 미학적 요소를 가지는 것이며 아름다운 것에 대한 평가가 깃들어 있다"5)라고 언급하기도 한다. 또한 "우리의 서정시는 오늘날 사회주의 건설에 헌신하는 우리 인민들을 난관과의 투쟁에서 굴하지 않으며 광명한 미래에 대한 승리의 신심을 공고히 하도록 그들의 가슴에 억센 투지의 불을 부어 넣어야 한다. 이것이야말로 서정시의 숭고한 사명이다."6)라고 정의하면서 서정시는 해당시기의 시문학을 대표하는 장르로 자리매김하게 된다. 이는 당시 북한에서 논의되는 서정이 "서정적 취향의 궁극적인 종착역은 '내면'이고, 내면의 깊이를 획득함으로써 서정적 주체는 단절의 의식을 다스리고, 상상적으로 조형된 초월적 세계를 자신의 내면에 구축하게 된다"7)는 서구 낭만주의로부터 발전한 과거의 서정과 다른 의미를 지니고 있음을 나타내고 있는 것이다. 그리고 이렇게 서정의 의미를 새롭게 정의하는 것은 부르주아 이데올로기에 오염된 문학의 구습과 잔재들을 청산하고 새로운 사회주의의 건설에 이바지하는 사회주의 문학을 확립하는 중요한 지점이기도 했다. 때문에 전후 북한문학에서 서정의 문제를 논의함은 단순히 용어의 정의에 대한 고찰로 국한되는 것이

---

4) 김명수, 「우리 문학의 형상성 제고를 위하여」, 『조선문학』, 문예출판사, 1954년 제6호, 155쪽.
5) 김명수, 위의 글, 157쪽.
6) 박근, 「서정시에서 갈등과 성격」, 『조선문학』, 문예출판사, 1956년 제6호, 158쪽.
7) 정명교, 「한국 현대시에서 서정성 확대가 일어나기까지」, 『한국시학회 17차 학술대회 논문집』, 한국시학회, 2006, 75쪽.

아니라, 전후 급격한 변화 속에서 생성되기 시작한 사회주의 문학 창작방법론 전반에 걸친 문제인식과 맥을 같이 한다고 할 수 있다.

북한에서의 문학적 논쟁은 작가의 자율적인 선택에 의한 주제들에 대한 담론의 형성 과정에서 생겨나는 남한의 그것과는 다른 모습을 보인다. "북한의 문학은 당(黨) 문학적 성격과 리얼리즘 미학을 전체로 삼는 기본전제 조건을 가지면서 당 최고지도부의 문예정책과 노선의 기본틀을 제시 받은 다음 그에 따라 구체적인 문학노선과 문예정책이 뒤따르고, 이론투쟁이라고 할 수 있는 논쟁과 비평을 통해 문예이론이 정립된다"8) 그리고 이러한 과정을 거친 뒤에 이를 반영한 '실질적인 작품의 창작 전개되는 양상을 보여 준다'는 특징을 가지고 있다. 서정의 문제도 이와 다르지 않아서 주로 평론을 통해 서정의 형상화를 위한 방법론이 언급된 후 해당사항이 창작 작품에 적용되는 형식을 취한다. 때문에 신지연이 북한에서의 서정 문제를 다루면서 "1956년 10월 제2차 조선작가대회를 통해 그간 제기되었던 문제들이 공식적으로 수용되어 북의 문학계가 다분히 활기를 띠던 1958년 무렵까지 '서정시'와 관련된 쟁점을 갈래 잡아"9) 서정에 대한 쟁점을 정리한 것은 합리적인 접근방법이었다고 볼 수 있다. 신지연이 서정의 개념에 대해 논할 때, 시기를 제한한 것은 서정에 대한 개념이 1951년부터 언급되기 시작해 전쟁 이후 본격화될 조짐을 보이다가 1956년부터 비로소 논쟁이 본격화되었기 때문이라고 판단된다. 또한 1958년 이후 북한 내의 사상적인 개념에 대한 논의가 일단락되었기 때문에 해당 시기의 서정에 관한 논의들은 북한식 서정의 초기 양상이 형성되는 과정을 밝히는 작업이라고 할 수 있을 것이다.

---

8) 김성수, 『통일의 문학 비평의 논리』, 책세상, 152쪽 참조.
9) 신지연, 「'서정'의 딜레마」, 『우리어문연구』 40집, 96쪽.

때문에 이 글에서는 이와 같은 선행 연구를 통해 도출된 북한의 특징적인 서정 문제를 인정하면서, 해당 시기를 통해 형성된 북한식 서정이 개별 작품에서 어떻게 구현되었는지 규명하고, 이를 통해 북한식 서정의 초기 양상에 대한 발전된 단서들을 재고하고자 한다. 또한 이러한 특징들이 대표적으로 나타난 『리용악의 시선집』이 1957년에 출간되면서 서정의 양상들이 이후로 나타난 전후 복구로의 역량 집중과 그것이 형상화된 천리마시기에 북한문학에 미친 영향들에 대해서도 가늠하게 될 것이다.

2. 『리용악 시선집』에서 나타난 북한식 서정의 특징

북한식 서정의 초기 양상을 언급하면서 텍스트로『리용악 시선집』을 삼은 것은 우선, 이용악이 가지고 있었던 당시 북한 문단에서의 내외적인 영향력 때문이다. 이용악이 월북 이후 북한에서 펴낸『리용악 시선집』의 저자약력 부분에서 확인할 수 있는 것처럼10) 그는 북한의 '전후 사회주의 건설시기' 문단에서 중요한 직책을 수행하면서 당으로부터의 신뢰를 받던 해당 시기를 대표할 만한 시인이라고 할 수 있다. 더욱이 "월북 이후 1953년 8월 남로당계 숙청에 연루되어 반년 이상 집필을 금지"11)당하고 난 뒤에도 활동이 중단된 것이 아니라 재차 문단의 주류에 복귀해 활동을 했다는 것과, 작품의 사상성

---

10) "1951년 3월 남북 문화단체가 련합하면서부터 1952년 7월까지 조선문학동맹 시분과 위원장 공작을 하였으며, 1956년 11월부터 현재 조선작가동맹 출판사 단행본 부주필 공작을 하고 있다. 그가『조선문학』1956년 8월호에 발표한『평남관개시초』는 조선 인민군 창건5주년 기념 문학예술상 1956년도 시부분 1등상을 받았다." (리용악,『리용악 시선집』, 조선작가동맹출판사, 1957, 152쪽.)

11) 윤영천,「민족시의 전진과 좌절」, 윤영천 편,『이용악전집』, 창작과비평사, 1988, 198~199쪽.

에 대한 검증이 중요했던 시기에 오히려 문학예술상 시부문 1등 상을 수상했다는 사실은 북한의 체제 형성기의 변혁과정을 상징적으로 보여 주는 인물이라고 할 수 있다. 때문에 그의 이러한 문학적 행보는 이 글의 주제인 북한 초기의 서정 문제에 대해 정책적·문학적으로 영향을 미칠 수 있는 인물이었다는 것을 유추해 볼 수 있게 한다. 때문에 그의 시를 분석하는 것은 북한 초기 시문학 이슈들이 어떻게 개별 작품에 반영되었는가를 확인해 볼 수 있는 방법이 될 것이다.

『리용악 시선집』은 1957년 조선작가동맹출판사에서 간행되었다. 1949년 1월 출간된 제4시집『이용악집』이후 월북한 뒤 북한에서 간행된 유일한 시집이라고 할 수 있다. 『리용악 시선집』은 창작 시기에 따라 '어선 민청호', '우라지오 가까운 항구에서', '노한 눈들', '원쑤의 가슴팍에 땅크를 굴리자', '평남관개시초'라는 소제목을 붙여 구분해 놓았다. 이중에서 '어선 민청호'와 '평남관개시초'는 전후 북한에서 창작된 시들을 모아 놓은 것이다. '우라지오 가까운 항구에서'는 해방 전에 창작된 시들, 곧 제1시집에서부터 제3시집에 해당하는『분수령』, 『낡은 집』, 『오랑캐 꽃』에서의 작품들을 선별하여 수록하고 있다. '노한 눈들'의 경우에는 해방 이후 서울에서 창작된 시들로, 제4시집인 『이용악집』에 수록된 시들을 선별하여 수록하였다. 또한 '원쑤의 가슴팍에 땅크를 굴리자'는 조국해방전쟁 시기에 쓴 시들을 모아 놓았다.[12] 이 글에서는 북한의 초기 서정의 전개양상을 파악하기 위해 정전 후 북한에서 창작된 시들을 모아 놓은 '어선 민청호'와 '평남관개시초' 부분을 분석 대상으로 삼았다.

이용악은 초기에 리얼리즘 계열의 시를 창작했다. "민족 수난기에 타의에 의해 발생한 유이민과 그들에게 발생한 비극을 명확하게 인

---

12) 리용악, 『리용악 시선집』, 서문 참조.

식하고 이를 그 시에 정당하게 형상화 하였다는 점"13)은 그의 초기 문학적 성과에서 특징적 모습으로 평가되며 "식민지 현실을 시로 형상화하는 데에 있어 탁월한 솜씨를 발휘하여 리얼리즘의 전통을 일정하게 계승하고 발전시킨 시인"14)이라는 것이 월북 이전까지 그에 대한 일반적인 평가다. 그리고 이러한 특징들은 주체적 측면에서 보았을 때 월북 이후로도 큰 굴곡을 보이지 않고 있다. 일반적으로 리얼리즘 계열의 시에서는 서정의 개념이 크게 부각되지 않는다. 하지만 이용악은 전통적 서정을 통해 시에서 현실을 구현하고 이를 독자들로 하여금 공감케 하는 방법론을 구현해 왔다. 물론 이와 같은 방법론의 형성이 가능했던 것은 1910~20년대 우리나라의 문학에서 "시는 곧 서정시라는 관념이 한 개의 상식"15)으로 여겨지는 풍토가 있었기 때문일 것이다. 때문에 이용악의 초기시는 리얼리즘 시인이라는 평이 무색할 정도로 서정적 기법들을 창작 과정에서 차용하고 있는데, 이러한 특징이 월북 이후에도 그대로 나타난다.

이 글에서는 이와 같은 이용악의 창작방법론적 특징들을 토대로 이용악의 시에 나타난 북한식 서정의 추이를 '시적 공간의 묘사를 통한 서정의 형상화', '노동자의 일상과 청춘남녀의 사랑으로 형상화된 서정', '서사와의 결합을 통한 서정의 확장'이라는 주제를 가지고 고찰하고자 한다. 해당 주제에 등장하는 자연의 묘사, 노동자들의 삶이나 젊은 청춘남녀의 사랑과 전형성, 서사와 서정의 결합은 북한에서 서정에 관한 논의들이 전개되는 시기에 주요 골자로 다뤄지던 요소들이기도 했다. 때문에 이러한 요소들이 『리용악 시선집』에서 나타난 양상을 파악함으로써, 북한식 서정의 초기 양상의 전개에 대해

---

13) 윤영천 편, 『이용악전집』, 243쪽.
14) 김정애, 「이용악의 생애와 시세계 연구」, 『교육논총』23호, 건국대학교 교육대학원, 87쪽.
15) 김기림, 「시의 회화성」, 『시원』, 1934, 5쪽; 『김기림 전집』 2, 심설당, 1988, 103쪽.

가늠할 수 있을 것이다.

1) 시적 공간의 묘사를 통한 서정의 형상화

이용악이 초기 시들부터 보여 주는 특징은 기법적인 측면에서 두드러진다. "초기 문단에 등장할 당시 보여 주었던 모더니즘적인 취향은 이후로는 단순히 기법적인 측면에서 집중되었다고 보여지며, 이러한 모습은 오히려 다양하고 풍부한 표현법을 구사하여 보다 세련된 시를 창작할 수 있는 밑거름이 되었다."[16]는 것이 이용악의 시에 대한 일반적인 평이다. 이러한 기법적인 천착 때문에 모더니즘적 취향이 표현법의 풍부함과 세련됨으로 변모하면서 리얼리즘 계열의 시를 창작했음에도 기법적인 다양성을 확보할 수 있게 되었다고 볼 수 있다. 또한 기법적 다양성은 북한식 서정의 형성과정에서 언급되는 서정 요소들과도 무관하지 않다. 이러한 이용악 시의 특징들을 통해 그의 시가 북한의 초기 서정 담론이 형성되는 데 적지 않은 영향을 미치고, 창작방법론을 형성하는데도 관여되었을 것이라고 유추해 볼 수 있다. 그리고 그의 이러한 기법적 다양성은 시에서 자연을 다루는 데 있어서 특징적인 모습으로 나타난다.

사실 시적 공간의 묘사로 등장하는 자연이라는 테마는 북한식 서정의 논의 중 비평가들이 가장 민감하게 반응하는 부분이다. "인민들의 다양한 정신적 풍모와 우리나라 자연에 대하여 적게 주의가 돌려졌"[17]음을 비판하기도 하지만, 정작 작품에서 형상화되었을 때는 장

---

16) 오성호, 「이용악의 리얼리즘시에 관한 연구」, 『연세어문학』 23호, 연세대학교 국어국문학과, 1991, 9~10쪽 참조.
17) 리정구, 「우리 시문학의 제문제: 제2차 전련맹 쏘베트 작가대회와 관련하여」, 『조선문학』, 1955년 제8호, 135쪽.

식적이고 기교적이라는 비판을 받기 일쑤였다. 비판의 이유는 '사상적 경향성'이 일시 중단되는 현상, 혹은 "정경을 자꾸 고요하고 적막한 것으로만 보려고 하는 경향"[18] 때문이었다. 북한에서 자연에 의한 서정은 "적막하고 아름다운 것은 따로 있고 동적이고 선율적인 것은 아름다운 것이 아니라고 생각한다면, 이것은 큰 잘못이다"[19]라고 한 것처럼 관조적이고 정적인 전경을 묘사하는데서 그치는 것을 원하지 않는다. 이러한 지적으로부터 이용악도 자유로운 것은 아니었는지 『리용악 시선집』에서의 자연은 단순히 고요하거나 적막함을 표현하기 위해 차용된 것이 아니었다.

그는 시의 도입부에서 반복적으로 자연을 묘사하고 있는데, 여기에서의 자연은 모처의 아름다운 풍경에서 그치는 것이 아니라 각각 특정한 역사적, 혹은 정책적 의미를 지니고 있는 공간을 상징한다. 더욱이 월북 이전의 시들에서 정경의 묘사를 통해 소시민들의 핍진한 삶과 그 뒤에 감춰진 문제점들을 통찰해 내긴 했으나 이에 대한 해결책은 내놓진 못하고 짐짓 절망적인 정서를 노래하는 한계성을 지니고 있었다고 평가되었던 것과 대비되게 월북 이후엔 "척박한 현실에 대한 비판과 갈등은 지양하고 낙관적 전망에 의한 미래를 제시"[20]하고 있다. 이는 북한에서 자체적으로 확립한 서정을 방법론적으로 적용한 결과이며, '사회주의-리얼리즘' 이론에 입각한 세계관이 작품 속에서 형상화된 결과라고 볼 수 있다. 그리고 이를 실제 작품에 구현한 대표적인 창작물이 '평남관개시초'라고 할 수 있다.

평남관개시초는 1956년 8월에 발표된, 10편의 시편들로 묶인 연작시이다. 이 시집은 당시에 국가 개간사업으로 진행된 평남관개사업

18) 신지연, 앞의 글, 『우리어문연구』 40집, 102쪽.
19) 리정구, 앞의 글, 『조선문학』, 134쪽.
20) 이경희, 『북방의 시인 이용악』, 국학자료원, 2007, 225쪽.

을 소재로 하여 엮어낸 것이다. 이를 두고 북한의 평단에서는 "사회주의적 로력이 어떻게 자연을 인민들의 생활의 요구에 적응하게 개조하면서 인민들이 수세기를 내려오며 갈망하였으나 과거에는 꿈조차 꿀 수 없었던 물을 열두 삼천리의 메마른 벌에 끌어들일 수 있는가에 대하여 노래하였다"[21]라고 설명하고 있다. 이용악은 이러한 의미를 효과적으로 형상화하기 위해 자연을 기법적으로 설정하고 의미를 부여하는 특징을 '평남관개시초'에서도 그대로 보여 주고 있다. 수록된 시의 상당 부분에서 도입부나 주제의식이 부각되는 부분에 자연이나 정경의 묘사를 통해 서정적 분위기를 형성하고 있는 것이 이와 같은 특징이 구현된 부분이라고 할 수 있다.

둘레둘레 어깨 겯고
산들도 노래하는가
니연니연 물결치는 호수를 가득 안고
우리 시대의 자랑을 노래하는가

집 잃은 멧새들은 우우 떼지어
떼를 지어 봉우리에 날아 오른다

(…중략…)

태고부터 그늘졌던 골짝골짝에
대동강 물빛이 차고 넘친다

---

21) 사회과학원 문화연구소, 『조선문학통사: 현대문학편』, 인동, 1988, 356쪽.

마시자 한번만 더 마셔 보자
　　산보다도 듬직한 콩크리 언제를
　　다져 올린 두 손으로 움켜 마시니

　　대대 손손 가물에 탄 목을 적신 듯
　　수수한 농민들이 웃음 핀 얼굴이
　　어른어른 물에 비쳐
　　숫하게 숫하게 정답게도 다가 온다

—「연풍 저수지」

　'평남관개시초' 중 한 작품인 「연풍 저수지」에서는 관개사업으로 인해 농토에 물을 대는 저수지가 생겨난 것에 대한 기쁨의 목소리가 시 전면에 드러난다. 이 거대한 사업은 '우리 시대의 자랑'이 되고, '태고부터 그늘졌던 골짝골짝에 물빛이 타고 넘치며', '대대손손 가물에 탄 목'을 적셔 주는 것이다. 농촌 현실에 있어 물은 생명이고, 삶의 근간과도 같은 것이다. 때문에 물의 안정적인 공급은 농촌의 현실을 지탱해 줄 수 있는 근본적인 문제가 해결되었다는 것을 상징한다. 이는 안정적인 기반을 토대로 그 이상의 발전과 의미 부여를 용이하게 하는 지점을 제공하는 것이기도 하다. 또한 정책적인 측면에서 보았을 때 농촌의 생산량 증대와 생활의 안정은 사회주의 국가를 건설하는 데 있어 가장 중요한 내용이었다. "식량의 증산은 사회주의 건설의 위대한 전유물로, 부강한 조국의 거대한 밑천의 하나"[22]로 취급되었던 것이다. 때문에 물의 공급은 농촌으로 대변되는 인민의 현실과 더불어 당 차원에서의 정책, 특 사회주의의 기반을 형성하

---

22) 위의 책, 357쪽.

는 상징적인 지점이라고 할 수 있다. 때문에 자칫 도식적인 형태로 당의 사업에 대한 치하와 선전을 내세우면서도 이러한 사업들로 인해 태고부터 그늘졌던 골짜기에는 물이 넘치고, 대대손손 가뭄에 시달렸던 농민들에게 해갈의 감격이 찾아오게 되는 감격이 결론적으로 도출될 수 있었던 것이다. 이러한 형태는 자연에 대한 서정적인 주제의식이 현실에 대한 인식으로 발전하면서 아울러 정책적인 의미로까지 치환되는 지점을 보여 주는 것이라고 할 수 있다.

귓전을 스치는 거센 흐른ㅁ소리에
놀래여 선잠에서 깨여났을 땐
자정이 넘고 삼경도 지날 무렵
그러나 수로에 물은 안 오고
가까운 서해에서 파도만 쏴- 쏴-

희슥희슥 동트는 새벽 하늘을
이따금씩 바라보며 엽초를 말며
몹시나 몹시나 초조한 마음
"어찌된 셈일가, 여태 안오니"

—「덕치 마을에서(2)」

「덕치 마을에서(2)」에서 보여 주는 공간에 대한 묘사도 역시 감정의 환기를 위해 정적으로 머물러 있는 자연이 아니다. 이는 인간이 적극적으로 극복하고 지배한 자연의 표상으로 형상화 된다. 이러한 "대립물과의 투쟁, 그리고 그것을 극복한 사례에 대한 이야기는 북한식 서정에서 중요한 지점으로 작용"[23]한다고 보았을 때, 평남관개시초에서 그려지는 자연은 투쟁의 대상, 그리고 극복한 사례로 사용되고 있음을 알 수 있다. 하지만 이러한 자연을 인지하게 하는 방식이 기존의 전통적인 서정에서 자연을 감정적으로 환기하기 위해 사용했던 방법론 그대로인 것은 이용악이 가지고 있는 특징적인 부분인 것과 더불어 북한의 초기에 서정을 인식하고 활용하는 방법에서 나타난 것이라고 할 수 있다.

평남관개시초의 종결부라고 할 수 있는 마지막 시 「격류하라 사회주의에로」에서는 평남 관개공사에서 나타난 치수, 즉 물이 다스려지는 것이 거대한 시대의 흐름과 농민들의 각성과 부흥을 의미하는 이미지로 형상화되면서 체제에서 요구하는 시적 가치를 지닌다. 해당 시기에서는 자연을 개조하여 농촌 사회를 변화시키는 것이 사회주의적 미래로 전진시키는 줄기찬 격류라고 생각하고 있었다는 것이 시를 통해 드러난다. 그리고 이러한 지점에 대해 『조선문학통사』에서는 "높은 격조를 띤 랑만주의적 서정으로 특징짓고 있는데, 이는 농촌의 사회주의적 개조의 실지 현실 속에 서서 그것을 노래할 때 자연 개조자들과 협동조합의 사회주의적 미래가 복종되도록 념원하는 심정"[24]으로부터 비롯된다고 보고 있다. 때문에 이용악의 시에서 묘사되는 서정적인 공간으로써의 자연은 사회주의적인 이상이 실현되는 기반으로 작용한다고 볼 수 있다. 그리고 이때의 서정은 사회주의적 이상을 인민들에게 인식시키는 데 용이한 도구로 작용하고 있다는 것을 알 수 있다.

---

23) "우수한 서정시일수록 상호 대립물의 투쟁 속에서 전변되는 우리 현실의 본질이 더욱 심오하고 예리하게 반영된다고 생각한다. 그러나 그렇다고 해서 이것이 어떻게 곧 서정시에서의 갈등으로 되겠는가? 만일 이것이 곧 갈등이라면 크건 작건 우리 서정시에는 갈등이 없는 것이란 하나도 없는 결론으로 끌고 갈 것이다." (박근, 「서정시에서 갈등과 성격」, 『조선문학』, 1956년 제5호, 문예출판사, 159쪽.)
24) 사회과학원 문학연구소, 앞의 책, 358쪽.

2) 노동자와 사랑으로 형상화된 서정적 주인공

1953년 7월 24일 정전의 성립 이후, 북한에서는 전후문학의 사조를 사회주의적 사실주의 문학의 방향으로 정립하기 위한 본격적인 움직임을 보인다. 전쟁 시기에 "모든 것을 전쟁의 승리를 위하여!"라고 내걸었던 구호들이 전쟁의 종결과 함께 일제히 "모든 것을 민주기지 강화를 위한 전후 인민경제 복구발전에로!"[25]라는 구호로 전환한 것은 이와 같은 배경에서 일어난 현상이었다. 문학에서도 이에 부합하는 움직임들이 구체화되었고, 그 과정에서 1953년 9월에 소집된 전국 작가예술가대회에서는 다음과 같은 내용들이 논의되었다.

첫째 전체 예술가들은 우리 조국의 국토 안정, 통일 독립의 강력한 담보로 되는 전후 인민경제 복구발전을 위하여 우리나라의 공업화를 위하여 자기의 창조적 재능과 정력을 다 바칠 것이다.
그리하여 로동계급의 가장 선진적 인물의 전형을 창조할 것이며 경제 건설 투쟁에 궐기한 전체 인민들의 승리에 대한 신심을 더욱 강고케 할 것이며 전쟁 승리를 위하여 우리 인민들이 발휘한 애국주의와 대중적 영웅주의를 건설투쟁의 승리에로 계속 앙양시키도록 할 것이다.[26]

이러한 사회적 분위기 속에서 문학 예술작품은 일정한 목적과 창작방법론을 가지고 생산되기 시작했으며, 이를 통해 1956년 4월에 열린 조선로동당 3차대회와[27] 그 정신을 이어받아 열린 제2차 조선

---

25) 위의 책, 297쪽.
26) 위의 책, 299쪽.
27) 조선로동당 제3차 대회에서는 문학예술사업의 보다 높은 발전을 위하여 우리나라 고전들과 우수한 전통을 계승발전시키며 문학예술 분야에서 반동적 부르죠아 사상을 반대하는 사상투쟁을 완강히 전개하며 사회주의적 사실주의 창작방법에 엄격히 립각하여 자연주의,

작가대회까지 3년여 동안 "인민을 사회주의적 애국주의로 교양하는 당 사상 사업에 기여한 우수한 작품들을 창작"[28]하는 기조들이 형성된다. 해당 시기의 문학에서 구현해야 할 인물들은 주로 "승리에 대한 신심, 영웅주의와 대담성, 애국주의와 저들에 대한 증오심, 조선로동당과 공화국 정부의 제발 시책에 대한 충성심 등 고상한 정신적 특징들을 계속 견지할 것을 요구"[29]했는데, 이러한 논의가 발전되는 과정에서 나타나게 된 용어가 서정적 주인공이다.

서정적 주인공은 그 쓰임으로 보아, 서정시에서 등장하는 주인공을 지칭하는 용어로 사용된다. 이는 "시인들이 로동하는 보통 사람들의 고상한 내면세계를 독자들에게 보여 주기 위해" 의도적으로 만들어낸 형상이다. 그들은 "근로 인민의 도덕적 풍모의 특성, 즉 고상한 사상성, 사회주의 건설의 승리적 완주에 대한 확고한 신념, 샘솟는 창조적 의욕, 조국에 대한 무한한 신뢰와 사랑, 집단주의 국제주의적 감정, 근로 애호 정신, 주인다운 사업, 태도, 곤난과 애로를 박차고 나아가는 불굴의 투지, 명일에의 지향과 락천주의 등을 갖추고"있다고 정의된다.[30] 이용악은 이런 서정적 주인공을 주로 구체적인 사업 현장의 노동자나 젊은 청춘 남녀의 사랑을 통해 형상화하고 있는 것이 특징적이다.

이용악이 시선집에서 당대의 전형적인 인물상, 혹은 소시민적인 생활상 속에서 평범하고 묵묵하게 자신들의 과업을 수행해 나가는 인물들을 형상화한 것은 전후 북한문학과 서정 논의에서 빈번하게

순수예술주의의 각종 표현들을 반대하며 인민대중의 기대에 부응하는 우수한 작품들을 창작하기 위하여 투쟁할 것을 강조하였다. (위의 책, 304~305쪽.)

28) 위의 책, 301쪽.

29) 위의 책, 301쪽.

30) 김우철, 「로동을 주제로 한 서정시편들: 시집 『영광의 한길』을 중심으로」, 『조선문학』, 문예출판사, 1956년 제7호, 168쪽.

언급되고 있는 '전형적 주인공'이 구체적으로 형상화된 결과라고 할 수 있다. 조국해방전쟁 시기에 극한 상황에서의 영웅적인 인물들의 이야기가 필요했다면, 전후 복구 및 사회주의 건설 시기에서는 각자의 일상, 삶의 현장에서 묵묵히 맡은바 본분인 사회주의 국가 건설을 위해 투신하는 평범한 사람들의 이야기가 필요하게 된 것이다. 해당 시기에는 "인민들을 교양하는 현실적 직능의 힘으로 말미암아 오늘의 인민에게 친근"[31]하게 다가갈 수 있는 문학의 필요성이 제기되었기 때문이다. 이용악은 여기에 인물들의 '사랑' 이야기를 반복적으로 배치함으로써 독자들의 공감을 증대하는 효과를 보인다.

> 귀밑머리 날리며 개울을 건너
> 처녀 보잡이 정례가
> 바쁜 걸음 멈춘 곳은
> 축관 로인네 보리밭머리
>
> (…중략…)
>
> 정례는 문득 생각났다
> 선참으로 이 밭을 갈아 제낄 때
> 품앗이 동무들이 깔깔대며 하는 말
> - 편지가 왔다더니 기운 내 누나
> - 풍년이 들어야 좋은 사람 온단다
>
> (…중략…)

---

31) 위의 글, 312쪽.

그러나 누가 모르랴

동부 전선에 용맹 떨친

중기 사수 윤모가

이윽고 도라 올 꽃다운 날엔

정례는 춘관 로인네 둘째 며느리

—「봄」(1954)

「봄」에서는 산기슭 개간지에서 일하고 있는 처녀 보잡이 정례의 이야기가 전개된다. 이 시에서는 정전 후 활기찬 모습으로 밭을 개간하고 삶의 터전을 일구고 있는 당시의 모습을 형상화하면서 내면화해야 할 사상적인 지향점은 젊은 남녀의 사랑 이야기를 통해 구체화하고 있다. 윤모는 전선에서 적에 맞서 앞장서 싸우고, 정례는 후방에서 농사일에 열중한다. "전선과 후방에서 일한다는 차이만 있을 뿐 이들 청년의 노동은 더 나은 사회의 건설을 앞당기는 역할을 한다"[32]는 묘사가 서정적인 분위기의 배경 환기와 함께 시의 종결 부분에서 나타나는 것은 시가 부각하고자 하는 주제가 어떤 지점인지를 주지시키는 부분이라고 할 수 있다.

안개가 걷히기 시작하고 일을 마치면서 정례가 바라보는 길은 "누렇게 익은 보리밭을 지나는 길", "마을 장정들이 전선으로 가던 길", "끝끝내 승리한 길"이다. 그리고 그 길을 바라볼 때 햇살이 솟는다. 이러한 심상을 전개하는 서정적 주인공은 처녀 보잡이 정례이고, 정례가 이러한 낙관적인 미래에 대해 이야기할 수 있는 것도 전선에서 정인인 중기사수 윤모가 돌아올 것을 기대하고 있기 때문이다. 이렇

---

32) 이경수, 「월북 이후 이용악 시에 나타난 청년의 표상과 그 의미」, 『한국시학연구』 제35호, 한국시학회, 2012, 221쪽.

듯 시에서 나타난 서정적인 배경과 그 위에 형상화된 전형적인 주인
공들이 느끼는 사랑의 감정은 일정하게 설정된 가치의 추구를 통해
서 구현된다. 그리고 그 가치에 의미를 부여하는 것이 시에서 화자가
결론적으로 주지하고 있는 부분이라고 할 수 있다.

> 이랑이랑 쳐드는 물머리마다
> 아침 햇살 유난히도 눈부신 저기
> 마스트에 기대 서서
> 모자를 흔드는건 명호 아니냐
>
> 분기 계획 끝내논 다음이래야
> 륙지에서 한바탕
> 장가 잔치 차린다는 저 친군
> 성미부터 괄괄한 바다의 사내
>
> ─「어선 민청호」(1955)

또 다른 시인 「어선 민청호」에서는 밤새 어선 민청호를 기다리는
순희의 심상이 그려진다. 순희가 민청호를 애타게 기다리는 마음은
마스트에 기대서 모자를 흔드는 명호 때문이다. 분기 계획을 끝내게
되면 장가잔치를 치르겠다는 그가 만선으로 항구에 들어오는 것은
사회주의 국가 건설에 가까워지는 것임과 동시에 두 사람의 혼인이
가까워지는 것이기도 하다. 이렇듯 남녀 간의 사랑 이야기를 활용해
시의 주제의식을 형성하는 것은 서정적인 이미지가 시의 정조를 외
롭고 쓸쓸한 분위기로 나타냄으로써 암울한 현실과 그 속에서 무기
력한 인간의 모습을 보여 줄 수 있는 것에서 탈피해 사회주의국가
건설의 희망적이고 역동적인 분위기를 나타내게 하는 데 그 의의가

있다. 또한 연인간의 사랑이라는 지극히 개인적인 영역에까지 긴밀하게 연관된 사회주의 이상향은 문학작품으로써의 시가 어떠한 부분에 복무해야 하는지를 정확하게 인식하고 창작된 부분이라고 할 수 있다.

때문에 「봄」이나 「어선 민청호」에서 보여 준 이러한 서정적 주인공들은 "격앙된 어조보다 오히려 더 많은 심적인 공감대를 형성하며 대중집회에서도 호소력을 가진다"[33]라는 방법론적 시각에서 보았을 때도 효과적인 것이다. 그리고 이는 북한 초기 문학에서 서정적 주인공과 서정이라는 언표가 가지고 있는 역할을 가늠할 수 있게 해 준다. 서정적 주인공을 내세우는 이유는 전형성을 확보해 공감의 폭을 넓히기 위함이다. 또한 사랑에 대한 소재를 차용한 것은 가장 개인적인 영역에서조차 사회적인 영향력이 작용해야 한다는 것을 주지하고 있는 것이라고 할 수 있다.

3) 서사와의 결합을 통한 서정의 확장

북한식 서정의 초기 양상 중 가장 특징적인 면은 서정과 서사가 결합되는 부분이다. 이는 북한 시문학에서 전반적으로 나타나는 특성중 하나이다. 실제 "북한문학계에서는 이른 시기부터 '서사시' 창작을 북돋기도 했거니와, 텍스트의 길이가 짧건 길건 내러티브를 포함한 시들이 실제로 많이 창작"[34] 되었음을 기록을 통해 알 수 있다. 이러한 배경에 평론을 통한 정책적인 창작방법론에 대한 요구들이 결합되면서 서정과 서사의 결합은 하나의 형식으로 가치를 부여받는

---

33) 피재현, 「이용악 시 연구: 해방이후 시를 중심으로」, 안동대학교 석사논문, 2001, 63쪽.
34) 신지연, 「'서정'의 딜레마」, 『우리어문연구』 40집, 107쪽.

다. 당 차원에서 주도한 이론적인 논쟁을 통해 "자기의 시대를 노래하며 거기에 참가한 자기 자신과 인민을 노래하는 것은 자연히 하나의 이야기를 형성시키게 하며 서정시에 슈제트를 요구하게 된다"[35]라고 언급되는 것처럼 서정시에 서사적인 요소들이 결합되는 것은 1950년대 북한시에서 의도적으로 요구된 특징 중 하나라고 할 수 있다. 그리고 이러한 지점은 북한식 서정이 전통적인 서정과 분명한 차이를 보이는 부분이라고 할 수 있다.

서정은 주로 서사와는 대립되는 개념으로 사용되는 경우가 많지만 북한식 서정에서는 오히려 서정을 형상하는 방법으로 서사의 개념을 차용한다. 이 과정에서 '서정서사시'[36]라는 하나의 시적 갈래가 파생된다. 소련계 문인들에 의해 쓰이기 시작했던 '서정적 포에마(lyrical poema)라는 말에 대응하는 명칭으로 등장한 이 용어는, 등장 이후 단어가 가지고 있는 서정성과 서사성에 대한 모순되는 개념에 대한 증명을 위해 논의를 거치지만 명확한 결론에는 이르지 못하고 결국, "서정적 묘사와 서사적 묘사가 유기적으로 호상 작용한 묘사 방식"[37]을 강조하는 선에 머무른다. 이러한 논의의 끝에 혼란스럽게도 처음 서사시의 하위개념으로 등장했던 서정서사시는 서사시의 상위개념으로 여겨지기도 한다. 이렇듯, 북한에서의 서정은 서사와의 상호관계, 그리고 형식적인 결합을 꾸준히 시도했고 이를 통해 서정의 개념적 확장을 도모한다. 이는 서정 문제에 대한 북한의 고민을 드러내는 부분이기도 하다.

이러한 서사와 서정의 결합은 이용악의 연작 '평남관개시초'에서

---

35) 김명수, 「서정시에서 있어서의 전형성·성격·쓰찔」, 『조선문학』, 1955년 제10호, 158~159쪽.
36) 북한에서 '서정서사시'라는 말이 처음 사용된 것은 1946년 조기천에 의해서로 추정되고 있다. 신지연, 앞의 글, 『우리어문연구』 40집, 111쪽.
37) 위의 글, 114쪽.

도 뚜렷하게 드러난다. 이 연작시는 "농협협동화 과정에 수반된 개간과 수리시설 개발에 따른 인민들의 희망과 기쁨을 그린 사회주의 건설기의 대표작이다. 인민의 힘으로 물길을 바꾸는 장엄한 역사적 사실을 다루면서 현실을 변화시켜 나가는 노동자·농민의 낭만적 현실을 이야기 하고 있다"[38]고 정의된다. 또한 형식적으로는 연작시의 특성에 부합하게, 국가의 거대한 사업에 대한 의의를 전달한다는 뚜렷한 목적의식을 가지고 개간과 수리시설 개발로 인해 수혜를 입는 마을과 마을 구성원들의 내러티브를 시의 형식으로 엮어 형상화하고 있다.

> 물쿠는 더위도 몰아치는 눈보라도
> 공사의 속도를 늦추게는 못 했거니
> 두 강물을 한 곬으로 흐르게 한
> 오늘의 감격을 무엇에 비기랴.
> 무엇에 비기랴, 어려운 고비마다
> 앞장에 나섰던 청년 돌격대
> 두 젊은이의 가슴에 오래 사무쳐
> 다는 말 못한 아름다운 사연을.
> 처녀와 총각은 가지런히 앉아
> 흐르는 물에 발목을 담그고
> 그리고 듣는다, 바람을 몰고 가는
> 거센 흐름이 자꾸만 귀틈하는 소리
> 『말해야지, 오늘 같은 날에야

---

38) 송지선, 「월북 후 이용악 시의 서사지향성 연구:『조선문학』발표 작품을 중심으로」, 『한국언어문학』 69호, 한국언어문학회, 2009, 227~228쪽.

어서 어서 말을 해야지』

―「두 강물을 한 곬으로」

「두 강물을 한 곬으로」의 중심이 되는 서사는 '평남관개 공사'를 마치기까지 수고한 주민들에 대한 이야기다. 계절을 몇 번이고 지나도록 마을의 노동력들이 공사에 투입되었고, 그 결실을 맞아 물이 흘러드는 장관을 마주하는 것을 그려 내고 있다. 이는, 국가와 당에서 마련한 사업으로 인해 이전까지는 굴복당하고 핍진한 삶의 원인이었던 자연을 비로소 정복하고 다스려 윤택한 삶으로 전환될 수 있었음 나타낸다. 그리고 이를 통해 이룩될 새로운 사회주의 낙원에 대한 기대감과 자긍심을 고취시키기 위한 목적이 내제되어 있다. 이와 같이 '평남관개시초'에서는 관개공사에 연관된 마을과 사람들의 이야기를 연작의 형태를 빌어 형상화하고 있다. 이러한 주제 하에 10편의 시를 관통하는 내러티브가 존재하기 때문에 서사의 형태가 뚜렷하게 나타나고 있는 것이 이 시의 특징이라고 할 수 있다. 그러나 시가 의미를 획득하는 방식은 서사의 형태에서가 아니라 묘사되는 사건이나 배경에서 얻어지는 감상과 감동에 초점을 두고 있다. 이는 서정시에서 사용되는 감정의 순화 방법과 다르지 않은 것이다. 이것은 서정의 요소들로 서사를 구현하는 서정서사시의 형식적인 단초들이 나타나기 시작한 것이라고 할 수 있다.

꿈결에도 따로야 숨쉴 수 없는
사랑하는 농토의 어느 한 홈타기에선들
콸콸 샘물이 솟아 흐를 기적을 갈망했건만
풀이 못한 소원을 땅 깊이 새겨
대를 이어 물려 준 이 고장 조상들

(…중략…)

로쇠한 대지에 영원한 젊음을
지심 깊이 닿도록 젊음을 부어주는
물이여,
보람찬 운명을 같이하는 로동자 농민의
실로 위력한 힘의 물줄기여.

소를 몰고 고랑마다 타는 고랑을
숨차게 열 두 번씩 가고 또 와도
이삭이 패일 날은 하늘이 좌우하던
건갈이 농사는 전설 속의 이야기
전설속의 이야기로 이제 되었다.

물이여, 굳었던 땅을 푹푹 축이며
네가 흘러가는 벌판 한 귀에
너무나 작은 나의 입술을 맞추면서
이처럼 쏟아지는 눈물을 막으려도 하지 않음은
정녕코 정녕 내 나라가 좋고 고마워.

―「전설속의 이야기」

「두 강물이 한 곬으로」 다음에 나오는 「전설속의 이야기」에서도
이와 같은 형태를 발견할 수 있는데, 시는 이전까지의 수고에도 결국
엔 돌릴 수 없었던 자연적 재앙들을 국가의 힘으로 돌릴 수 있게 되
어 이제는 대대로 이어져 내려오던 '건갈이 농사'가 전설 속의 이야
기처럼 되어버렸다는 내용을 담고 있다. 이를 위해 과거에는 이 고장

이 어떠했으며, 관개공사 이후에 어떠한 삶으로 바뀌기 시작했는지에 대한 이야기들이 시를 통해 나타나고 있는 것이다.

이는 작품이 사회주의 국가 이전의 국민들의 삶과 사회주의 국가 형성 이후의 국민들의 삶이 어떻게 바뀌었는지를 나타내면서, 국가와 당의 정책에 대해 선전하고 그에 대한 찬동을 얻기 위한 목적을 지니고 있다고 볼 수 있는 부분이다. 하지만 이용악은 여기에서도 슬로건 등을 내세워 독자를 선동하려고 하는 것이 아니라 과거로부터의 이야기, 그리고 그 안에서 사람들의 삶에 대해 구체적으로 형상화하면서 독자들의 동감을 얻어 내는데 주력하고 있다. 이와 같이 북한식 서정의 초기 양상은 부르주아문학의 잔재로서 배제되어야 하는 서정을 오히려 극대화시키고 전위적인 확대를 모색하고 있는 것이 특징이라고 할 수 있다. 이러한 필요에 의해 서정은 개념의 재설정 과정에서 인민의 교양과 교육에 용이한 서사적 요소를 그 안에 내제하게 되었고, 변화 과정에서 결국엔 서정서사시가 서사시의 상위개념으로 규정되기에 이른 것으로 보인다.

3. 서정의 사회주의적 전유와 천리마시대의 필요

'서정'은 전후 북한 시문학에서 가장 중요한 문제였다. 정책의 양상으로는 부르주아 이데올로기에 오염되어 있는 서정이란 단어를 배제하는 것이 응당한 일이었지만, 통념적으로 시 자체를 지칭하고 있던 서정이라는 단어를 배제하고서는 시문학에 대한 논의들에 어려움이 있음을 깨닫게 된다. 때문에 1951년부터 언급되기 시작한 서정에 대한 문제는 '제2차 작가대회'가 있었던 1956년에서부터 1958년의 시기에 집중적인 논의의 대상이 되었다. 논의의 목적은 서정에 대한 정의 문제였으며, 이는 이후 반복된 비평을 통해 일정한 창작방법론을 도출하는 것으로 일단락된다. 그 결과 서정이란 단어는 사회주의 리얼리즘에 전유되면서 사라진 것이 아니라 오히려 더 빈번하게 사용되고, 1950년대 시문학의 특징과 같은 위치를 획득하게 된다. 이를 통해 북한에서는 서정시의 지칭 범위도 남한의 그것에 비해 포괄적 의미를 지니게 된다. 또한 '서정적 주인공'이라는 개념이 형성되어 인민들에게 교육하기에 효과적이고, 공감을 일으키기에 적합한 '전형적 주인공'이라는 개념과 함께 1950년대 북한의 문학이론을 구성하는 단어가 된다. 또한 서로 상반되는 서정과 서사시가 결합되어 서정서사시라는 새로운 갈래를 파생하는 것까지 확대·발전하게 된다.

이 글에서는 이와 같은 1950년대 북한식 서정의 초기 양상이 이용악을 월북 이후 발간한 『리용악 시선집』에서 드러나는 것들에 집중하면서 이러한 부분들이 실제적으로 구현된 지점에 대해 고찰하였다. 언급된 작품들은 우선 시기적으로 1957년에 발간된 시집에 수록되어 있는 작품들이고, 특히 「평남관개시초」는 1956년 당시 국가가 주관하는 경연에서 시 부문 1등 상을 수상을 했을 정도로 그 사상성과 작품성에 대한 인정을 받은, 당대를 대표할 수 있는 작품이라고 할 수 있다. 더욱이 이용악은 해당시기 '단행본 출판부분의 부주필'로 활동했을 만큼 문단내의 영향력도 있는 인물이었다. 때문에 북한에서 창작된 이용악의 작품들은 전후 가장 첨예하게 논의되었던 서정의 논의들이 반영되었을 것이라고 유추해 볼 수 있다.

이러한 논리를 바탕으로 『리용악 시선집』에서 나타난 북한식 서정의 특징적인 양상을 정리하면 다음과 같이 세 가지 요소를 도출할 수 있다. 첫째, 북한식 서정은 시적 공간의 묘사를 통해 전통적인 서정을 정형화하고 있다. 다만 북한식 서정은 단순히 자연이나 심상의 표현으로 나타나지 않고, 사회주의 리얼리즘에 전유되면서 주제의식을 가지고 현실을 이야기할 수 있는 전형을 만드는 수단으로 작용한다는 점에서 특징을 보인다. 더욱이 이용악의 시에서 나타난 시적 공간의 묘사들은 기존의 서정이 가지고 있던 자연이나 심상의 묘사와 비슷한 형식을 가지면서 내적으론 상반된 주제의식을 가지고 전개된다. 보통 서정이 보여 주는 관조적이고 정적인 시선이 아니라, 사회주의 국가 건설을 위한 사건과 현장들의 전형성을 이룩하는 방법론으로 전유된 것이다. 둘째, 시에서 등장하는 인물들에게 서정적 주인공이라는 의미를 부여해서 사회주의 국가 건설을 위한 전형적 인물을 형상화한다. 그 중에서도 이용악의 시에서 등장하는 주인공들은 주로 평범한 노동자이거나 사랑하는 연인의 관계로 형상화된다는 특징을 보인다. 이들을 주인공으로 내세움은 평범한 사람들의 모습이나, 젊은이들의 사랑과 같이 생동감 넘치는 정서들이 희망적인 사회주의 국가에 대한 이미지를 교양하기에 적합하기 때문에 이를 적극적으로 시에 반영한 결과라고 할 수 있다. 셋째, 북한식 서정은 서사와 결합하면서 그 개념의 확장을 꾀하려는 특징을 나타낸다. 이는 사회주의 국가의 시는 단순히 감상이나 유희의 도구에서 그치지 않고 이를 통해 인민을 교양·교육하기 위해 복무해야 했기 때문이다. 때문에 단순히 서사를 전달하는 데 그치지 않고 서정시의 형식, 그리고 그 안에서 서정이 형상화되는 방식들을 함께 보여 주면서 형식적인 다양성을 확보한다. 이러한 변용의 원인은 단순한 서사의 전달이나 슬로건 혹은 도식화된 메시지의 전달을 통한 선동보다 독자들의 자연스런 공감을 유도하는 것이 인민들을 교양·교육하기에 더 효과적인 방법이었기 때문이라고 보인다. 때문에 북한의 서정은 그 안에 국가와 당에서 제시한 정책에 대한 이야기, 혹은 그들이 제시한 사회주의 낙원에 대한 낙관적인 정서와 같은 개념들을 포괄하며 자연스럽게 서사와 결합한다.

앞서 살펴본 것과 같이 드러난 북한식 서정의 세 가지 특징적 양상은 서정이라는 서구 부르주아들의 개념적 용어기 사회주의적으로 전유되는 과정에서 발생한 필연적인 선택이라고 볼 수 있다. 물론 서정이라는 용어 자체를 포기하고 새로운 용어들로 대체할 수도 있었겠지만, 1950년대에 활동하던 문인들에게 시는 곧 서정시라는 관습처럼 굳어진 틀에서 탈피하는 것은 그만큼 어려웠던 것으로 보인다. 대신, 철저하게 사회주의 현실에 맞는 창작방법론으로 전유하는 과정이 정전 이후 치열하게 이루어졌고, 그 전유화 과정 전체가 오롯이 북한식 서정의 초기 양상이라고 정의할 수 있을 것이다.

또한 이러한 서정의 양상은 결국 북한에서 전후 복구에 모든 사회적 역량을 집중하고 문학 역시 이를 위해서 복무하는 과정에서 인민을 교양하기에 적합한 방법론을 강구하는 과정에서 나타난 결론적인 모습이라고 할 수 있다. 때문에 북한식 서정의 초기 양상은 천리마시기의 문학의 필요에 복무하기 위해 나타난 형식이라는 잠정적인 결론을 도출할 수 있다. 부르주아 문화의 잔재로서 청산되었어야 할 서정의 개념을 사회주의적 전유를 거치면서 잔존시켰던 것은 천리마 시기의 문학에서 필요한 형식이었기 때문이라고 짐작해 볼 수 있는 것이다. 실제『리용악 시선집』은 이전시기의 작품들을 1957년에 묶어서 출간한 것이었고, 그중에서도「평남관개시초」와 같이 국가의 시책에 의미를 부여하는 작품들이 그 중심에 있다는 것은 이러한 짐작에 대해 시사하는 바가 크다고 할 수 있다.

김기림, 『김기림 전집』 2, 심설당, 1988.

김명수, 「우리 문학의 형상성 제고를 위하여」, 『조선문학』, 1954년 제6호, 문예출판사, 111~134쪽.

_____, 「서정시에서 있어서의 전형성·성격·쓰찔」, 『조선문학』, 1955년 제10호, 문예출판사, 143~187쪽.

김성수, 『통일의 문학 비평의 논리』, 책세상, 2001.

김우철, 「로동을 주제로 한 서정시편들: 시집 『영광의 한길』을 중심으로」, 『조선문학』, 1956년 제7호, 문예출판사, 166~181쪽.

김정애, 「이용악의 생애와 시세계 연구」, 『교육논총』 23호, 건국대학교 교육대학원, 1995, 87~112쪽.

리용악, 『리용악 시선집』, 조선작가동맹출판사, 1957.

리정구, 「우리 시문학의 제문제: 제2차 전련맹 쏘베트 작가대회와 관련하여」, 『조선문학』, 1955년 제8호, 128~148쪽.

박 근, 「서정시에서 갈등과 성격」, 『조선문학』, 1956년 제6호, 문예출판사, 158~165쪽.

송지선, 「월북 후 이용악 시의 서사지향성 연구: 『조선문학』 발표 작품을 중심으로」, 『한국언어문학』 69호, 한국언어문학회, 2009, 219~243쪽.

신지연, 「'서정'의 딜레마」, 『우리어문연구』 40집, 우리어문학회, 2011, 85~120쪽.

오성호, 「이용악의 리얼리즘시에 관한 연구」, 『연세어문학』 23호, 연세대학교 국어국문학과, 1991, 5~40쪽.

윤영천 편, 『이용악전집』, 창작과비평사, 1988.

이경수, 「월북 이후 이용악 시에 나타난 청년의 표상과 그 의미」, 『한국시학연구』 제35호, 한국시학회, 2012, 201~240쪽.

이경희,『북방의 시인 이용악』, 국학자료원, 2007.

정명교,「한국 현대시에서 서정성 화대가 일어나기까지」,『한국시학회 17차 학술
　　　대회 논문집』, 한국시학회, 2006, 32~40쪽.

피재현「이용악 시 연구: 해방 이후 시를 중심으로」, 안동대학교 석사논문, 2001,
　　　63쪽.

남과 북, 분단의 시대

제3부

남북의 민족문학 담론

남원진

1. 근대 기획과 함께

이 글의 목적은 근대 기획을 중심으로 해방 후 남북의 민족문학 담론을 검토하는 것이다. 남북 사회는 반봉건과 반제국주의운동의 산물이었고, 이런 측면에서 형식상으로는 국민국가가 내포하는 개인주의와 민주주의라는 기반을 갖고 있었다. 하지만 남북의 국민국가는 6·25전쟁을 통해 구축됐고, 이는 자유민주주의 진영과 사회주의 진영 간의 냉전적 구도의 산물이었다.[1] 북조선 사회를 규정하는 준거인 '주체'가 민족(정상)과 비민족(비정상)을 구별하는 척도이듯, 대한민국의 '반공(反共)'은 국민(반공국민)과 비국민(빨갱이)을 나누는 경계 짓기의 기준이었으며, 반공 국가 건설의 절대적 준거 역할을 했다.

대한민국의 반공 기획은 지배체제의 전유물로 시작됐지만, 미군정

---

[1] 김동춘, 「한국의 근대성과 도덕의 위기」, 『근대의 그늘』, 당대, 2000, 104쪽.

기 공산당은 "잔인한 동물의 집단"[2]이며, "빨갱이는 씨도 남기지 말고 주여"[3]야 된다는 국민(민족)의 생활 논리로 흡수되기 시작했다. 6·25전쟁을 통해, 피 위에 세워진 '대한민국'을 사수해야 한다는 논리와 '빨갱이는 죽여도 좋다'는 원리가 국가의 이념적 하부구조이자 정치와 사회의 운영원리로 자리 잡게 됐다. 이런 반공의 기제는 우리의 몸 안에 특정한 정치 사회적 사고와 행위를 유발하는 일종의 자동적 조건반사의 회로판을 만들어 놓았다. 이 반공 내셔널리즘은 반동적 사유의 전통을 계승했지만 근본적인 새로운 방법으로 '민족'을 반공 기획에 동원하는 방식을 통해 만들어졌다. 즉, 일제의 식민정책에서 유래한 남한정권이 창출한 반공 기획은 자유민주주의에 대한 국민적 동의를 활용하여 이를 강화하려는 세련된 시도였으며 변혁에 대한 일정한 경계를 통하여 변혁운동과 방향에서 진보성을 제거하는 교묘히 위장된 논리였다.[4] 해방 후 지배체제의 이데올로기는 현상적 내용이 '일민주의(민족은 하나다)'나 '한국적 민주주의(민족적 민주주의)' 등으로 표현됐지만, 특정 집단의 실제 이익에 관련된 본질적 내용은 반공으로 포장된 국가주의, 반공 내셔널리즘이었다.[5] 이 '반공'의 내용이란 공산주의에 반대하는 것이지만, 실질적으로 아무런 내용도 없었다.[6] 그 내용은 더 나은 무엇에 대한 대체물로서 오직 기만

---

2) 김기진, 「우리가 걸어온 길: 문인이 겪은 해방·건국·동란」, 『동아일보』, 1958년 8월 17일.

3) 김동리, 「형제」, 『백민』 제5권 제2호, 1949년 2·3월호, 79쪽.

4) 조현연, 『한국 현대정치의 악몽』, 책세상, 2000, 65쪽; 권혁범, 「반공주의 회포판 읽기: 한국 반공주의의 의미 체계와 정치 사회적 기능」, 조한혜정·이우영 편, 『탈분단 시대를 열며』, 삼인, 2000, 44~50쪽.

5) '반공주의'는 이데올로기로서의 '민족주의'와 마찬가지로 자기 완결적 구조를 갖지 못한다. 그 자체로서 불완전한 '반공주의'는 흔히 여타의 이데올로기와 결합되어 나타난다. 이런 반공주의의 이념적 가변성에 주목하여 이를 '이차적 이데올로기'라고 부를 수 있다. 임지현, 「한반도 민족주의와 권력 담론: 비교사적 문제 제기」, 『당대비평』 10호, 2000년 봄호, 185쪽.

6) 이런 그로테스크한 반공 내셔널리즘의 한 단면을 잘 보여주는 것이 '정부에 반대하는

당한 국민들의 절망에 의해 유지될 수 있는 것이었다.[7]

이에 반해, 북조선의 사회주의 기획은 반봉건, 반제국적 민주 혁명의 성격을 가진 인민민주주의에 대한 인민적 동의를 활용하여 사회주의를 강화하려는 시도였고, 변혁에 대한 요구를 억압하고 인민을 교양하고 동원하여 유일지배체제를 공고히 하는 역할을 했다. 북조선은 사회주의 기획을 바탕으로 "인민의 불구대천의 원쑤"[8]인 일제나 '승냥이', '여우', '이리' 같은 "새 원쑤"[9]인 미제와 관련된 모든 이데올로기를 반동 이데올로기로 규정하고 이를 철저히 비판했다. 이런 인식에서 볼 때, 북조선에서 부르주아 반동 이데올로기란 제국주의 이데올로기의 다른 이름이었다. 특히 사회주의에서는 계급을 중심축으로 놓고 문화를 분석한 레닌의 두 개의 민족문화론에 따라, '부르주아 이데올로기냐? 프롤레타리아 이데올로기냐?'에 대한 문제에 오직 설 뿐, 중간노선은 없다는 점을 강조했다. 이에 따라 사회주의 이데올로기에 대한 모든 과소평가나 부정은 부르주아 이데올로기를 강화하는 것을 의미했다. 이로 인해 사회주의 기획은 프롤레타리

것'이 바로 '공산당'이라는 논리이다. 여기에서도 볼 수 있듯, '반공'의 내용이란 '무엇'에 대해 반대하는 대체물로서 오직 기만당한 국민들의 절망에 의해 유지되어 온 것이다. 남정현, 「기상도」, 『사상계』 97호, 1961년 8월호, 325~326쪽.

'이 새끼야 세상에 증거가 따로 있나 정부에 반대하면 그게 다 증거지.'
'이 자식이 뭐라구! 내가 언제 그럼 정부에 반대했단 말이니 응! 말해 봐 어서 말해!'
'그럼 너 그게 정부에 반대하는 게 아니고 뭐냔 말이다 이 새끼야. 내 말은 말이지 정부에선 먼저 건설(建設)을 하구 나중에 통일을 하겠다는데 넌 이 새끼야 왜 건설 소린 안하구 밤낮 통일이냔 말이다 이 새끼야.'

7) 남원진, 「역사를 문학으로 번역하기 그리고 반공 내셔널리즘: 반공 내셔널리즘을 묻는다」, 『상허학보』 21집, 상허학회, 2007, 37~42쪽; 남원진, 「반공(反共)의 국민화, 반반공(反反共)의 회로: 반반공 내셔널리즘을 묻는다」, 『국제어문』 40집, 국제어문학회, 2007, 324~328쪽.
8) 사회과학원 문학연구소, 『주체사상에 기초한 문예리론』, 평양: 사회과학출판사, 1975, 84쪽.
9) 한설야, 「승냥이」, 『문학예술』, 제4권 제1호, 1951년 4월호, 32쪽.

아 이데올로기에 입각한 문화와 이를 반대하는 부르주아 이데올로기를 기반으로 하는 문화로 양분됐다.10) 이 기획은 프롤레타리아 이데올로기에 대한 긍정적 인식과 부르주아 이데올로기나 프롤레타리아 이데올로기에 침투한 사이비 마르크스주의, 수정주의, 절충주의, 기회주의, 종파주의 등에 대한 철저한 투쟁을 강조한 극단적인 이분법 논리였다.11)

이런 남북의 근대 기획(반공 기획/사회주의 기획)은 체제 우월성을 주장하는 근거이기도 했지만, 실제적으로 지배 집단의 이익을 관철시키고자 하는 남북의 억압적 지배체제를 은폐시키며, 확고한 그 기반을 제공했던 것이다.

2. 민족 '신화'의 발명과 내셔널리즘

근대 민족주의에 의해 탄생했던 '민족'은 제한되고 주권을 가진 것으로 상상된 정치공동체였다. 즉, 근대적 민족이란 상상된 공동체였고, 아무런 중심이 없는 텅빈 동질성을 형성하는 소위 공동체 없는 공동체였다. 이 공동체는 균질적인 공허한 시간을 가진 것이며 실재하는 것이 아니라 기획된 것이었다. '순수한' 민족이란 18세기 말에서 19세기 초에 출현하여 일반화된 민족주의의 역사적 과정에서 탄

---

10) V. I. Lenin, 「민족문제에 관한 비판적 고찰에서」, 이길주 역, 『레닌의 문학예술론』, 논장, 1988, 138쪽.

11) 대한민국에서 '빨갱이'가 '인면수심(人面獸心)'의 잔인한 동물이듯, 북조선에서 제국주의자들은 '교활한 자들', '포악하고 잔인한 야수', '야수 이상의 그 무엇'으로 묘사된다. 이는 적을 향한 맹렬한 적개심을 나타내는 '증오의 수사학'과 국가에 대한 애국심으로 말해지는 '사랑의 수사학'이라는 극단적인 논리를 잘 반영해 준다. 한효, 「우리 문학의 개화 발전을 위한 조선 로동당의 투쟁」, 『조선어문』, 1957. No. 3, 15쪽.

생된 개념이었다. 민족주의에서 도덕(정상)과 비도덕(비정상)이나 민족(정상)과 비민족(비정상)에 대한 경계는 보편적 법칙이 아니라 역사 발전의 산물이었다. 타자(비민족)를 배제함으로써만 성립하는 경계 짓기의 개념인 민족 담론은 시대의 야만을 은폐하면서 작동하는 메커니즘을 내포하고 있었다. 특히 지난 세기에 수많은 개인들로 하여금 상상된 공동체를 위해 타자를 죽이기보다 스스로 기꺼이 죽음을 택할 수 있었던 것은 바로 심오한 수평적 동료의식(형제애) 때문이었다. 여기서 '민족'이란 기호는 절대적 선을 상징하는 '신성한' 초월자의 모습을 갖고 있었지만, 그 속에 담긴 것은 야만의 얼굴을 한 '폭력'이었다. 민족의 순수한 자기동일성은 헛된 기만이며 모든 민족 문화는 '혼종성(잡종)'일 뿐이었다.[12]

계몽기에 탄생했던 민족은 해방과 6·25전쟁을 거치면서 남북 사회의 국민 정체성을 형성하는 중요한 이념적 지표가 됐다. 개인이 역사적 정통성(민족사적 정통성)을 지니고 있다는 사실을 보여줌으로써, 지배체제를 중심으로 단합해야 한다는 '국민' 만들기의 전략을 통해 체제 이데올로기를 유포하려는 일환으로 진행됐다. 국가주의가 유포한 국민 만들기의 중요한 전략이 '민족사 다시 쓰기' 작업이었다. 여기서 민족이 하나의 실체적 단위로 설정되는 순간, 민족의 내부와 외부가 명확히 규정되고, 이 사이의 대결 투쟁은 역사의 중심이 되었다. 체제 이데올로기를 기반으로 한 국가 담론이나 이에 대한 저항 담론은 민족의 역사를 투쟁의 역사로 재구성해냈다. 이 과정에서 단군 신화, 고구려의 역사나 민중운동, 동학농민운동, 항일혁명투쟁의 역사가 '위대한 과거'로 되살려졌다. 그러나 흔히 민족사 다시 쓰기

---

12) B. Anderson, 윤형숙 역, 『상상의 공동체』, 나남, 2002, 25~27쪽; G. L. Mosse, 서강여성문학연구회 역, 『내셔널리즘과 섹슈얼리티』, 소명출판, 2004, 12쪽.

작업에서 나타나는 '오랜 역사를 가진 단일 민족으로 항상 적의 침입에 맞서 대동 단결해서 투쟁했다'는 일반적 통념은 역사적 근거가 없는 관념적 해석에 불과했다. 우리가 상상하는 것과 달리 일반적 통념들은 대부분 근대와 함께 우리 신체에 각인된 것들이었다.13)

특히 남북 사회에서 해방 이후 '광개토왕비문'을 둘러싼 논쟁이나 발해사 연구는 민족이라는 '상상된 공동체'에 걸맞은 담론의 저장고 역할을 했다. 남북 모두 발해를 한민족의 국가로 간주함으로써 발해사 연구는 현재의 분단 상황 극복이라는 현실적 과제를 신라·발해 병립시대에 투영한 다음, 단일 민족이 남북으로 병립해 있는 부자연스러움과 불완전함을 환기시키며 통합에의 전망을 제시했다. 이런 의미에서 본다면, 남북통일은 현재의 시대적 요청이지 당시의 역사적 요청은 아니었다. 여기서도 현재를 과거에 투영한 행위의 본질을 간파할 수 있다. 다양한 전통이나 과거 가운데 그것을 필요로 하는 주체의 권력화와 타자를 배제하는 정치적 이기주의가 '위대한 과거'와 '빛나는 애국적 전통'을 만들어냈던 것이다.14) 이기적 과거나 전

---

13) 특히 한일 관계사는 현재주의에 의해 투영된 투쟁의 역사를 보여주는 시금석 역할을 한다. 그런데 "고대 한일 관계사의 쟁점들을 민족적 관점에서 본다든지, 고구려와 수·당의 전쟁을 외세에 대한 민족 항쟁의 관점에서 바라보는 것은 일종의 시대 착오주의라고도 할 수 있다. 그러한 관점의 전제인 민족은 차치한다고 해도 피차간에 아직 민족체의 형성조차 유동적인 상황인 것이다. 한국과 일본이라는 역사적 실체가 아직 존재하지 않는 고대의 역사 상황에서는 한일 관계사라는 용어 자체가 자칫 연구의 방향을 호도할 수도 있을 것이다." (임지현, 「한국사 학계의 '민족' 이해에 대한 비판적 검토: 보편사적 관점과 민족사적 관점」, 『민족주의는 반역이다』, 소나무, 1999, 60쪽)

14) "우리 력사 작품의 이러한 특징은 한편으로는 우리 인민이 외래 침략자들을 반대하는 투쟁에서의 빛나는 애국적 전통을 가지고 있다는 것과 함께 다른 한편으로는 오늘에 이르기까지 공화국 남반부를 미제 침략자들이 강점하고 있는 조건 하에서, 외래 침략자들을 반대하여 투쟁한 우리 선조들의 영웅적 모습을 독자들에게 전달함으로써 그들을 불타는 혁명 정신과 열렬한 애국주의 사상으로 교양하려는 작가적 지향과 열정에 의하여 설명된다. 북조선의 이런 '빛나는 애국적 전통'의 복원 의지는 개인을 교양하고 동원하고자 하는 국가주의 기획의 일환이며, 대한민국이 미제국주의의 식민지에 불과하다는 것을 강조함으로써 북조선 체제의 우월성을 주장하는 정치적 이기주의의 산물이다." (과학원 언어 문학

통에의 상상과 기억은 오늘날까지도 민족 담론과 역사 서술의 근간이 되고 있다. 결국 민족사 다시 쓰기 작업이란 현재의 문맥(현재주의)에 따라 과거를 재발견하여 역사적으로 구성하기이고, 민족 정통성 확보를 위한 신화 만들기이다. 민족이 국가를 창출한 것이 아니라 국가가 민족을 선도했던 것이다. 즉, 민족을 상상하는 민족주의는 전통을 발명하고 민족에 대한 신화를 창조했던 것이다. 이런 국가에 의해 선도된 신화 만들기는 민족적 정통성 확보와 국가주의 강화를 위한 것임은 분명하다.15)

또한 민족을 상상하는 민족문학 담론은 텅빈 동질성을 형성할 뿐만 아니라 타자를 억압하고 배제하는 원리도 작동한다. 왜냐하면 유일한 최고의 범주로 설정된 민족 담론이 비민족 담론 대한 배제의 원리로 작용하기 때문이다. 남북은 '민족문학'이라는 담론을 조정함으로써 타자를 이데올로기화한다. 이 개념의 '올바른' 해석과 사용을 둘러싼 경쟁적 투쟁은 타자가 동일한 단어로 자신과 다른 것을 말하지 못하도록 방해하는 배제의 기법을 동원한다. 이 민족문학 담론은 해방 이후 좌익이나 우익이 선점하고 싶어한, 강력하면 강력할수록 공허하고 매혹적인 이데올로기의 역할을 했던 것이다.16)

연구소 문학 연구실,『조선 로동당의 문예정책과 해방 후 문학』, 평양: 과학원출판사, 1961, 148쪽)

15) 李成市,「고대사에 나타난 국민 국가 이야기: 일본과 아시아를 가로막는 것」, 박경희 역,『만들어진 고대』, 삼인, 2001, 26쪽; 서영채,「기원의 신화를 향해 가는 길: 최남선의『백두산 근참기』」, 서울시립대학교 인문과학연구소,『한국 근대문학과 민족: 국가 담론』, 소명출판, 2005, 132~134쪽; 임지현,『민족주의는 반역이다』, 65쪽.

16) R. Koselleck, 한철 역,『지나간 미래』, 문학동네, 1998, 383~386쪽; 남원진,「남/북한의 민족, 민족주의, 민족문학론 연구」,『통일정책연구』 제15권 제1호, 통일연구원, 2006, 245~252쪽.

3. 이형동질성, 남북 민족문학 담론

해방 이후, 남북 문학론은 같은 경험 체계에서 다른 경험 체계로
분화되어 그 차이에 의해 구축되어 전개됐다. 이 문학론의 차이는
근본적으로 체제와 이념의 논리에 의한 것이었다. 남한이 '자유주의'
이데올로기에 의한 문학의 자율성과 사회성을 강조했다면, 북조선은
'사회주의' 이데올로기에 의한 문학의 계급성을 강조했다. 남한은 개
인성과 사회성의 이념을 기반으로 하여 표현론과 가치론을 주창했던
반면, 북조선은 집단주의(하나는 전체를 위하여, 전체는 하나를 위하여)를
근거로 하여 가치론을 중심으로 그 의미를 강조했다.17) 남북의 문학
담론은 체제와 이념의 차이에 의해서 문학 담론의 이질성이 드러냈
다. 특히 남한문학사가 문학의 실증적 서술을 중심으로 다양한 미학
적 원리를 바탕으로 문학의 역사를 기술했다면, 북조선 문학사는 당
성, 노동계급성, 인민성의 원칙, 주체성의 원칙, 역사주의의 원칙을
강조했고, 사회주의 문학과 항일혁명 문학을 중심으로 서술됐다.18)

---

17) 송두율, 「북한: 내재적 접근법을 통한 전망」, 『역사비평』 54호, 2001년 봄호, 116쪽; 권영
민, 「민족 공동체 문화의 확립을 위한 방안: 남북한 문화예술 교류와 통합의 길은 동질성
회복」, 『문학사상』 234호, 1992년 4월호, 340쪽.

18) 조선민주주의 인민공화국 과학원 언어문학연구소 문학연구실에서는 "우리는 이 책을
서술함에 있어서 력사주의 원칙에 립각하여 우리의 진보적 문학을 관류하고 있는 열렬한
애국주의, 풍부한 인민성, 높은 인도주의의 전통을 밝히며, 특히 해방후 조선 로동당의
정확한 문예 정책에 의하여 개화 발전하고 있는 사회주의적 사실주의 문학의 새로운 성과
와 그의 특성을 명확히 천명하려는 지향으로 일관하였다"라고 서술한다. (조선민주주의
인민공화국 과학원 언어문학연구소 문학연구실, 『조선 문학 통사』 (상), 평양: 과학원출판
사, 1959, 쪽수 없음)
사회과학원 문학연구소는 "이 책에서 필자들은 우리 나라 문학발전의 력사를 체계적으로
서술하는 동시에 매 력사적시기의 문학운동과 문학현상들, 작품들에 대하여 과학적인 평
가와 분석을 가하는데 중요한 관심을 돌리였다. (…중략…) 특히 문학사의 서술체계와 서
술방법으로부터 구체적인 문학현상을 분석평가하는데 이르기까지 서술전반에서 주체의
방법론을 구현하기 위하여 노력하였다"고 적고 있다. (사회과학원 문학연구소, 『조선문학
사』(고대중세편), 평양: 과학,백과사전출판사, 1977, 1~2쪽.)

서로 물고 뜯고, 죽이고 죽고하는 무자비한 투쟁으로 정권을 잡고 정권을 유지하는 정치적 술법이 그대로 북한의 '붉은 문단'에는 끊임없이 일어나고 있는 것이다. (…중략…) 반드시 그들의 싸움은 정치적 면에서부터 발단되어 그 파동은 문단에 파급되는 것이 태반이고 이 파동으로 인하여 문단인도 언제 어떻게 될지 예측할 수 없는 것이다. 이리하여 창작과 자유없는 붉은 문단에는 헤게모니- 쟁탈전만이 소리없이 높아가고 있는 것이 예나 이제나 변함없는 원칙인 것이다.[19]

오늘 남조선 반동 문학가들이 한편으로는 우리 문학의 고귀한 유산, 특히는 프로레타리아 문학의 혁명적, 사실주의적 전통을 말살하고 딴 편으로는 매국적 부르죠아 자연주의 문학을 우리 현대 문학의 정통으로 내세움으로써 문학사를 위조하려고 발광적인 시도를 감행하고 있는 목적은 미제와 리 승만 도당에게 봉사하며 예속 자본가, 지주들의 계급적 리해 관계에 부합되는 그런 문학사를 만들어 내려는 데 있다. (…중략…) 이러한 문학사 위조 행위는 또한 그들의 반동적 부르죠아 미학 원칙들에서 출발하고 있는 것이며 그의 온갖 설교들과 직접적으로 관련하여 있는 것

사회과학원 주체문학연구소는 "우리는 문학사서술에서 지난시기의 성과와 경험을 살려 주체성의 원칙, 당성, 로동계급성의 원칙과 력사주의원칙을 철저히 구현함으로써 사대주의와 복고주의를 극복하고 조선문학발전의 합법칙적과정을 보다 정확히 밝혀낼수 있게 시기구분과 서술체계를 세우고 새로 발굴수집된 진보적이며 인민적인 작품들을 문학사의 응당한 위치에 올려세우고 매 시기를 대표하는 작가들의 력사적공적과 제한성을 옳바로 천명하는데 힘을 넣었다"고 기술한다. (정홍교, 『조선문학사』(1), 평양: 사회과학출판사, 1991, 3쪽.)

남북 문학사의 기본적인 차이는 ① 남한이 개인 집필이나 공동집필이라면 북조선은 주로 관찬·국책중심의 집체 집필이며, ② 남한이 다양한 방법론에 의한 학구적 성격을 띤다면, 북조선은 단선적인 관점에서 간명하고 평이하게 서술한 대중적 계도의 성격을 띠며, ③ 남한이 단대사(斷代史)나 개별적 장르사가 많은 반면, 북조선은 대체적으로 전시대에 걸쳐 통관한 종합적 역사인 통사(通史)의 체계를 갖추고 있다. 송희복, 「남북한문학사 비교연구」, 『동원논집』 2집, 동국대학교 대학원, 1989, 46쪽.

19) 김윤동, 「한설야보고를 중심한 붉은 북한문단의 명멸상: 제3차 전당대회전야의 암투상」, 『신태양』 47호, 1956년 7월, 188~197쪽.

이다.[20]

　미군정기 이후 '자유'라는 추상적 기호를 소환했던 반공 내셔널리
즘 때문에, 남한 문단에서는 북조선 문학 담론에 대한 구체적 비평이
나 연구는 진행될 수 없었다. 단지 '괴뢰 문단'이나 '붉은 문단' 등의
상투적인 용어를 활용하여 사회주의 문학 담론에 대해 부정적인 면을
부각하여 비판했다. 이들이 이해한 사회주의란 스탈린주의(Stalinism)
이며, 이를 기반으로 현실 사회주의가 가진 폭력과 독재주의적 측면
만을 부각시켰다. 이런 시각에서 남한 문단은 '붉은 문단'에서는 항상
무자비한 권력쟁탈전만 존재하며 창작의 자유란 없다는 점을 강력하
게 피력했다. 이런 기본적인 인식은 자유주의 이데올로기에 의한 것
이었으며, 전후 반공 내셔널리즘의 반영이었다. 그런데 남한에서 그
토록 강조한 '자유'란 '반공'의 다른 이름이었다.[21]
　이에 반해 북조선 문단의 시각은 체제 우위라는 기본적인 인식을
갖고 남한문학 담론에 대한 평가와 비판을 했다. 전후 남한 문단의
북조선에 대한 관심에 비해서, 북조선에서는 남한의 문학 담론에 대
한 평가와 이에 대한 지속적인 비판을 진행했다. 예를 들어, 계북은
남한의 문학자들이 조선문학의 고귀한 유산인 프롤레타리아 문학의
혁명적이고 사실주의적 전통을 말살했고, 매국적 부르주아문학을 정

---

20) 계북, 「남조선의 반동적 부르죠아 미학의 정체」, 『조선문학』 106호, 1956년 6월호, 180쪽.
21) 대한민국에서는 '반공 내셔널리즘'이라는 누빔점에서 의해 '자유'라는 의미가 '반공 내셔
널리즘'적 의미로 새롭게 소급되어 창출되고 의미가 고정되듯, 북조선에서도 '사회주의/공
산주의'라는 누빔점에서 의해 '자유'가 새롭게 해석되고 의미가 주체화된다. "로동계급의
혁명적립장에서 볼 때 문학예술창작의 자유란 작가, 예술인들이 사람들의 자주성을 짓밟
는 착취계급과 착취제도를 반대하여 정의의 필봉을 높이 들수 있는 자유, 혁명과 건설의
주인인 인민대중에게 자주적이며 창조적인 생활을 보장하는 사회주의, 공산주의사회를
건설하려는 력사적위업에 복무하는 혁명적문학예술을 창작할 수 있는 자유이다(사회과학
원 문학연구소, 『주체사상에 기초한 문예리론』, 41쪽)." 따라서 남북의 '자유'의 의미는 반
공 내셔널리즘나 사회주의라는 주인-기표에 의해 창출된 개념이다.

통으로 파악하고 미제국주의자와 이승만 '괴뢰 정권'에게 봉사하며 예속 자본가나 지주들의 계급적 이해를 반영한다고 비판했다. 그는 이를 반동적 부르주아 미학 원칙에 의한 문학사 위조 행위라고 비난했다. 이런 인식에서 남한의 문학 담론은 '개인의 안일과 향락을 위해서는 인류, 도덕, 사회적 정의도 모르는 극단적인 개인 이기주의자, 패륜패덕한 인간으로 만드는 사회적 독해물이 된다'고 진단했다.[22]

북조선 문단이 마르크스-레닌주의의 원칙에 따라 남한문학을 부르주아 반동문학으로 규정하고 이를 비판했던 것은, 남한과 마찬가지로 냉전 이데올로기의 반영이었다. 특히 북조선의 이 비판은 사회적 도덕성의 관점에서 남한문학 담론의 퇴폐성을 강조해서 평가했다. 북조선의 남한 담론에 대한 이런 평가는 도덕적 인간주의 시각을 기반으로 했던 것이다. 이 시각은 주체 시기에도 여전히 지속됐다. 남한에서는 사회주의 문학 담론을 폭력주의(스탈린주의)와 동일한 의미로 파악했고, 사회주의란 목적을 위해서 선동, 배신, 음모 등의 수단 방법을 가리지 않는 타락한 것으로 비판됐다.[23] 반면 북조선은 체제 우위라는 관점에서 부르주아문학에 대한 비판과 남한의 진보적 문학이나 작가에 대해 정당한 평가를 하려는 유연한 사고를 보이기도 했다.[24] 또한 1956년 10월 14~16일 제2차 조선작가대회에서 남한의 정세 연구와 대남 정치사상사업의 강화를 위해서 리갑기를 위원장으로 한 〈남조선문학연구분과위원회〉가 창설됐다.[25] 그런데 남북

22) 윤종성·현종호·리기주, 『주체의 문예관』, 평양: 문학예술종합출판사, 2000, 24쪽.

23) 김동리, 「한국문학의 방향:새로운 정신원천으로서의 동양」, 『서울신문』, 1957년 6월 17일; 김붕구, 「휴머니즘의 재건: 까뮤를 중심으로 한 비판」, 『자유문학』 제3권 2호, 1958년 2월호, 27~33쪽.

24) 한설야, 「전후 조선 문학의 현 상태와 전망: 제2차 조선 작가 대회에서 한 한 설야 위원장의 보고」, 한설야 외, 『제2차 조선 작가 대회 문헌집』, 평양: 조선작가동맹출판사, 1956, 59쪽; 김명수, 「문학 예술의 특수성과 전형성의 문제」, 『조선문학』 109호, 1956년 9월호, 170~171쪽.

의 문학에 대한 담론은 전형적인 경계 짓기와 배제의 기법을 활용했고, 극단적인 이분법의 논리 위에서 만들어졌다. 이것은 타자를 인정하지 않는 지극히 폭력적인 담론이었다.

1) 남한의 보수적/진보적 민족문학 담론

해방기 남한의 구세대의 민족문학론은 '민족혼'의 앙양을 강조하는 민족주의 담론의 성격을 가졌다. 예를 들어, 박종화의 민족문학 담론은 민족적 긍지를 바탕으로 하여 외세에 대한 저항의식을 강조하는 저항 민족주의적 성격을 가진 담론이었다.[26] 즉, 박종화는 민족문학의 원천인 저항의식을 기반으로 민족문학 건설을 주장했다. 그러나 그의 민족문학론은 저항의식을 강조했지만, 실질적으로는 민족혼의 앙양을 위해 민족 영웅을 찬양하는 데 머무는 현저히 추상적인 성격을 띠었다. 결국 민족 단합의 논리로 소환되었던 그의 민족주의 문학론이란 민족을 절대화하는 보수주의와 역사적 구체성이 사장된 몰역사성을 기반으로 한 보수적 민족 담론, 즉 반근대주의 문학론이었다.

그런데 반근대주의 담론은 반공과 국가주의의 이상한 유착 관계를 보여 주었다. "지적 빈곤과 악사상(惡思想)의 발호(跋扈)가 격심한 남한에서 이의 정화선도(淨化善導)"[27]가 필요하며, '우리 문학·미술·음악·연극·무용·라디오 방송 등은 민족 자체의 정신적 양식을 윤택케

25) 「동맹 각급 기관들의 선거와 각부서성원들의 임명」, 『조선문학』 111호, 1956년 11월호, 203쪽; 고정옥, 「해방 후 15년간의 조선 문예학: 문학사 연구 및 고전 계승 사업을 중심으로」, 『조선어문』, 1960. No. 5, 107쪽.

26) 박종화·이종우·조한영·김진섭·오종식, 「민족신정(정신-인용자)이념과 그 앙양방법론」, 『민족문화』 창간호, 1949년 10월, 26쪽.

27) 박종화, 「예술원을 급속운영케하라」, 『백민』 제5권 제1호, 1949년 1월, 89쪽.

하여 자기 국가의 문화를 고도로 향상시킬 뿐 아니라, 이 아름다운 푸른 윤기를 뿜는 문화 자체는, 곧 적과 싸우는 무기 아닌 무기가 되는 것이다'라고.[28] 이런 주장은 '대한민국'으로 표상되는 '반공' 국가와 기묘한 관계를 보여줬다. 그 대표적인 예가 바로 '반공 문화 강화가 민족 문화 건설'이라는 검증이 불가능한 논리였다. 이런 사실에서 우리는 '반공으로 친일을 덮는 논리'(민족처단을 주장하는 놈은 공산당의 주구다)를 주장한 '대한민국'의 연관 관계에서 남한 반공 문인의 태생적 조건을 짐작하고도 남는다.[29] 이런 논리의 상투적인 수사인 '분열에서 통합(뭉치면 살고 헤치면 죽는다)'이라는 명제는 '민족'의 생존 욕망을 자극하고 동원하고 통합하려는 반공으로 포장된 국가주의, 반공 내셔널리즘임을 반증해 준다.[30]

민족문학이란 원칙적으로 민족정신이 기본되어야 하는 것이며 민족정신이란 본질적으로 민족단위의 휴맨이즘 이외의 아무것도 아니기 째문이다. (…중략…) 이와가치 민족정신을 민족단위의 휴맨이즘으로 볼째 휴맨이즘을 그 기본내용으로 하는 순수문학과 민족정신이 기본되는 민족문학과의 관계란 벌서 본질적으로 별개의 것일 수 업다는 것을 알 수 잇다.[31]

---

28) 박종화, 「중시되여야할 문화정책」, 『예술원보』 4호, 1960년 9월, 8~9쪽.

29) 박명림, 『한국전쟁의 발발과 기원』 (II), 나남, 1996, 398~399쪽.

30) "일민(一民)은 한 백성(一民), 한 겨레라는 뜻인 까닭에, 우리는 일민으로서 곧 단일민족이다. (…중략…) 우리는 민족의 분열을 일삼는 나라 안의 모든 반동적 사상과 또 나라 밖에서 침입하는 모든 파괴사상을 철저히 처부시지 아니하면 아니 된다. 과거에도 그리하였으며 또 현재에도 공산주의와 목숨을 걸어 놓고 싸우는 것은 오직 이 일민주의 때문이다. (…중략…) 남의 민족들을 분열시키며 멸망시켜 지배하려는 공산주의를 처부시는 것은 우리 민족의 자유와 복리만이 아니라, 온 세계의 모든 민족들의 그것까지를 위한 거룩한 싸움이며 의도이다." (안호상, 『일민주의의 본바탕』, 일민주의연구소, 1950, 24~25쪽.)

31) 김동리, 「순수문학의 진의: 민족문학의 당면과제로서」, 『서울신문』, 1946년 9월 15일.

김동리의 민족문학론은 '과학주의 기계관의 결정체인 유물사관'의 부정을 통하여 '구경적 삶'을 주장한 '순수' 담론이었다. '이민족의 억압과 모멸'에 대한 저항이라는 상투적 수사와 함께 '개성의 자유와 인간성의 존엄을 목적하는 휴머니즘'을 본질로 하는 담론은 역사적 시간이 사장된 몰역사성을 담보한 보수적 민족 담론이었다. 이는 문학을 인간 존재의 근원적 의미와 운명에 대한 탐구의 한 방식으로 파악한다는 점에서 몰역사적 보편주의 관점이었다. 즉, 그의 문학 담론이란 몰역사성을 기반으로 하는 반근대주의 문학론이었다. 즉, 근대주의 문학론이 이성을 기반으로 한 진보의 역사를 다룬 담론이라면, '구경적 삶'을 다룬 '순수' 담론은 영구불변의 민족을 상상하는 반근대주의 담론이었다. 특히 이 문학론은 근대를 부정하고 대안의 모색을 강하게 피력되지만 부정과 초월을 위해 김동리가 동원하는 것은 전형적인 '근대적인 사유 기제'들이었다.[32] 이런 측면에서 순수 담론은 근대 기획이 배태한 모순 극복을 전제로 한 근대적 반근대주의 담론이었던 것이다. 왜냐하면 근대에 대한 부정은 근대 중심적 사유 방식을 반증하기 때문이었다.[33]

> 내가 표방하는 민족문학 즉 인간주의적 민족문학은 한마디로 말하면—따라서 그것이 또한 결론이기도 하겠지만—그것은 곧 세계문학이란 뜻이다. (…중략…) 이러한 의미의 세계문학의 일환이 될 수 없다면 내가 말하는 의미의 민족문학이 될 수는 없는 것이다. 세계문학의 일환이 될 수 있는 '민족의 문학'이라야 진정한 민족문학이라는 것이다.[34]

---

32) 한수영, 「'순수문학론'에서의 '미적 자율성'과 '반근대'의 논리: 김동리의 경우」, 『국제어문』 29호, 국제어문학회, 2003, 160쪽.
33) 김철, 「'국문학'을 넘어서: 국문학 연구 방법론에 대한 하나의 제안」, 한국문학연구회 편, 『현역중진작가연구』(Ⅲ), 국학자료원, 1998, 240쪽.
34) 김동리, 「민족문학의 이상과 현실: 민족문학수립제1기의 점청(占晴)을 위하여!!」, 『문화

해방기 순수 담론의 연장선상에 있는 전후 인간주의적 민족문학 담론은 '세계문학의 일환으로서의 근대문학'론이었다. 김동리는 해방 이후 전개된 문학 담론을 계급주의적 문학론과 민족주의적 민족문학론, 인간주의적 민족문학론으로 구분했다. 해방 이후 자신이 지속적으로 주장해 오던 문학이 인간주의적 민족문학임을 지적하면서, 민족문학이란 '세계문학의 일환으로서의 근대문학'임을 피력했다. 그는 이 문학을 '세계문학의 정당한 번역을 통해서 언어와 혈족과 국적을 달리하는 세계의 교양 있는 대부분의 남녀에 의하여 세계문학에 해당하는 감동과 수준이 입증될 수 있는 문학'으로 규정했다. 여기서 '언어와 혈족과 국적'이라는 표현이 주목되는데, 이 표현을 통해 그의 '민족'이란 고정불변의 실체임을 알려 준다. 이로 볼 때, 그가 주창한 세계문학도 기본적으로 몰역사적 보편주의를 담보한 표현이었다. 순수 담론과 마찬가지로 인간주의적 민족문학 담론도 고정불변의 민족을 상정한 반근대주의 담론이었다.

또한 조연현의 전통계승론과 마찬가지로, 김동리는 신세대의 세계주의나 보편주의의 허상을 비판하면서 동양주의나 전통주의를 주장했다.35) 1930년대 '근대 초극론'의 연장선상에 위치한 동양주의는 동양을 정신의 원천으로 파악하는 오리엔탈리즘의 편견이라 할 수 있다.36) 김동리가 주창한 민족문학론은 사회주의 문학에서 강조한 계급성을 배제한 보수성, 몰역사성, 추상성 등의 성격을 띤 전근대주의 담론인 동시에 근대적 반근대주의 담론이었다. 결국 이런 김동리의

춘추』, 1954년 2월, 68쪽.

35) 조연현, 「민족적 특성과 인류적 보편성: 서정주와 김동리의 전통에 대한 태도를 중심으로」, 『문학예술』 제4권 제7호, 1957년 8월호; 김동리, 「한국문학의 방향: 새로운 정신원천으로서의 동양」, 『서울신문』, 1957년 6월 13~17일.

36) E. W. Said, 박홍규 역, 『오리엔탈리즘』, 교보문고, 1991, 47쪽; 신형기, 「남북한문학과 민족주의」, 『이야기된 역사』, 삼인, 2005, 383~384쪽.

담론은 사회주의라는 타자를 배제하고 지배함으로써만 존재하는 제국의 논리였다. 왜냐하면 해방기에는 계급주의 문학을 폭력주의라고 배제함으로써, 전후 시기에는 동양주의=정신주의로 읽음으로써 서구라는 타자를 물질주의로 배제함으로써만 성립되기 때문에 그러했다.

현대적인 서사정신이란 올바른 전통의 계승에 입각한 민족문학의 현대화를 말하는 것이며 그것은 분단된 민족의 통일의식이요 또한 현대적인 지성과 감성 그리고 사유와 행동, 이지와 정서가 동일성 위에 밀착되어진 그러한 통일된 인간을 민족적인 현실생활 속에서 창현하면서 근원적인 창조의 계기를 개시하는 민족정신을 말하는 것이다. (…중략…) 오늘에 있어서는 분열된 주체를 통일시킴으로써 근대의 관조문학을 지양하고 행동적인 사회참여와 새로운 인간의 형성이 그 기저가 되면서 전통의 올바른 계승과 현대문학의 비판적인 섭취를 주체적인 토대 밑에서 이룩하려는 이른바 새로운 현대의 방향을 모색하는데 있는 것이다.[37]

전후 남한의 민족문학 담론은 김동리의 순수 담론이 재생산된 인간주의적 문학론, 김종후의 민족 절대주의 문학론, 김양수의 생명제일주의 문학론 같은 '보수적' 민족 담론과 보수적 담론에 대한 비판적 기능을 했던 정태용이나 최일수의 구체적 역사성을 담보한 '진보적' 민족문학론으로 구분되었다.[38] 특히 최일수의 민족 담론은 민족

---

37) 최일수, 「우리문학의 현대적 방향: 전통의 올바른 계승을 위하여」, 『자유문학』 제1권 제3호, 1956년 12월호, 173~177쪽.
38) 김종후, 「민족문학소론: 사고방법에 대한 소고」, 『현대문학』 제2권 제5호, 1956년 5월호; 김양수, 「민족문학확립의 과제: 20세기적 관점에서 본 방법론」, 『현대문학』 제3권 제12호, 1957년 12월호; 김양수, 「한국현대문학의 지향점: 속·민족문학 확립의 과제」, 『현대문학』 제4권 제1호, 1958년 1월호; 김양수, 「새로운 세대의 문학정신: 재속·민족문학의 확립의 과제」, 『현대문학』 제4권 제3호, 1958년 3월호; 김양수, 「생명제일주의의 문학: 보유·민족문학확립의 과제」, 『현대문학』 제4권 제4호, 1958년 4월호; 정태용, 「민족문학론: 개념규

의 주체성을 바탕으로 이념 대립과 분단의 현실상황 극복을 위한 통일지향적 민족문학론이었다.

최일수는 한국문학의 "올바른 역사적 전통의 계승과 현대성의 섭취"[39]라는 민족문학의 2대 명제를 제시했고, 이 명제를 기반으로 비판적인 사고와 민족 지성의 강인한 의지력으로 분단의식 극복을 지적했다. 현 단계 민족문학의 과제를 전통의 올바른 계승과 외래문학에 대한 비판적인 섭취로 파악했고, 그 바탕 위에서 이념 대립과 분단의 현실 상황에서 통일지향의 새로운 민족문학의 수립을 역설했고, 구체적 역사성 위에서 분단 극복을 위한 민족문학의 현대화 문제를 피력했다. 6·25전쟁으로 말미암아 분단된 현실 속에서 민족문학이 지향해야 할 목표는 통일을 구현시키기 위한 민족 정신의 발현에 있었다. 최일수는 올바른 민족 정신의 발현을 위해 고전문학의 평등정신과 저항정신의 계승이 필요함을 지적했고, 한국문학이 행동적인 인간 형성과 적극적인 사회참여의 방향으로 나아가야 한다고 주장했다. 결국 "민족의 역사적인 과업"이란 바로 "조국통일"[40]이었다. 즉, 민족 담론의 궁극적 지향점은 분단된 조국의 현실을 극복하는 통일에 있었다.

최일수는 통일지향적 민족 담론 문제의 연장선상에서 민족문학과 세계문학의 관계를 새롭게 모색하는 단계로 나갔다. 초민족적, 초시대적인 절대가치로서의 보편적인 인간성(순수인간)을 추구하는 것을 비판했다. 즉, '문학에 있어서 세계성은 하나의 막연한 '인간주의'나 가공적인 '세계주의'에 있는 것이 아니라, 각 민족이 가진 특수한 질

정을 위한 하나의 시고」, 『현대문학』 제2권 제11호, 1956년 11월호.

39) 최일수, 「현대문학과 민족의식: '헤밍웨이'의 순수감각비판」, 『조선일보』, 1955년 1월 12일.

40) 최일수, 「문학의 세계성과 민족성」, 『현대문학』 제3권 12호, 1957년 12월호, 216쪽.

적인 독자성을 철저하게 발현하면서 그 독자성을 통하여 세계적으로 일관된 총체저 흐름'임을 지적했다. 이런 인식 위에서 성립된 민족문학론을 통하여 당대 지식인의 세계주의의 허상을 비판적으로 인식했고, 구세대의 전통계승론에 대해서도 "보수적인 전통일방주의"[41]로 비판했다. 특히 민족의 '주체성'을 강조했고, 구체적인 역사성 즉, "역사적인 전망"[42]을 역설했다. 따라서 최일수의 민족문학 담론은 현실주의적 시각과 역사에 대한 전망을 기반으로, 분단극복을 위한 민족문학의 현대화 담론이었다.[43]

그러나 최일수의 이 담론은 분단 문제의 원인 규명의 결여나 현재의 민족 현실과 세계의 정세 파악에 대한 견해는 극히 피상적이었다. 그 단적인 예는 '지금 바야흐로 우리의 문전에 와 있는 원자력 시대라는 이제까지 예상조차 못했던 고도한 문명의 전개는 아직도 미적지근하게 진행되고 있는 착잡하고 복합된 세계화의 도정을 보다 빠른 속도로서 손쉽게 이뤄 버릴 것으로 믿는다'[44]라는 문명예찬론 같은 것이었다. 또는 구체적인 현실 파악 없이 현재를 '비약기'로 규정한 것 등이었다. 또한 전후 세대와 마찬가지로 최일수도 한국문학의 후진성과 그 연장선상으로 동양문학의 후진성을 상정했다. 이 시각은 그의 민족문학 담론이 전후 세대의 보편적인 인식인 근대 따라잡기의 함정에 자유롭지 못했음을 드러냈다. 보수적 민족 담론과 달리 구체적인 역사성을 기반으로 했지만, 이 담론은 주체적 시각 위에서

---

41) 최일수, 「문학의 세계성과 민족성」, 『현대문학』 제4권 제4호, 1958년 4월호, 340쪽.
42) 최일수, 「문학의 세계성과 민족성」, 『현대문학』 제3권 제12호, 1957년 12월호, 222쪽.
43) 한수영, 「최일수 연구: 1950년대 비평과 새로운 민족문학론의 구상」, 『민족문학사연구』 10호, 민족문학사학회, 1997, 145~146쪽; 이현식, 「다시 생각해보는 민족과 민족문학: 최일수, 백낙청, 채광석의 민족문제 인식을 중심으로」, 『현대문학의 연구』 13호, 한국문학연구학회, 1999, 227~229쪽.
44) 최일수, 「문학의 세계성과 민족성」, 『현대문학』 제4권 제2호, 1958년 2월호, 167쪽.

성립되는 민족문학 담론의 당위성만을 강조했을 뿐이었다. 특히 최일수의 담론은 민족문학의 '주체' 개념이 애매했고, 구체적인 역사 분석도 피상적이었다. 이런 점은 해방기의 좌익의 민족 담론에서 후퇴한 것이었다.

따라서 최일수의 이 담론은 보수적 민족 담론에 비해 구체적인 역사성을 기반으로 한 진보적 민족 담론이었고, 또한 북조선의 계급성과 역사성을 강조하는 '사회주의적' 민족 담론과 남한의 민족성과 역사성을 강조하는 '진보적' 민족 담론의 차이를 보여 주는 문학론이었다. 특히 북조선의 민족 담론이 프롤레타리아라는 역사의 '주체'에 대해서 명확하게 규정했던 반면, 최일수의 이 담론은 주체 개념이 애매한 측면을 갖고 있었다. 또한 최일수의 민족 담론은 '분단 극복'이라는 현재주의에 의해 추동됐지만, 주체성 강조란 서구 중심적 사고를 반영한 것이었다.[45]

그런데 최일수의 민족 담론은 분단 극복의 민족 논리였지만, 개인의 다양한 욕망을 민족 담론의 틀 속에 규범화시킴으로 개인을 전유하고 한 지식인의 권력 담론이기도 했다. 또한 이런 민족 담론은 민족의 생존을 위해서는 개인의 생명은 언제든지 희생되어도 좋다는 집단 무의식을 정당화시켰으며, 국가(父) 부재의 고통을 끝임 없이 호소하면서 국가의 힘을 강화해야 한다는 국가주의로 연장되었다. 즉, 근대주의 담론은 '개인=민족=국가'의 등가성의 원리를 통해서 민족을 동원하고 통합하려는 민족주의로 포장된 국가주의의 논리이기도 했다. 이런 사실에서도 6·25전쟁 이후 '분열에서 통합'을 강조했던 민족의 가면을 쓴 국가주의는 국민의 생활 논리가 정착되었다.

---

45) 남원진, 『남북한의 비평 연구』, 역락, 2004, 128~151쪽.

2) 북조선의 사회주의적 민족문학 담론

해방기 북조선에 수용된 정치 이데올로기는 스탈린이 해석한 마르
크스-레닌주의인 소련형 마르크스-레닌주의이었다. 북조선이 추
진하는 모든 정치체제의 모형이나 통치이념의 준거로 작용한 것이
바로 스탈린이 해석한 마르크스-레닌주의였다. 초기 북조선에서는
마르크스-레닌주의나 공산주의가 공식적인 명제로 작용되지 않고
'반제반봉건 민주주의'라는 용어가 사용됐지만, 1955년 4월 김일성
은 '우리 혁명의 성격과 과업에 관한 테제'「모든 힘을 조국의 통일
독립과 공화국 북반부에서의 사회주의 건설을 위하여」에서 사회주
의 기초 건설에 관한 사상을 체계화했다.46) 1956년 4월 23일 제3차
'조선로동당' 대회에서 김일성은 조선로동당의 활동 지도적 지침을
마르크스-레닌주의 학설로 설정했고, 북조선 발전 단계를 공식적으
로 '인민민주주의'로 선언했다.47) 특히 이 인민민주주의는 사회주의
로 이행하는 과도기 형태인 프롤레타리아 독재의 기능을 가진 것으
로 공식적으로 규정됐다.48)

북조선의 민족 담론은 스탈린이 해석하는 민족 이론에 그 기반을
뒀고, 또한 해방기 좌익의 근대주의 담론을 수정·비판하면서 형성됐다.

이 개혁은 역사의 새 담당자인 프로레타리아트를 중심으로 농민,
인테리, 도시 소시민의 전근로인민의 손으로 수행되는 민주주의인

---

46) 김일성, 「모든 힘을 조국의 통일 독립과 공화국 북반부에서의 사회주의 건설을 위하여:
우리 혁명의 성격과 과업에 관한 테제 1955년 4월」, 『김일성 선집』(4), 평양: 조선로동당출
판사, 1960, 196~213쪽.

47) 김일성, 「조선 로동당 제3차 대회에서 한 중앙 위원회 사업 총결 보고: 1956년 4월 23일」,
『김일성 선집』(4), 평양: 조선로동당출판사, 1960, 433쪽; 김일성, 「조선로동당 제3차대회
에서 한 중앙위원회사업총화보고: 1956년 4월 23일」, 『김일성저작집』(10), 평양: 조선로
동당출판사, 1980, 175쪽.

48) 전미영, 『김일성의 말, 그 대중설득의 전략』, 책세상, 2001, 84~86쪽.

것이다.[49)]

　우리의 민족문화는 그의 궁극적지향목표와 입장을 노동자 농민기타 근
로대중의 기본적요구를 실현하는데 두어야 할것이며 (…하략…)[50)]

　임화는 현 단계 문화운동의 근본과제를 '부르주아 민주주의 혁명'
에 있음을 지적했고, 이 단계의 과제가 문화혁명의 주체인 "가장 혁
명적 계급인 노동자계급을 위시한 농민과 중간층과 진보적 시민"[51)]
등을 중심으로 형성된 통일전선에 있다고 강조했다. 그가 주창했던
"민주주의적인 민족문학"은 일본제국주의 잔재의 소탕과 이 장애물
을 제거하는 투쟁을 통하여 건설되는 "완전히 근대적인 의미의 민족
문학"[52)]이었다.

　임화의 문학 담론을 정교화한 이원조의 민족 담론에서는 '일본제
국잔재의 소탕'과 '봉건잔재의 청산', '국수주의 배척'을 지적하면서
민족주의문학이나 계급문학이 아니라 반제국주의적, 반봉건적, 반국
수주의적 민족문학임을 강조했다. 이런 인식의 연장선상에서 이원조
(淸凉山人)[53)]는 "인민속에서 창조되고 인민이 향락하며 유열하는 그

---

49) 淸凉山人, 「민족문학론: 인민민주주의민족문학건설을 위하여」, 『문학』 제7호, 1948년 4
　　월, 104쪽.
50) 안함광, 「민족문화론」, 한설야 외, 『평론집』 (8·15해방1주년기념), 평양: 북조선예술총련
　　맹, 1946, 94쪽; 김재용·이현식 편, 『안함광 평론선집』 (3), 박이정, 1998, 16쪽.
51) 임화, 「현하의 정세와 문화운동의 당면임무」, 『문화전선』 창간호, 1945년 11월 15일, 1쪽.
52) 임화, 「조선민족문학건설의 기본과제에 관한 일반보고」, 조선문학가동맹, 『건설기의 조
　　선문학』, 조선문학가동맹 중앙집행위원회서기국, 1946, 41~42쪽.
53) 문학가동맹기관지 『문학』에 발표한 「민족문학론」의 필자 표기는 목차에는 '安東學人',
　　본문에는 '淸凉山人'으로 되어 있다. '안동학인'과 '청량산인'은 독립운동가이자 시인으로
　　유명한 이육사(이원록)의 아우 이원조이다. 청량산은 경북 안동과 봉화의 경계에 있는 명
　　산이며, 이 산 아래 안동군 도산면 원천동(원촌동)은 이육사와 이원조가 태어난 장소이다.
　　김윤태, 「조지훈」, 『역사비평』 57호, 2001년 겨울호, 28쪽.

러한 인민적 민주주의민족문학"54)을 주장했다. 이원조는 반봉건, 반제의 민주개혁에 있는 역사적 단계에서 인민적 민주주의는 역사의 주체인 프롤레타리아트를 중심으로 하여 농민, 지식인, 도시 소시민 등의 전 근로인민의 손으로 수행되는 민주주의임을 피력했다. 민족 문학의 이념에 철저한 것이 노동자계급의 독자성을 확보하는 길이며, 이것을 실현하는 문학이 인민적 민주주의 민족문학이라고 주창했다.

이런 사실에서 임화나 이원조의 민족 담론은 '민족문학=계급문학'의 논리에 기반을 둔 것이었다. 남한의 '개인=민족=국가'의 등가성을 가진 민족주의로 포장된 국가주의 원리였던 것처럼, 이런 좌익의 민족 담론은 '개인=계급=민족=전체'의 등가성의 원리를 통해서 인민을 동원하고 통합하려는 전체주의의 논리를 반영했다. 이 '조선문학가동맹'의 민족문학론은 '조선공산당'의 기본 노선인 현 단계의 혁명이 진보적 민주주의 국가 수립을 목표로 한 부르주아 민주주의 혁명의 단계라는 설정에 충실한 문학 담론이었다.

오늘날 문화, 예술건설의 극좌적(극우적-인용자) 기회주의자들은 첫째로 현단계조선혁명의 새로운 민주주의적 성질을 왜곡하고 민주주의민족통일전선이란 것이 무산계급이 영도하는 '각민주계급연합전선'임을 이해치못하고 비원칙적 투항주의적 통일전선을 환상하고 있으며 둘째로 의들(이들-인용자) 사이비마르크스, 레-닌주의자들은 '민족문화'라는 개념이 '민족'이란 것을 그 근거에서 분리식히여 다시말하면 민족을 구성하는 구체적 계급관계에서 분리식히며 추상적인 '민족의 개념'을 날조하고 주장하고 있다.55)

---

54) 淸凉山人, 앞의 글, 107쪽.

그런데 '북조선예술총련맹'56) 상임위원회 부위원 안막은 이런 '조선문학가동맹'의 민족문학론에 대해서 민족을 구성하는 구체적 계급관계를 사장시킨 추상적인 민족 담론으로 인식했고, '극우적' 기회주의57)로 비판하면서 무산계급이 영도하는 각 민주계급의 연합전선으로 형성되는 계급문학론을 피력했다. 특히 안막은 그들의 극우적 편향에 대해 무산계급문화를 부정하고 무산계급의 영도를 부정하는 가장 위험한 반혁명적인 것으로 인식했다.

또한 '북조선예술총련맹' 상임위원회 제1서기장 안함광도 한 좌담회(『민성』 주최로 1946년 11월 23일 평양 소재 예술가후원회 식당인 신영(新迎)에서 열린 좌담회)에서 북조선의 민족문학을 '진보적 민주주의에 입각한 문학'임을 제시했다.

> 북조선의 문학노선은 어떠하냐? 한 말로 말한다면 진보적 민주주의에 입각한 민족문학을 창건, 수립하려는 것입니다. 남조선 문학자대회 회의록 가운데서 '근대적인 의미의 민족문학 창건'을 당면과업으로 하고 있는 글을 본 일이 있는데 이것은 옳지 못하다고 생각합니다.58)

> 근로 인민대중의 진보적 민주세력이 영도하는 반일제 반봉건의 문학이며 진보적 민주주의의 내용을 민족적 형식으로 표현하는 민족문학 (…하략…)59)

---

55) 안막, 「조선문학과 예술의 기본임무」, 『문화전선』 창간호, 1946년 7월, 7~8쪽.

56) 1946년 3월 25~27일, '북조선예술총련맹'은 상임위원회 위원장: 리기영, 위원: 한설야, 부위원: 박팔양, 안막, 제1서기장: 안함광, 제2서기장: 한재덕 등을 중심으로 결성됐다. 「북조선예술가단결 인민대중의 문화수립: 북조선예술총련맹결성대회」, 『정로』 69호, 1946년 3월 28일.

57) 안막은 「조선문학과 예술의 기본임무」에서 '극좌적'으로 표기했던 것을 「조선민족문화 건설과 민주주의 노선」에서 '극우적'으로 수정했다.

58) 한설야 외, 「북조선의 문화의 전모」(『민성』 제3권 제1·2호, 1947년 2월), 『문예중앙』 제18권 제2호, 1995년 여름호, 173쪽.

안함광은 진보적 민주주의 민족문화의 궁극적 지향 목표가 '노동자, 농민, 기타 근로대중의 기본적 요구를 실현하는데 두어야 할 것이며, 당면적 과업이 일제잔재 세력과 봉건적 세력을 철저히 숙청한 기초 위에 민족통일전선을 촉성하는데 있다'고 했다.60) 북조선 인민에게 부여된 최고의 임무는 프롤레타리아 혁명이 아니라 진보적 민주주의 국가를 수립하는 것이었다. 이에 따라 현재의 당면 과제는 친일파, 민족반역자 등의 반민족적, 반민주주의적 악질분자들의 소탕과 봉건적 토지착취제의 철폐였다. 안함광이 주장한 이런 진보적 민주주의 국가 수립의 현실적 근거는 바로 북조선의 '무상몰수 무상분배' 원칙에 입각한 토지개혁(1946. 3. 5~8)의 전면적 실시였다.61) 안함광은 이런 현실적 근거에 입각하여 진보적 민족문학론을 주창했다. 이 민족 담론의 선결 문제는 '계급'과 '민족'의 갈등 문제와, 민족

---

59) 안함광, 「민족문학재론」(『민족과 문학』, 평양: 문화전선사, 1947), 김재용·이현식 편, 『안함광 평론선집』(3), 박이정, 1998, 38쪽.

60) 안함광, 「민족문화론」, 94쪽.

61) 1945년 11월 말 북조선 주둔 소련군은 토지개혁을 위한 준비작업을 개시했고, 1945년 12월 말 소련 극동군은 북조선의 독자적 정권 기관을 수립하고 토지개혁을 구체화하는 구상을 했다. 1946년 2월 8일 북조선임시인민위원회 수립이 정식으로 결정됐고, 이 인민위원회에서는 1946년 3월 5일 〈북조선림시인민위원회〉 위원장 김일성, 서기장 강량욱의 이름으로 「북조선토지개혁에 대한 법령」을 공포했고, 3월 8일 〈북조선림시인민위원회〉 농림국장 리순근의 명의로 「토지개혁법령에 대한 세칙」을 발표했다. 이 토지개혁은 '무상몰수 무상분배'의 원칙에 따라 단행되었는데, 유례없이 짧은 기간에 완결됐다. 여기서 토지개혁 법령에서 말하는 소유의 개념이란 일반적으로 알고 있는 소유의 개념이 아니라 '경작권 내지 관리권'이나 다름없는 것이었다. 북조선에서 1953년에서 시작되어 1958년에 완료된 농업협동화로 인해 농민의 실질적인 토지소유권은 소멸됐다. 「북조선토지개혁에 대한 법령」, 『정로』 54호, 1946년 3월 8일; 「토지개혁법령에 대한 세칙」, 『정로』 56호, 1946년 3월 12일; 김용복, 「해방 직후 북한 인민위원회의 조직과 활동」, 김남식·이종석 외, 『해방전후사의 인식』(5), 한길사, 1989, 217~227쪽; 이종석, 『(새로 쓴) 현대북한의 이해』, 역사비평사, 2000, 68~69쪽; 和田春樹, 서동만·남기정 역, 『북조선』, 돌베개, 2002, 78~82쪽; 서동만, 『북조선사회주의체제성립사(1945~1961)』, 선인, 2005, 140~161쪽, 327~354쪽; 조용관, 「북한 가족정책의 변화와 전통적 가정문화」, 『복지행정연구』 14호, 안양대학교 복지행정연구소, 1998, 291~293쪽.

문학과 계급문학의 관계 설정이었다. 이는 민족문학과 계급문학이 모순되는 것이냐, 모순되지 않는 것이냐, 모순되지 않는다면 어떠한 형태로 모순되지 않느냐에 대한 것이었다.

안함광은 현 단계에서 계급적 존재를 부인할 수 없는 것이며 민족통일전선의 쟁취가 결코 계급적 존재를 부인하거나 계급적 의식을 억압하는 것도 아니라고 주장했다. 이에 따라 민족의식이란 계급의식과 모순되는 것일 수는 없었다. 이런 인식에서 현 단계 선결 과제는 인민의 이익과 인민의 행복을 옹호하는 인민의 나라를 수립하는 것이었고, 이런 발전과 함께 민족의식도 성장하게 되는 것이었다. 이런 역사적 발전과 함께 성장하는 민족의식은 계급의식과 모순되지는 않는 것이었다. 현재 민족 생활의 발전은 또한 계급 생활의 발전을 약속하고 있는 것이기 때문에, 민족문학은 계급의식을 무시하지 않으며, 사회발전의 역사적 본질과의 관련 위에서 민족의식과 계급의식의 통일을 문학적으로 형상화할 충분한 현실적 조건과 가능성을 가지고 있었다. 이런 사실에서 민족문학은 계급적 내용을 가질 수 있기 때문에, 민족문학과 계급문학은 결코 모순되는 것이 아니었다. 민족문학의 계급적 내용이 현 단계에 있어 무산계급의 독재 정치를 세우려는 것이 아니라 진보적 민주주의의 국가 수립을 목적으로 하기 때문에, 이것은 정치적 현 단계의 특성으로써, 뒤떨어진 현실의 객관적 조건에 의해서 제약되는 것이라고 진단했다.

이 민족 담론에서는 민족문학이 계급적 현실의 본질을 민족 생활의 전적 발전과의 연계 위에서 형성된다는 점에서 계급문학과 공통되는 것이었다. 단지 그 당면적인 방향과 목적이 무산계급 독재 정치의 실현에 있는 것이 아니라 진보적 민주주의 국가 수립에 있다는 점에서 계급문학과 구별되는 것일 뿐이었다. 결국 안함광의 진보적 민족문학이란 인민의 진보적 세력인 프롤레타리아를 중심으로, 진보적 민주주의 내용을 민족적 형식으로 표현하는 문학이었다. 이 지점에서 안함광의 '진보적 민주주의 민족문학'은 이원조의 '인민적 민주주의 민족문학'과 민족문학의 이념적 성격이나 구체적인 내용에 있어서는 일치했다. 이런 사실에서 이 민족문학 담론은 '민족문학=계급문학'의 논리 위에 성립된 것이었다. 임화나 이원조가 민족성에서 계급성의 방향으로, 안함광이 계급성에서 민족성의 방향으로 접근하여 도출했던 결론이 바로 '민족문학=계급문학'의 논리였다. 이 접근 방향의 차이는 남북의 현실적 상황에 기인했다.[62]

그런데 임화나 이원조의 민족 담론은 월북 이후 북조선 문학자들에게 집중적인 비판을 받았다. 북조선에서는 임화가 계급문학을 부정하고 부르주아 반동문학을 선전했고, 이승만 '괴뢰 정권'에 기여한 것이라고 비난받았다. 그러나 임화의 민족 담론은 계급문학을 부정한 것이 아니라 단지 현 단계의 민족문학이 인민성을 기반으로 한 근대적 민족문학 건설의 단계에 있다고 설정한 것에 불과했다. 계급문학의 부정이나 부르주아 반동문학을 선전한 것이란 비판은 결국 남로당 숙청과 관련된 정치적 개입에 의한 것이었다.

> 우리의 민족 문학은 계급 문학이 되여서는 아니되는 것이 아니라 그와는 반대로 우리의 민족 문학은 로동 계급이 령도하는 근로 인민의 계급 의식을 표현하는 문학이 되지 않을 수 없다. (…중략…) 우리 문학의 기본 방향을 민족이 과제 즉 조국의 자주 독립과 민주 발전을 하루 속히 촉성 하는데에다 둔 것이며 우리 문학의 성격은 로동 계급이 령도하는 반제 반봉건 투쟁의 계급적 내용을 민족 형식으로 표현하는 바로 거기에 있는

---

62) 김윤식, 「50년대 북한문학의 동향에 대한 연구」, 『한국학보』 80집, 1995년 가을호, 135~137쪽.

것이다. 반제 반봉건의 계급적 내용! 그것은 우리에게 있어 프로레타리아 국제주의 사상으로 일관된 고상한 애국주의 사상으로서 특징된다.[63]

그것은 간첩 분자 림 화에 의하여 구체적으로 표현된 것이니 그는 남반부의 출판물에서 공공연히 "민족 문화는 계급 문화이여서는 아니된다"고 말하였으며 그것의 부르죠아적 성격을 확증하기 위하여 "우리가 수립해야 할 민족 문화는 근대적인 의미에서의 민족 문화이여야 한다."고 말하였다. 이렇게 그는 맑쓰의 계급 투쟁론을 부인하는 립장에서 문학의 계급적 내용과 계급적 성격을 반대해 나섰으며 민족 생활의 발전을 아무런 내부적인 계급적인 모순과 투쟁이 없는 단일한 행정으로 허위적으로 주장함에 의하여 미제국주의의 주구 리 승만 도배의 반동적 사상에 복무하였다.[64]

위에서 보듯, 북조선에서는 임화나 이원조가 주장한 근대적 민족문학론은 계급문학을 부정하고 부르주아 반동문학을 선전한 담론으로 비판됐다. 그들에 대한 비판의 핵심은 해방 후 건설해야 할 민족문학이 계급문학이 아니라 근대적 민족문학이란 주장이었다. 남로당계열의 유일조류론은 레닌이 지적하는 두 개의 민족문화론에 배치된 것이며, 계급문화가 아닌 유일한 흐름의 민족문화의 구호란 계급사회에 있어서 불가능하며 계급문학과 민족문학을 모순되는 것처럼 대립시키는 것도 오류라고 비판됐다.[65] 남로당계열의 민족문학론은 실질적인 내용과 달리, 이런 인식에 따라 계급문학을 부정하고 반동

---

63) 안함광, 「김일성 원수와 조선 문학의 발전」, 『문학예술』 제6권 제6호, 1953년 6월호, 113~116쪽.
64) 안함광, 「해방후 조선 문학의 발전과 조선 로동당의 향도적 역할」, 안함광 외, 『해방후 10년간의 조선 문학』, 평양: 조선작가동맹출판사, 1955, 20쪽.
65) 안함광 외, 『해방후 10년간의 조선 문학』, 앞의 책, 20~27쪽.

문학을 선전한 '부르주아문학' 담론으로 부정됐다. 즉, 이는 북조선에서 근대적 민족문학 담론은 부르주아 민족주의적 민족문학론으로 비판됐다는 것이다.66)

근대적 민족문학 담론의 실질적인 내용이 어떻든지, 북조선에서 민족문학 담론은 인민연대성의 근대적 민족문학이 아니라 계급성을 기초로 한 '사회주의적 민족문학'67)론이었다. 다시 말해서 북조선의 문학은 프롤레타리아 계급이 영도하는 반제, 반봉건 투쟁의 계급적 내용을 민족적 형식으로 표현한 것이었으며, 프롤레타리아 국제주의 사상으로 일관된 고상한 애국주의 사상을 그 특징으로 한 '사회주의적 민족문학'이었다. 이런 논의의 심화 과정인 1958~1961년 '민족적 특성'론은 민족성과 계급성의 변증법적 논리를 도출했다.68)

그것은 경애하는 수령 김 일성 동지께서 말씀하신 바와 같이 혁명 전통을 살리고 계승함으로써 선혈들이 과거 혁명 투쟁에서 승리한 것처럼 우리가 앞으로도 승리할 수 있다는 신심을 매개 사람들에게 굳게 하여 주며 그들에게 열렬한 애국심과 혁명적 투지를 북돋아 주기 때문이다. (…중략…) 김 일성 동지를 선두로 한 공산주의자들에 의하여 쌓아 올려진 혁

---

66) 김성수, 「우리 문학에서 사회주의적 사실주의의 발생: 북한의 사회주의적 사실주의 논쟁 (1)」, 『창작과 비평』 제18권 제1호, 1990년 봄호, 265쪽; 김성수, 「1950년대 북한문학과 사회주의 리얼리즘」, 『현대북한연구』 제2권 제2호, 경남대학교 북한대학원, 1999, 132~133쪽; 남원진, 『남북한의 비평 연구』, 앞의 책, 74~90쪽.

67) 한효, 「우리 문학의 개화 발전을 위한 조선 로동당의 투쟁」, 『조선어문』, 1957. No. 2, 8쪽.

68) 「론의의 새로운 발전을 위하여: 평론 분과에서 민족적 특성 문제 연구회 진행」, 『문학신문』 루계 271호, 1960년 9월 6일; 권순긍, 「우리 문학의 민족적 특성」, 권순긍·정우택 편, 『우리 문학의 민족 형식과 민족적 특성』, 연구사, 1990; 김재용, 「북한문학과 민족문제의 인식: 1960년대 전반기 민족적 특성 논쟁을 중심으로」, 『현대북한연구』 제2권 제1호, 경남대학교 북한대학원, 1999; 신형기, 「북한문학에서의 '민족적 특성' 논의: 주체 문학론의 발단」, 『민족 이야기를 넘어서』, 삼인, 2003.

214

명 전통은 어제와 오늘에 있어서는 물론, 래일에 있어서까지도 아니 영원히 혁명 력량의 근간으로, 전진 운동의 원동력으로 될 것이다.[69]

그런데 전후 북조선 민족 담론과 관련하여 가장 특징적인 것이 '혁명적 전통'이란 개념의 발명이었다. 북조선의 경우, 1958년 8월 농업 집단화와 개인 상공업의 국영화가 완료되었고, 전 사회의 사회주의적 개조가 일단락된 것과 함께 당의 일원적 지도체계가 구축되면서 항일혁명문학을 혁명적 전통으로 규정했다. 항일혁명투쟁과 관련된 역사의 창출 과정은 역사와 기억을 선택적으로 재구성하는 작업이었다. 이는 어떤 사정으로 미처 알려지지 않았거나 감춰져 있던 과거의 역사를 발굴하는 작업이라기보다는, 특정한 시점에서 특정의 주체가 특정한 의도 아래 특정한 역사를 창출하는 문제였다. 이런 전형적 예가 북조선의 항일혁명투쟁의 역사였다. 북조선에서 이 역사는 이용 가능한 과거를 발명하는 식으로 인민의 정체성을 만들어 갔다.

북조선의 사회주의적 민족 담론은 과거혁명투쟁의 전통을 계승하여 인민의 애국심과 혁명적 투지의 고양을 위한 교양적 기능과 적에 대한 저항을 강조하는 도덕적 논리에 기반을 두었다. 이 저항 담론의 전범이 바로 김일성을 선두로 한 항일무장투쟁의 역사였다. 이 역사의 창출 과정에서, 이 투쟁을 이끈 김일성은 민족적 공산주의자의 전범이 됐다. 김일성은 탁월한 영도자, 지도자이며, 가장 인간적이고 가장 견실한 공산주의자의 전형되었다. 이 혁명적 전통은 훌륭한 전범인 수령의 형상을 창조하는 것과 함께 과거, 현재, 미래의 혁명역량의 근간이며 전진운동의 원동력임을 강조하여, 지배체제의 정당성

---

69) 장형준, 「혁명 전통 형상화에서의 사실과 허구, 원형과 전형」, 『조선문학』 149호, 1960년 1월호, 119쪽.

을 부여하는 효율적인 이데올로기의 역할을 했다. 김일성과 항일혁명투사와 같은 영웅은 '사회주의'라는 '신성한' 기호를 실현할 수 있는 인격적 화신이었으며, 초인적인 능력의 소유자면서도 인민의 능력을 최대한 고양시킬 수 있는 일종의 '공명기계'였다.[70] 그런데 북조선의 인민은 주권을 가진 노동계급이나 참다운 주인이라기보다는 국가적 계몽 기획에 복종하는 신민(臣民)이었다. 또한 김일성과 항일혁명문학이라는 기원의 순수성과 단일성에 대한 무지에 가까운 집착이나 강박은 인민에 대한 폭력과 억압을 초래할 수 있다는 것을 반증해 주었다.

3) 남북의 민족문학 담론

해방 후 저항적 민족주의와 사회주의를 기반으로 했던 북조선의 사회주의적 민족문학 담론은 저항의 정당성을 강화하기 위해서 부르주아 이데올로기에 기반한 모든 담론에 대해서 무차별적인 비난을 했다. 그런데 사회주의 이론에서 국제주의와 민족주의는 서로 양립할 수 없는 것이었지만,[71] 북조선은 사회주의 이론과 민족주의가 갖는 윤리적 요소를 활용하여 체제의 정당성이나 권력의 근거로 삼았다. 북조선은 민족주의를 부르주아 민족주의로 규정했고, 북조선의 민족주의적 경향성을 고상한 애국주의(사회주의적 애국주의)로 재규정했다. 김일성은 '조선의 공산주의자들이 우리나라를 사랑하는 것은 노동계급의 국제주의와 배치되지 않을 뿐만 아니라 완전히 일치'하는 것으로, '국제주의와 애국주의는 서로 뗄 수 없는 문제'라고 규정

---

70) 고미숙, 『한국의 근대성, 그 기원을 찾아서』, 책세상, 2001, 67쪽.

71) K. Marx, F. Engels, 김태호 역, 『공산주의 선언』, 박종철출판사, 1998, 32~58쪽; V. I. Lenin, 「민족문제에 관한 비판적 고찰에서」, 앞의 책, 132쪽.

했다.72)

애국심과 자부심의 표현에 있어 추상성과 협소한 민족적 국한성을 경
계하고 자기 조국의 과거, 민족이 가지는 우수한 전통, 아름다운 풍습,
문화 및 자기 향토와 력사에 대한 사랑에 립각할 것을 권고하면서 특히
국제주의 정신의 체현을 강조하시였다. 이러한 모든 말씀들은 애국주의
와 민족적 자부심의 형상화에 있어 제기되는 가지가지 문제들을 해명하
는 창조적 및 문예학적 실천상 획기적인 의의를 가지는 것이다. (…중
국…) 원쑤에 대한 증오심의 형상화를 중요한 과업으로 제시함으로써 원
쑤에 대한 철저한 증오없이 조국에 대한 극진한 사랑이 있을 수 없음을
가르치시였다.73)

이런 전제를 바탕으로 한 북조선 문학 담론은 형식주의나 자연주
의 등을 부르주아 반동 이데올로기로 비판했고, 애국주의와 국제주
의를 바탕으로 한 사실주의를 강조했다. 그런데 국제주의와 애국주
의의 결합은, 북조선과 같은 제국주의적 억압과 착취를 경험한 지역
에서의 사회주의가 민족적 정향성을 그 본질의 하나로 하여, 민족적
정서에 편승할 수 있도록 한 전술적 배려였다. 즉, 북조선의 논리는
계급성을 담보로 한 민족성 강조의 논리였다. 남한의 경우 계급성을

---

72) 김일성, 「사상사업에서 교조주의와 형식주의를 퇴치하고 주체를 확립할데 대하여: 당선
전전동일군들앞에서 한 연설 1955년 12월 28일」, 『김일성 선집』(4), 평양: 조선로동당출판
사, 1960, 337~338쪽; 김일성, 「사상사업에서 교조주의와 형식주의를 퇴치하고 주체를 확
립할데 대하여: 당선전전동일군들앞에서 한 연설 1955년 12월 28일」, 『김일성저작집(9)』,
평양: 조선로동당출판사, 1980, 479쪽; 서대숙 편, 「사상사업에서 교조주의와 형식주의를
퇴치하고 주체를 확립할데 대하여: 김일성, 당 선전선동부 간부들에게 한 연설」, 『북한문
헌연구: 문헌과 해제)』(4), 경남대학교극동문제연구소, 2004, 30쪽.
73) 김남천, 「김일성 장군의 령도하에 장성 발전하는 조선 민족 문학 예술」, 『문학예술』제5
권 제7호, 1952년 7월호, 113쪽.

배제한 고유한 민족성을 강조했던 반면, 북조선의 경우 계급성을 강화하기 위한 민족성의 강조였다.

　해방 후 남북의 민족 담론을 정리하면 다음과 같다. 해방기 민족 담론의 연장선상에 있는 전후 북조선의 민족문학 담론이 근대적 민족문학이 아니라 계급성과 역사성을 강조했던 진보적 민족문학인 '사회주의적 민족문학'론이었다면, 남한의 민족문학론은 몰역사성을 바탕으로 했던 보수적 민족문학에서 민족성과 역사성을 강조한 진보적 민족문학론으로 변모했다. 그런데 남북의 민족성에 대한 인식은 남한이 계급성을 배제한 민족성의 강조인데 반해, 북조선은 계급성을 강화하기 위한 민족성 강조라는 본질적 차이가 있었다. 특히 북조선의 사회주의적 민족 담론이 프롤레타리아라는 민족의 주체에 대한 개념이 명확했던 반면, 남한의 진보적 민족 담론은 주체에 대한 개념이 애매했다. 이런 남한의 민족 담론은 산업화 시기에 접어들면서 역사의 주체로 민중을 소환함으로써 민족의 주체가 명확해졌다. 결국 남북의 민족 담론은 각 사회의 민족문학론의 자기정립 과정이라고 할 수 있었으며, 남북의 민족 담론은 반공 기획과 사회주의 기획의 차이에 의해서 분화되었다. 이런 사실에서 남북의 민족 담론은 민족성과 계급성에 대한 변증법적 통합의 논리를 도출할 필요가 있었다. 특히 북조선의 '민족적 특성'론에서 민족성과 계급성의 변증법적 논리 도출은 중요한 성과였다.[74]

---

74) 남원진, 「북한의 '민족적 특성'론 연구」, 『겨레어문학』 32호, 겨레어문학회, 2004, 146~148쪽; 남원진, 「남북한의 비평 연구」, 앞의 책, 368~398쪽.

4. 근대주의 담론을 넘어서

근대는 근본적으로 이성의 기획을 바탕으로 했던 진보의 신화로 말해질 수밖에 없는 성질의 것이었다. 이성적 주체를 중심에 둔 진보 사관은 '과거보다는 어쨌든 현재가 낫다'는 태도를 일반화시켰다. 이와 같은 태도를 만들어낸 핵심은 바로 근대의 신화화였다. 이 기획된 신화 만들기는 근대라는 개념에, 물질적 발전인 산업화와 민주주의적 가치의 발전이라는 매우 이질적인 발전 과정을 하나로 섞는 작업이었다. 이런 이질적인 혼합은 근대를 신성한 것으로 만들었고, 근대 이후, 즉 '우리' 시대의 모순을 은폐하고 현재의 질서를 정당화하려는 신화 창출의 역할을 했다. 이 신화는 중세를 암흑의 시대로 억압했고, 자기 시대를 이성과 진보의 관념으로 이상화했으며, '우리' 시대의 모순을 은폐하는 환상의 역할을 했다.[75] 또한 근대 기획은 자기를 구출하기 위해 타자를 희생시키기는 일종의 책략이었다. 결국 근대에 의해 상상된 역사란 희생과 체념을 내면화했던 신화였다.[76] 이런 근대 기획이 배태했던 선택과 배제(문명과 야만)의 논리가 바로 6·25전쟁을 통해 완성된 '증오의 수사학'과 '사랑의 수사학'을 동반한 남한의 반공 기획과 북조선의 사회주의 기획이었다. 이런 기획을 바탕으로 했던 남북은 서로의 일그러진 모습을 비쳐주는 거울과 같은 존재인 이형동질성(異形同質性)의 사회였다.

여기서 남북의 민족은 일제 강점기, 6·25전쟁, 분단체제로 이어지는 특수한 역사적 조건 아래에서 '국가(父)'를 상상했던 신화적 실체였다. 이런 민족을 이상화했던 보수적 민족문학론은 당대 현실의 모

---

75) 김창현, 『한일 소설 형성사』, 책세상, 2002, 12~13쪽.
76) M. Horkheimer, Th. W. Adorno, 김유동·주경식·이경훈 역, 『계몽의 변증법』, 문예출판사, 1995, 84~91쪽.

순을 파악하는 것을 목적으로 했던 것이 아니라, 민족의 절대적 당위성을 주창한 담론이었다. 민족이니 민중을 상상했던 진보적 민족문학론이나 민족과 계급을 소환했던 사회주의적 민족문학론은 국민 또는 인민의 다양한 층위의 정체성을 사장했고, 민족을 하나의 유기체로 상정함으로써 개인의 이념적 차이를 인정하지 않는 보수적 민족문학과 동형성을 가졌던 담론이었다. 또한 진보적 민족문학론은 국가주의의 폭력을 저항했던 또 다른 성격의 억압적 담론이었다.77)

특히 남북의 민족 담론은 민족에 대한 반성적 성찰이 결여된 것이었으며, 이는 민족국가를 관념화하고 신비화나 절대화하는 경향의 다른 이름이었다. 이 담론은 개인의 의지에 기초한 자율성을 가진 개별 주체가, 민족적 주체라는 전체에 수렴되는 국가주의의 논리가 내면화되어 있었다. 이 논리의 상투적인 수사인 '분열에서 통합'이라는 명제는 남북 민족의 생존 욕망을 자극하고 동원하고 통합하려 했던 권력 의지의 발현이었다. 여기서 우리 민족(주체)이 다른 민족(타자)보다 우수하다는 자기 과장은 타자의 배제와 억압을 통한 자기 동일성에의 강한 집착을 의미하는, 끊임없는 자기 동일성에 대한 확인 과정이었다. 이는 가장 뿌리 깊은 자기중심주의의 한 변형이었다. 이런 사실은 탈식민지 사회의 집단 무의식을 반영한 것이었으며, 민족의 정체성을 형성하는 과정에서 탄생한 것이었다.

이 민족 담론은 남북에서 국민 또는 인민을 만들어 내는 국민(인민)화 전략의 주요한 이론적 기제 역할을 했다. 남북체제는 민족 담론을 활용한 대중동원프로젝트에 의존해서 국가를 형성했고, 근대화를 추진했다. 민족이 민중을 전유하고, 다시 국가가 민족을 전유하는 이중

---

77) 차승기, 「민족주의, 문학사, 그리고 강요된 화해」, 김철·신형기 외, 『문학 속의 파시즘』, 삼인, 2001, 61쪽.

의 전유 과정이 민족 담론의 우산 속에서 국가주의적 발전 전략의 모순을 은폐한 것이었다.[78] 또한 민족 담론은 타자(남한/이북)를 배제함으로써, 그 정당성을 확인할 수 있는 논리였다. 단지 '위대한' 민족의 미래를 담보한 타자나 현재의 희생을 요구하는 것은 폭력일 뿐이었다. 대한민국의 '민족중흥의 역사'나 북조선의 '위대한 주체시대'는 끊임없이 유예될 뿐이었다. 이는 남북의 역사가 이를 증명하고도 남는다. 결국 남북의 민족 담론은 실질적인 내용은 다르지만, 남북을 타자화하고 대상화했던 제국의 논리를 담지했고, 모든 대상을 민족이나 계급 중심으로 위계질서로 서열화했던 근대주의적 성격을 가졌다. 이 근대 기획을 통해 뿌리내렸던 민족주의적 단일 주체 모형을 해체하고, 다중적 주체들의 적극적인 참여를 통해 만들어 가는 역사에 대한 상상이 절실히 요청된다. 지금.

---

78) 임지현, 「한반도 민족주의와 권력 담론」, 200쪽.

참고문헌

1. 기본자료

「동맹 각급 기관들의 선거와 각부서성원들의 임명」, 『조선문학』 111호, 1956년
　　　11월호.

「론의의 새로운 발전을 위하여」, 『문학신문』 271호, 1960년 9월 6일.

「북조선예술가단결 인민대중의 문화수립」, 『정로』 69호, 1946년 3월 28일.

「북조선토지개혁에 대한 법령」, 『정로』 54호, 1946년 3월 8일.

「토지개혁법령에 대한 세칙」, 『정로』 56호, 1946년 3월 12일.

계 북, 「남조선의 반동적 부르죠아 미학의 정체」, 『조선문학』 106호, 1956년 6월호.

고정옥, 「해방 후 15 년간의 조선 문예학」, 『조선어문』, 1960. No. 5.

김기진, 「우리가 걸어온 길」, 『동아일보』, 1958년 8월 17일.

김남천, 「김일성 장군의 령도하에 장성 발전하는 조선 민족 문학 예술」, 『문학예술』
　　　제5권 제7호, 1952년 7월호.

김동리, 「민족문학의 이상과 현실」, 『문화춘추』, 1954년 2월.

_____, 「순수문학의 진의」, 『서울신문』, 1946년 9월 15일.

_____, 「한국문학의 방향」, 『서울신문』, 1957년 6월 13~17일.

_____, 「형제」, 『백민』 제5권 제2호, 1949년 2·3월호.

김명수, 「문학 예술의 특수성과 전형성의 문제」, 『조선문학』 109호, 1956년 9월호.

김붕구, 「휴머니즘의 재건」, 『자유문학』 제3권 2호, 1958년 2월호.

김양수, 「민족문학확립의 과제」, 『현대문학』 제3권 제12호, 1957년 12월호.

_____, 「새로운 세대의 문학정신」, 『현대문학』 제4권 제3호, 1958년 3월호.

_____, 「생명제일주의의 문학」, 『현대문학』 제4권 제4호, 1958년 4월호.

_____, 「한국현대문학의 지향점」, 『현대문학』 제4권 제1호, 1958년 1월호.

김윤동, 「한설야보고를 중심한 붉은 북한문단의 명멸상」, 『신태양』 47호, 1956년 7월.

김종후, 「민족문학소론」, 『현대문학』 제2권 제5호, 1956년 5월호.

남정현, 「기상도」, 『사상계』 97호, 1961년 8월호.

박종화, 「예술원을 급속운영케하라」, 『백민』 제5권 제1호, 1949년 1월.

_____, 「중시되여야할 문화정책」, 『예술원보』 4호, 1960년 9월.

박종화 외, 「민족신정이념과 그 앙양방법론」, 『민족문화』 창간호, 1949년 10월.

안 막, 「조선문학과 예술의 기본임무」, 『문화전선』 창간호, 1946년 7월.

안함광, 「김일성 원수와 조선 문학의 발전」, 『문학예술』 제6권 제6호, 1953년 6월호.

임 화, 「현하의 정세와 문화운동의 당면임무」, 『문화전선』 창간호, 1945년 11월 15일.

장형준, 「혁명 전통 형상화에서의 사실과 허구, 원형과 전형」, 『조선문학』 149호, 1960년 1월호.

정태용, 「민족문학론」, 『현대문학』 제2권 제11호, 1956년 11월호.

조연현, 「민족적 특성과 인류적 보편성」, 『문학예술』 제4권 제7호, 1957년 8월호.

淸凉山人, 「민족문학론」, 『문학』 제7호, 1948년 4월.

최일수, 「문학의 세계성과 민족성」, 『현대문학』 제3권 12호, 1957년 12월호.

_____, 「문학의 세계성과 민족성」, 『현대문학』 제4권 제2호, 1958년 2월호.

_____, 「문학의 세계성과 민족성」, 『현대문학』 제4권 제4호, 1958년 4월호.

_____, 「우리문학의 현대적 방향」, 『자유문학』 제1권 제3호, 1956년 12월호.

_____, 「현대문학과 민족의식」, 『조선일보』, 1955년 1월 12일.

한설야 외, 「북조선의 문화의 전모」, 『문예중앙』 제18권 제2호, 1995년 여름호.

한설야, 「승냥이」, 『문학예술』 제4권 제1호, 1951년 4월호.

한 효, 「우리 문학의 개화 발전을 위한 조선 로동당의 투쟁」, 『조선어문』, 1957. No. 2~No. 3.

2. 논문

권영민, 「민족 공동체 문화의 확립을 위한 방안」, 『문학사상』 234호, 1992년 4월호.

김성수, 「1950년대 북한문학과 사회주의 리얼리즘」, 『현대북한연구』 제2권 제2호, 1999년 12월.

_____, 「우리 문학에서 사회주의적 사실주의의 발생」, 『창작과 비평』 제18권 제1호, 1990년 봄호.

김윤식, 「50년대 북한문학의 동향에 대한 연구」, 『한국학보』 80집, 1995년 가을호.

김윤태, 「조지훈」, 『역사비평』 57호, 2001년 겨울호.

김재용, 「북한문학과 민족문제의 인식」, 『현대북한연구』 제2권 제1호, 1999년 6월.

남원진, 「남/북한의 민족, 민족주의, 민족문학론 연구」, 『통일정책연구』 제15권 제1호, 2006년 6월.

_____, 「반공(反共)의 국민화, 반반공(反反共)의 회로」, 『국제어문』 40집, 2007년 8월.

_____, 「북한의 '민족적 특성'론 연구」, 『겨레어문학』 32호, 2004년 6월.

_____, 「역사를 문학으로 번역하기 그리고 반공 내셔널리즘」, 『상허학보』 21집, 2007년 10월.

송두율, 「북한: 내재적 접근법을 통한 전망」, 『역사비평』 54호, 2001년 봄호.

송희복, 「남북한문학사 비교연구」, 『동원논집』 2집, 1989년 12월.

이현식, 「다시 생각해보는 민족과 민족문학」, 『현대문학의 연구』 13호, 1999년 8월.

임지현, 「한반도 민족주의와 권력 담론」, 『당대비평』 10호, 2000년 봄호.

조용관, 「북한 가족정책의 변화와 전통적 가정문화」, 『복지행정연구』 14호, 1998년 11월.

한수영, 「'순수문학론'에서의 '미적 자율성'과 '반근대'의 논리」, 『국제어문』 29호, 2003년 12월.

_____, 「최일수 연구」, 『민족문학사연구』 10호, 1997년 3월.

3. 단행본

고미숙, 『한국의 근대성, 그 기원을 찾아서』, 책세상, 2001.

과학원 언어 문학 연구소 문학 연구실, 『조선 로동당의 문예정책과 해방 후 문학』, 평양: 과학원출판사, 1961.

권순긍·정우택 편, 『우리 문학의 민족 형식과 민족적 특성』, 연구사, 1990.

김남식·이종석 외, 『해방전후사의 인식』 (5), 한길사, 1989.

김동춘, 『근대의 그늘』, 당대, 2000.

김일성, 『김 일성 선집』 (4), 평양: 조선로동당출판사, 1960.

_____, 『김일성저작집』 (10), 평양: 조선로동당출판사, 1980.

_____, 『김일성저작집』 (9), 평양: 조선로동당출판사, 1980.

김재용·이현식 편, 『안함광 평론선집』 (3), 박이정, 1998.

김창현, 『한일 소설 형성사』, 책세상, 2002.

김 철·신형기 외, 『문학 속의 파시즘』, 삼인, 2001.

남원진, 『남북한의 비평 연구』, 역락, 2004.

박명림, 『한국전쟁의 발발과 기원』 (II), 나남, 1996.

박호성, 『남북한 민족주의 비교연구』, 당대, 1997.

사회과학원 문학연구소, 『조선문학사』 (고대중세편), 평양: 과학,백과사전출판사, 1977.

사회과학원 문학연구소, 『주체사상에 기초한 문예리론』, 평양: 사회과학출판사, 1975.

서대숙 편, 『북한문헌연구: 문헌과 해제』 (4), 경남대학교극동문제연구소, 2004.

서동만, 『북조선사회주의체제성립사』 (1945~1961), 선인, 2005.

서울시립대학교 인문과학연구소, 『한국 근대문학과 민족: 국가 담론』, 소명출판,

2005.

신형기, 『민족 이야기를 넘어서』, 삼인, 2003.

_____, 『이야기된 역사』, 삼인, 2005.

안함광 외, 『해방후 10년간의 조선 문학』, 평양: 조선작가동맹출판사, 1955.

안호상, 『일민주의의 본바탕』, 일민주의연구소, 1950.

윤종성·현종호·리기주, 『주체의 문예관』, 평양: 문학예술종합출판사, 2000.

이종석, 『(새로 쓴) 현대북한의 이해』, 역사비평사, 2000.

임지현, 『민족주의는 반역이다』, 소나무, 1999.

전미영, 『김일성의 말, 그 대중설득의 전략』, 책세상, 2001.

정홍교, 『조선문학사』(1), 평양: 사회과학출판사, 1991.

조선문학가동맹, 『건설기의 조선문학』, 평양: 조선문학가동맹 중앙집행위원회서
　　　기국, 1946.

조선민주주의 인민공화국 과학원 언어문학연구소 문학연구실, 『조선 문학 통사』
　　　(상), 평양: 과학원출판사, 1959.

조한혜정·이우영 편, 『탈분단 시대를 열며』, 삼인, 2000.

조현연, 『한국 현대정치의 악몽』, 책세상, 2000.

한국문학연구회 편, 『현역중진작가연구』(III), 국학자료원, 1998.

한설야 외, 『제2차 조선 작가 대회 문헌집』, 평양: 조선작가동맹출판사, 1956.

_____, 『평론집』(8·15해방1주년기념), 평양: 북조선예술총련맹, 1946.

李成市, 박경희 역, 『만들어진 고대』, 삼인, 2001.

和田春樹, 서동만·남기정 역, 『북조선』, 돌베개, 2002.

Anderson, B., 윤형숙 역, 『상상의 공동체』, 나남, 2002.

Horkheimer, M., Adorno, Th. W., 김유동·주경식·이경훈 역, 『계몽의 변증법』,
　　　문예출판사, 1995.

Koselleck, R., 한철 역, 『지나간 미래』, 문학동네, 1998.

Lenin, V. I., 이길주 역, 『레닌의 문학예술론』, 논장, 1988.

Marx, K., Engels, F., 김태호 역, 『공산주의 선언』, 박종철출판사, 1998.

Mosse, G. L., 서강여성문학연구회 역, 『내셔널리즘과 섹슈얼리티』, 소명출판, 2004.

Said, E. W., 박홍규 역, 『오리엔탈리즘』, 교보문고, 1991.

영화 〈성장의 길에서〉와
1960년대 북한의 '남조선혁명'

정영권

1. 북한영화의 남한재현과 〈성장의 길에서〉

북한은 남한의 역사를 언제나 자신들 역사의 일부로 간주해 왔다. 그들이 기회만 있으면 '조국통일'을 부르짖는 것이 공허한 정치적 구호인 것만은 아니다. '조선민족제일주의'라는 말도 만들어낸 것처럼 '조국', '한민족', '한 핏줄'이라는 말은 단지 관념의 소산이 아니라 남북한의 역사를 하나의 역사과정으로 파악하는 것이며, 바로 그러하기에 북한은 자신의 현대사 서술 속에 남한을 반드시 끼워 넣는다.[1]

특히, 1960년대까지 북한은 경제적인 면에서 남한보다 우위에 있

---

1) 김동춘, 「남한 운동사(1945~64)에 대한 북한의 인식과 평가」, 『한국 사회과학의 새로운 모색』, 창작과비평사, 1997, 129쪽.

었으며, 바로 이러한 자신감은 통일논의에 있어서도 남한보다 훨씬 공세적이었다. 이것이 가장 극단적인 행동으로 나타난 것은 물론 1960년대 후반 1·21사건과 푸에블로호 나포 사건, 울진·삼척 무장침투사건일 것이다. 이 사건들은 1960년대 중반 박정희 정권이 한일국교정상화와 베트남 파병을 하는 등 경제적·군사적으로 공세적인 전환을 취한 것에 대한 북한의 즉각적인 반응이었다.

이 글은 바로 그 직전의 시기에 제작된 한 편의 북한영화에 초점을 맞춘다. 1960년대 북한의 '남조선혁명' 전략을 매우 구체적으로 반영하고 있는 영화 〈성장의 길에서〉(1, 2부, 1964~1965)가 그것이다. 이 영화는 이승만 정권이 몰락해가던 1950년대 후반에서 시작, 4·19혁명을 거쳐 1964년 6·3항쟁까지 남한의 역사를 다루고 있다. 북한의 지원 하에 남한의 힘으로 혁명을 이룩해야 한다고 말하는 영화는 두 말할 나위 없이 정치적 선전 목적으로 만들어진 것이다. 또한, 4·19혁명과 6·3항쟁이 반외세 민족주의적 성격(특히 6·3항쟁)을 갖고 있었다 하더라도, 영화가 이를 반미구국투쟁으로 포장하는 것은 지나친 과장이자 왜곡이다.

이 글은 〈성장의 길에서〉를 둘러싼 남북한의 역사적 맥락을 밝히면서 이 영화가 1960년대 남한의 현실을 어떻게 인식하고 있었는지를 살펴본다. 이 영화에 등장하는 많은 사건들은 역사적 해석을 차치한다면, 실제 남한의 역사적 사실들에 매우 근접해 있다. 물론, 역사적 고증을 따지는 실증 사학적 관심사가 이 글의 목적은 아니다. 그보다는 한 편의 '사회주의적 사실주의' 영화가 혁명투사와 역사적 상황을 재현하는 방식을 실제의 정치·사회적 사실과 결부시켜 규명하는 것이 그 목적이다.

북한문학에 나타난 남한을 다룬 연구[2]에 비해, 북한영화에 재현된 남한을 연구한 논의는 그리 많지 않다. 그나마 김남석의 두 편의 연구3)가 이 분야의 대표적인 연구 성과라 할 수 있다. 이 논의들은 영화가 아닌 영화문학(시나리오)에 초점을 맞추고 있다. 이명자의 연구4)는 〈우물집 녀인〉(2002)을 중심으로 김정일 시기 '통일주제 영화'의 변화를 진단하고 있다.

2. '남조선혁명전략'과 조국통일주제 영화

1960년 4·19혁명은 북한의 대남 인식을 근본적으로 바꿔놓았다. 그 이전 시기까지 북한은 38선 이북을 '해방'의 전진기지인 '민주기지'로 설정하고 무력을 동반하여 '국토완정'을 수행하는 것이 통일전략이었다. 그러나 남한 국민들이 이승만 정권을 퇴진시키는 것을 목격하며, 대남 혁명전략을 '남조선혁명론'으로 체계화시켜 나갔다. 1964년 2월 김일성은 조선노동당 중앙위원회 제4기 제8차 전원회의 연설을 통해 '3대혁명역량강화' 노선을 천명했다. 3대 혁명역량이란 '북조선의 혁명역량', '남조선의 혁명역량', '국제적 혁명역량'을 말하는 것이다.5) 이 중 '남조선혁명'의 기조는 민주기지로서 북한의 지원

---

2) 김성수는 최근에 이 분야에서 활발한 연구 성과를 보이고 있다. 김성수, 「북한 소설에 나타난 6·25전쟁 전후 서울과 평양의 도시 이미지」, 『북한연구학회보』 제15권 2호, 북한연구학회, 2011; 김성수, 「북한문학에 나타난 서울의 도시 이미지」, 『북한연구학회보』 제16권 2호, 북한연구학회, 2012; 김성수, 「4·19와 1960년대 북한문학: 선동과 소통 사이─북한 작가의 4·19 담론과 전유방식 비판」, 『한국근대문학연구』 제30호, 한국근대문학회, 2014. 『북한문학의 이해』 4(김종회 편, 청동거울, 2007)의 2부는 북한문학에 반영된 한국현대사를 다룬 몇 편의 논문을 싣고 있다.

3) 김남석, 「1960년대 북한 영화문학의 형식미학 연구: 〈분계선 마을에서〉, 〈정방공〉, 〈성장의 길에서(1)〉, 〈최학신의 일가〉를 중심으로」, 『한국극예술연구』 제28집, 한국극예술학회, 2008; 김남석, 「북한 영화문학에 나타난 남한의 이미지와 형상화 방식에 대한 연구: 1950~70년대 전쟁소재 영화문학을 중심으로」, 『국제어문』 제50집, 국제어문학회, 2010.

4) 이명자, 「통일주제 북한영화의 변화: 〈우물집 녀인〉 읽기」, 『현대영화연구』 제4호, 한양대학교 현대영화연구소, 2007.

하에 '남조선혁명'은 '남조선 인민'들의 힘으로 수행되어야만 한다는 것이었다.[6] 김일성은 위의 연설에서 다음과 같이 말하고 있다.

"지금 남조선에는 북조선보다 두 배나 더 많은 주민이 살고 있습니다. 우리는 이 많은 남조선인민들의 투쟁을 대신하려고 생각할 것이 아니라 그들을 적극 지원하여 그들 자신이 투쟁에 일떠서도록 하여야 합니다. 남조선의 모든 인민대중이 혁명투쟁에 일떠설 때 그것은 무서운 힘을 낼 것이며 위대한 승리를 이룩할 것입니다."[7]

같은 시기에 남한에서는 박정희 정권이 비밀스럽게 추진한 굴욕적인 한일회담에 항거하는 대규모 시위가 조직되고 있었다. 훗날 '한일회담 반대운동/투쟁', '6·3항쟁'으로 불리게 될 운동의 시작이었다. 4·19혁명이 남한에서 민주주의라는 프레임을 새로이 부각시켰다면, 4·19혁명 직후 5·16군사쿠데타 직전에 발생한 통일운동은 통일 민족주의라는, 한국전쟁 이후 실종되었던 프레임을 부활시켰다. 6·3항쟁이 4·19혁명이 제기한 민주주의 문제를 넘어, 반외세 민족주의로 발전했던 것은 단지 굴욕적인 밀실외교 때문만이 아니라 통일 민족주의라는 프레임이 작용한 것이기도 했다.[8] 오늘날 북한에서 두 사건은 반미 구국투쟁으로 선전되고 있다. 4·19혁명이 "폭동적 성격을 띤 대중적인 정치투쟁이고 애국적인 반미구국항쟁"[9]이라면, 6·3항쟁은 "주체

5) 정봉화, 『북한의 대남정책: 지속성과 변화, 1948~2004』, 한울, 2005, 141쪽.
6) 이종석, 『북한의 역사 2: 주체사상과 유일체제 1960~1994』, 역사비평사, 2011, 56쪽.
7) 김일성, 「조국통일 위업을 실현하기 위하여 혁명력량을 백방으로 강화하자」(1964.2.27.), 경남대학교 극동문제연구소, 『북한문헌연구: 문헌과 해제 제3권 사상·통일』, 경남대학교 극동문제연구소, 2004, 317쪽.
8) 조대엽, 「4월혁명의 순환구조와 6·3항쟁」, 정근식·이호룡 편, 『4월혁명과 한국의 민주주의』, 선인, 2010.
9) 한국현대사 자료편찬위 편, 『(북한이 공개한) 북의 지령 따라 움직이는 남쪽 사람들:

의 기치 높이 민족의 자주권을 위해 미일 침략자와 매국 도당을 반대하여 진행한 반제 반파쇼 애국투쟁"[10]이라는 것이다. 아직 주체사상이 완전히 확립되기 이전 남한의 두 사건을 '주체의 기치'로 소급적용하는 북한의 역사인식은 매우 흔한 것이다.

북한이 남한의 힘으로 '남조선혁명'을 이루어 내야 한다고 주창했지만 뒷짐 지고 구경만 한 것은 아니었다. 조선노동당 대남사업총국은 1963년 4월 간첩 김수영, 김송무 등을 남파하여 남한의 김종태, 최영도, 김질락, 이문규 등을 포섭, 남한 내에 새로운 형태의 독자적인 혁명당으로서 통일혁명당(통혁당) 창당준비위원회를 1964년 3월 15일 결성하였다.[11] 통혁당은 혁신적인 지식인과 학생층을 포섭하는 것에 주력하였는데, 이들은 4·19혁명을 기점으로 새롭게 성장한 이념적 학생군이었다.[12] 영화 〈성장의 길에서〉가 주요인물로 설정하고 있는 것이 이 시기 급진화한 남한 학생층인 것이다. 통혁당은 1968년 중앙정보부에 의해 와해되었지만, 북한은 남한에서 통혁당이 중앙위원회를 구성하고 강령과 선언을 발표했다며 '건재'를 과시하는 정치선전을 하기도 했다.[13]

1960년대에 걸쳐 북한의 대남인식은 영화창작 방향에서도 구현되었다. 남한을 부분적으로 재현하거나 남한과 비교하여 북한체제의 우월성을 선전하는 영화는 1950년대부터 있어 왔지만 1960년대 이후 한층 심화하였다. 북한이 '조국통일주제 영화'라 부르는 이 장르

해방 이후 5·18광주사태까지 북한의 대남적화통일 공작사』, 비봉출판사, 2010, 250쪽. 이 책은 북한에서 발행된 『주체의 기치 따라 나아가는 남조선 인민들의 투쟁』(조국통일사, 1982)을 남한에서 출간한 것이다.

10) 위의 책, 351쪽.

11) 정봉화, 앞의 책, 147쪽.

12) 위의 책, 147쪽.

13) 통일혁명당 중앙위원회, 「통일혁명당선언」, 「통일혁명당강령」, 『조선예술』 1970년 제9호, 13~19쪽.

는 〈분계선 마을에서〉(1961), 〈성장의 길에서〉, 〈사회주의조국을 찾은 영수와 영옥이〉(1969, 이하 〈영수와 영옥이〉), 〈새날이 보인다〉(1969), 〈금희와 은희의 운명〉(1974), 〈혈육〉(1979) 등으로 이어졌다.[14]

'남조선혁명론'이 한창 무르익고 있던 1965년에 북한의 조선영화인동맹 중앙위원회 기관지 『조선영화』는 조국통일주제 영화에 대한 기사와 평론들을 싣고 있었다. 박영희는 "조국통일 주제 영화에서 가장 중요한 것은 남반부 현실을 반영한 혁명적 작품을 창작"하는 것이라고 주장한다.[15] 그러면서 남한 현실을 반영한 혁명적 작품들은 작품의 중심에 민족적 모순과 계급적 모순을 타개하는 영웅적 투사들을 설정하고 그 성격을 창조하는 것을 주된 문제라고 말한다.

방연승 역시 "남반부 인민들의 반미구국투쟁을 반영하는 문제는 아주 중요한 의의"를 가진다고 말하면서, 영화화 가능한 소재들로서 남한의 "10월 인민항쟁, 2·7 구국투쟁, 남반부 인민들의 빨치산 투쟁, 5·10 단선 반대투쟁, (…중략…) 전후 4·19투쟁, 3·24투쟁, 6·3투쟁" 등을 나열하고 있다.[16] 리억일은 "마르크스-레닌주의를 지침으로 하며 로동자, 농민을 비롯한 광범한 인민대중의 리익을 대표하는 혁명적 당을 가져야" 한다고 언급하면서 조국통일주제 영화의 중요한

---

14) 최형식, 『조선문학사』 13, 사회과학출판사, 1999, 153쪽; 천재규·정성무, 『조선문학사』 14, 사회과학출판사, 1999, 228쪽. 남한의 북한영화 연구자들도 유사한 분류를 하고 있다. 민병욱은 1950~1970년대 조국통일주제 혹은 남조선 혁명화 주제 예술영화로 〈어떻게 떨어져 살 수 있으랴〉(1957), 〈분계선 마을에서〉(1961), 〈성장의 길에서〉, 〈영수와 영옥이〉, 〈금희와 은희의 운명〉을 들고 있다. 민병욱, 『북한영화의 역사적 이해』, 역락, 2005, 140쪽, 153쪽, 168쪽. 이명자는 〈분계선 마을에서〉, 〈금희와 은희의 운명〉, 〈혈육〉, 〈헤어져 언제까지〉(1980), 〈새〉(1992), 〈우물집 녀인〉(2002)을 '통일주제 영화'로 거론하고 있다. 이명자, 앞의 글, 131쪽. 해외에서 남북한영화를 연구한 이향진 역시 〈성장의 길에서〉, 〈영수와 영옥이〉, 〈금희와 은희의 운명〉, 〈봄날의 눈석이〉(1985)를 민족통일(national unification)에 대한 영화로 언급하고 있다. Hyangjin Lee, *Contemporary Korean Cinema: Identity, Culture and Politics*, Manchester and New York: Manchester University Press, 2000, p.44.

15) 박영희, 「조국통일주제와 영화예술」, 『조선영화』, 1965년 제1호, 5쪽.

16) 방연승, 「조국통일주제 작품에서 제기되는 미학적 요구」, 『조선영화』, 1965년 제4호, 10쪽.

과업은 영웅적 성격, 즉 혁명투사의 전형을 창조하는 길이라고 주장한다. 그는 궁극적으로 "영화예술가들은 남반부 인민들의 구국투쟁을 진실하게 형상하는 동시에 북반부 인민들을 계속 혁명의 사상으로 무장시키며 조국통일을 위한 애국운동에 적극 궐기시키는 작품들도 창작하여야 한다"고 결론짓고 있다.[17] 이러한 논의들은 더 큰 틀에서 보자면, 1960년대 중반 북한문학예술에서 가장 뜨거운 쟁점이었던 혁명적 대작의 창작과 혁명투사의 형상화 문제와 결부된 것이기도 했다.[18]

〈성장의 길에서〉는 바로 이러한 창작 방향에 맞춰 제작된 영화로서 1960년대의 역사적·영화사적 맥락에 놓여 있다. 이를 몇 가지로 정리해 보자. 첫째, 이 영화는 1960년대 초중반 4·19혁명과 통일운동, 5·16군사쿠데타와 6·3항쟁 등 이 시기 남한의 굵직굵직한 역사적 사건들을 모두 다루고 있다.[19] 이러한 사건들은 그 자체로 북한이 '남조선혁명'의 일환으로 보았던 것들이다. 특히, 4·19를 중심사건으로 재현하고 있는 1부가 1965년 초에 완성되었고,[20] 2부에서는 바로

---

17) 리억일, 「조국통일위업과 영화예술」, 『조선영화』, 1965년 제10호, 21쪽.
18) 김성수, 「1960년대 북한문학과 대작 장편 창작방법 논쟁」, 『통일의 문학 비평의 논리』, 책세상, 2001.
19) 이에 반해 이 시기 남한영화가 이 역사적 사건들을 재현한 예는 거의 찾아볼 수 없다. 〈삼등과장〉(1961), 〈서울의 지붕밑〉(1961) 등 도시서민 중심의 가족희극영화들이 4·19 직후의 자유로운 사회분위기를 반영하고 있고, 〈예라이샹〉(1966)이 4·19로 부상을 입은 청년의 사랑 이야기를 다루고 있는 정도이다. 4·19 직후에 장편기록영화 〈4월 혁명〉이 지방에서 상영되었으나 서울에서는 외압에 의해 상영되지 못했다는 당시 신문기사가 있다. 『한국일보』 1961.3.26. 5면. 한국영화데이터베이스(KMDb. www.kmdb.or.kr)에서 이 영화에 대한 정보는 찾아볼 수 없다(2015.5.17. 접속). 6·3항쟁은 심지어 반공첩보영화의 소재로 활용되고 있는데, 한일회담반대운동을 위한 공작금이 중공으로부터 일본 조총련으로 반입된다는 정보를 입수한 정보당국의 첩보전을 다룬 〈국제금괴사건〉(1966)이 그것이다.
20) 이는 1965년 1월 31일 김일성이 영화의 1부 첫 필름을 본 후 영화창작자들과 나누었다는 담화를 통해 알 수 있다. 김일성, 「예술영화 〈성장의 길에서〉의 창작과 관련한 몇 가지 의견」, 『김일성저작집』 19(1965.1.~1965.10.), 조선로동당출판사, 1982.

전 해에 일어난 6·3항쟁을 재현할 수 있었다. 이렇듯 놀라운 기동성은 같은 시기 남조선혁명론이 얼마나 고양된 분위기 속에서 영화제작을 부추겼는지를 말해 준다.

둘째, 이 시기 북한이 혁명의 주력군으로서 늘 노동자·농민을 말하면서도, 〈성장의 길에서〉가 혁명투사의 전형으로써 급진적 인텔리에 눈 돌린 것은 4·19 이후 새롭게 성장한 이념적 학생군과 그들이 중심이 된 통혁당을 암시하는 것일 수 있다. 이는 하나의 가능성 있는 독해일 뿐이지만, 실제로 북한은 4·19 이후 급진화한 학생들을 시대적 추세에 민감하고 민족적 각성이 빠른 계층으로 파악하고 있었다.[21]

셋째, 영화사적으로 〈성장의 길에서〉는 북한영화에 지대한 영향을 끼친 김정일이 본격적인 지도를 시작한 것으로 언급되는 첫 영화이다.[22] 그는 연극 〈최학신의 일가〉(1955)를 통해 반동작가로 낙인찍힌 백인준을 복권시켰는데, 그 첫 작품이 〈성장의 길에서〉였다. 또한, 영화 〈최학신의 일가〉(1966)가 만들어질 수 있는 길을 열어주었다.[23] 〈성장의 길에서〉는 지금도 북한영화사의 고전으로 기억되고 있다. 영화가 제작된 지 반세기가 지난 현시점에도 "남조선에서의 혁명의 필연성을 밝히고 투쟁을 통한 남반부 혁명력량의 성장과정을 예술적으로 깊이 있게 보여 준 것으로 하여 영화사상 의의"[24]를 평가받고 있다.

---

21) 김동춘, 앞의 책, 139쪽.
22) 장형준, 「세계적인 대문호 백인준」, 『조선문학』, 2000년 제10호, 33쪽.
23) 이 과정에 대한 자세한 사항은 다음을 참조하라. 전영선, 「수령형상 문학의 선봉, 계급성 논쟁의 핵심, 백인준: 〈최학신의 일가〉를 중심으로」, 단국대학교 부설 한국문화기술연구소 편, 『스타일의 탄생: 북한문학예술의 형성과정』, 도서출판 경진, 2014.
24) 권상기, 「조국통일위업 실현에로 힘있게 불러일으키는 예술적 화폭」, 『조선예술』, 2013년 제3호, 20쪽.

넷째, 이처럼 고전으로 평가받고 있음에도 불구하고 북한영화의 혁명전통에서는 제2의 위치에 있음을 확인할 수 있다. 이는 물론 제1의 위치를 1960년대 후반~1970년대 초반에 소위 '불후의 고전적 로작(혹은 명작)' 〈피바다〉(1969), 〈한 자위단원의 운명〉(1970), 〈꽃파는 처녀〉(1972)에 내주고 있기 때문이다.[25] 〈성장의 길에서〉가 이 영화들보다 부차적인 지위를 얻는 것은 '주체 확립(1967)'과 더불어 주체적 영화예술의 혁명 전통이 창시되기 이전에 제작되었기 때문이다. 그도 그럴 것이, 이 영화에는 김일성을 노골적으로 찬양하는 이후의 영화들에 비해 영화의 주인공이 남한도 '북조선' 동포들처럼 '김일성 수상님'을 모시고 행복하게 살날이 머지않았다고 말하는 것 외에는 없다.[26] 다시 말해서, 〈성장의 길에서〉는 〈최학신의 일가〉와 함께 주체 확립 직전, 북한영화 '최후의 위대한 발화'라고 해도 과언이 아닐 것이다.

3. 〈성장의 길에서〉에 나타난 '남조선혁명'

1) 빈곤, 타락, 실존으로서의 '남조선'

〈성장의 길에서〉는 서울에서 의과대학 동기인 진명(엄길선)과 동훈(김동식)의 하숙집이 있는 언덕(〈사진 1〉)을 보여 주는 것으로 시작한

---

25) 허의명, 『영화예술의 혁명전통』, 문학예술종합출판사, 1996, 28~66쪽.

26) 이러한 관점으로 '주체' 이전과 이후로 〈성장의 길에서〉를 거론하고 있는 예는 다음을 보라. 이명자, 『북한영화와 근대성: 김정일시기 가족멜로드라마』, 역락, 2005, 33~34쪽; 김선아, 「영화국가 만들기: 『영화예술론』을 통해 본 사회주의 영화미학에 대한 고찰」, 단국대학교 부설 한국문화기술연구소 편, 『주체의 환영: 북한 문예이론에 대한 비판적 이해』, 도서출판 경진, 2011, 93~101쪽.

다. 진명이 물지게를 지고 언덕을 오르는 이 장면은 이명자가 지적하듯이 남한영화 〈오발탄〉(1961)의 해방촌의 풍경(〈사진 2〉)과 매우 유사해 보인다.27) 이 장면은 남한의 빈곤한 현실을 보여 주는 것과 동시에, 진명과 동훈이 어렵게 대학을 다니는 가난한 고학생이라는 것을 효과적으로 드러낸다.

〈사진 1〉

〈사진 2〉

진명과 동훈은 학원자유를 보장하라는 학내 시위에 참여했다가 경찰의 폭력진압으로 진명이 부상을 입는다. 그들은 여의사 혜경(문예봉)이 경영하는 인덕병원에서 치료를 받게 되고, 혜경의 딸 영애(최부실)와 인사를 나누게 된다. 그곳에서 진명은 어린이들의 순수함이 좋아 소아과를 지원하게 되었다는 의학도의 포부를 밝힌다. 이때까지만 해도 그는 혁명가가 아니라 그저 순수한 정의를 추구하는 양심적인 의학도이다.

동훈에게는 옥녀(전순옥)라는 약혼녀가 있다. 농촌에서 살다 올라온 옥녀의 존재는 1950년대 후반~1960년대 초반 남한의 농촌 현실을 어느 정도 사실적으로 드러낸다. 해마다 흉년으로 빈궁에 시달리

27) 이명자, 앞의 책, 2005, 33~34쪽.

고, 고향의 다른 처녀들이 술집으로 팔려가며, 병환에 든 아버지와 학교마저 그만두어야 하는 옥녀의 현실은 그 당시 남한의 농촌가정에서 쉽사리 볼 수 있는 풍경이었다. 이 시기 한국사회는 농업사회의 성격이 매우 강하게 남아 있었고, 대다수 농업인구의 30% 정도가 춘궁(春窮) 농가로서 존재하고 있었다.[28] 이렇다 할 돈도, 자원도, 기술도 가지지 못한 남한은 필리핀의 국민소득이 170달러, 태국이 220달러일 때 고작 74달러였으며, 대다수가 농업에 종사했던 국민들은 전쟁의 폐허 속에서 굶주림에 시달렸다.[29]

진명, 동훈, 옥녀 등 남한 젊은이들의 빈곤한 현실은 동훈이 공납금을 내지 못해 학교에서 제적당할 위기에 처하는 것으로 드러난다. 동훈의 공납금을 대신 내주겠다며 옥녀가 찾아가는 곳은 환락가이다. 카메라는 심각하게 굳은 옥녀의 얼굴을 클로즈업으로 보여 주며(〈사진 3〉), 화려한 네온사인이 명멸하는 환락가의 숏(〈사진 4〉)을 극적으로 병치시킨다. 이후 제작된 〈영수와 영옥이〉나 〈금희와 은희의 운명〉에서도 환락가는 남한을 재현하는 북한영화에서 하나의 관습처럼 반복되는데, 이는 물론 남한을 퇴폐와 타락의 공간으로 이미지화하는 것이다.

환락가에 들어가려는 것을 우연히 발견한 진명에게 제지당한 후, 옥녀가 향하는 곳은 피를 파는 곳이다.[30] 한국영화 〈허삼관〉(2015)에

---

28) 조희연, 『현대 한국 사회운동과 조직: 통혁당·남민전·사노맹으로 본 비합법 전위조직 연구』, 한울, 1993, 140쪽.

29) 김기선, 『한일회담반대운동』, 민주화운동기념사업회, 2005, 42~43쪽. 1960년 당시 남한의 1인당 GNP가 94달러였을 때 북한은 137달러, 1964년 남한이 107달러였을 때, 북한은 194달러였다. 정봉화, 앞의 책, 138쪽 주29의 표 참조.

30) 이 장면은 애초에 진명이가 피를 팔아 동훈의 공납금을 대주는 것으로 촬영했으나, 김일성이 자본주의 사회에서의 인도주의적 우정을 이렇게 깊은 것으로 설정하면, 사회주의 사회의 혁명적 동지애와 구별되지 않는다고 하여 옥녀가 피를 파는 설정으로 바뀌었다. 김일성, 앞의 글, 1982, 160~161쪽.

〈사진 3〉 　　　　　　　　　　　〈사진 4〉

서도 나타나듯이, 생계를 위해 피를 파는 매혈은 1950~60년대에 남한에서 매우 흔한 것이었다. 당대의 한 신문기사는 "자기의 '피'를 '돈'과 바꾸려는 매혈 희망자들이 요즘 부쩍 늘어 매일같이 '혈액은행' 문전에 쇄도하고 있는데 이 서글픈 군상은 그대로 참혹한 '민생고'를 여실히 보여 주고 있다"고 쓰고 있다.31) 이러한 현실은 북한이 남한의 비참한 현실을 자국 인민들에게 선전하는 데에도 손쉽게 이미지화하는 전략이었다.32)

　진명은 동훈의 공납금을 벌고 얼마간 육체노동을 체험하기 위해 인력시장에 들어간다. 그는 그곳에서 말 그대로 자기 몸 하나 팔 곳 없는 일용직 노무자들과 만나 잠시 동안이나마 그들의 삶을 체험한다. 비록 가난한 고학생이지만 의대생 엘리트인 진명은 임금체불에 시달리는 그들의 아픈 현실에 동참하게 된다. 그는 체불임금을 지급하고, 일감을 줄 땐 개인이 아닌 조합 단위로 하라는 노무자들의 요구조건을 실현시키기 위해 동양무역상사 사장 리경수(황영일)를 방문한다. 경수는 진명이 다니는 대학의 이사장이기도 하다. 그의 아들 관조(조성재)가 진명의 얼굴을 알아보고, 진명은 곧 체포되어 창살에

---

31) 『동아일보』, 1956.3.24. 3면.

32) 『로동신문』(1963.3.26.)은 '피파는 행렬'로 '남조선'을 묘사하고 있다. 전미영, 「1960년대 북한의 대남인식과 대남정책: 로동신문 분석을 중심으로」, 『국제정치논총』 제44집 3호, 한국국제정치학회, 2004, 272쪽에서 재인용.

간히게 된다. 이는 진명이 학교라는 울타리를 벗어나 사회현실에 눈 뜨게 되는 일종의 통과의례가 된다. 여기에서 진명이 노동을 체험하는 곳이 공장이 아닌 인력시장이라는 것도 나름의 의미가 있다. 실제로, 이 당시는 남한사회가 본격적인 근대화와 산업화를 이루기 전이었기 때문이기도 하지만, 사회주의적 사실주의를 추구했던 북한영화가 남한사회를 그려 내는 전형이기도 하다. 사회주의적 사실주의는 한 사회의 전형을 중요시하며 다루려고 하는 시대와 대상이 농업에 기반을 둔 사회인지, 소규모 경공업에 의존하는 사회인지, 대규모 중공업 중심의 사회인지를 대단히 중요시한다. 노희준은 1960년대 남한을 다룬 북한소설들이 공장을 등장시키지 않는 이유로서, 남한사회를 공장조차도 존재하지 않는 후진국으로 묘사하려는 북한의 정치적 의도를 들고 있다.[33] 이러한 주장은 어느 정도 합당한 것으로 여겨진다. 1950년대 전후 복구 건설에 성공한 북한에 비해 남한은 철저하게 미국의 원조경제에 의존했고, 1960년대 중반 이후에야 진정한 의미의 근대화, 산업화의 길로 나아가기 때문이다.

이렇듯 비참한 현실 뒤에는 생산이나 노동과는 무관한 삶을 사는 '반동적 부르주아'가 있다. 경수와 관조가 그러한 인물들이다. 경수가 미국의 비호를 받는 '매판자본가'라면 그의 아들 관조는 아버지의 부를 나눠 가지면서 실존주의를 자신의 신조로 삼으며 살아간다. 진명이 경혜의 집을 방문했을 때, 관조는 사교 모임을 이끌며 실존철학을 설파한다. 그는 인간이란 죽음으로 향하는 고독한 존재라고 말하며 고독과 불안을 어떻게 해결할 것인가가 현대 지식인의 근본적인 문제라고 역설한다. 전후 남한에서 지식인들을 사로잡았고 대다수

---

33) 노희준, 「냉전과 공생의 짝패: 1960년대 북한문학에 나타난 박정희 체제비판소설」, 김종회 편, 『북한문학의 이해』 4, 청동거울, 2007, 136~137쪽.

시민들에게까지 유행처럼 번졌던 실존주의를 병든 염세주의와 패배주의라고 배격하는 북한의 시각은 잘 알려져 있다. "실존주의 미학에 있어서 '현대'는 '위기의 시대', '죽음의 시대'로 되고 있다. 현시대에 대한 이러한 규정은 그들(인민-인용자)을 허무와 절망에로 나아가게 하고 있다. 그들은 인간의 '절망'과 '죽음'은 불가피한 것이라고 하면서 그 '죽음'을 극복하려고 하는 것은 무모한 일이라고 지껄이고 있다."34) 관조의 이러한 실존철학에 대하여 진명은 민생고와 조국통일 같은 문제가 더 중요하다고 비판한다. 그러나 사람들은 비웃는다. 관조는 그것은 정치이고 사물의 현상일 뿐 본질적인 철학의 세계가 아니라고 반박한다. 진명은 철학이 그런 것이라면 정말 한가하기 이를 데 없다고 항변한다.

이 장면에서 주목되는 것은 둘의 대화를 듣는 영애의 반응 숏(reaction shot)이다. 관조가 실존철학에 대한 자신의 변을 끝낼 때쯤, 카메라는 객관적인 시점으로 전체 응접실의 모습을 롱 숏으로 설정한다(〈사진 5〉). 그리고 뭔가를 본 듯 약간 놀라는 반응을 보이는 영애를 클로즈업으로 잡는다(〈사진 6〉). 이내 일어서서 관조의 철학을 비판하는 진명을 미디엄 숏으로 처리한다(〈사진 7〉). 진명의 비판에 놀라는 영애는 좀 더 가깝게 다가간 카메라로 잡힌다(〈사진 8〉). 이는 물론 영애의 놀라움을 표현하는 것이면서, 관객이 영애의 심리에 한층 가깝게 다가가는 거리이기도 하다. 그 다음 숏에서 진명의 세계관이 무엇인지 묻는 관조의 미디엄 숏(〈사진 9〉)에 민생고와 조국통일을 말하는 진명의 숏이 그 이전보다 더 근접 촬영됨으로써 관객과의 심리적 거리를 밀접하게 한다(〈사진 10〉).

---

34) 경룡일, 「실존주의 미학의 반동적 본질」, 『조선영화』, 1964년 제8호, 41쪽.

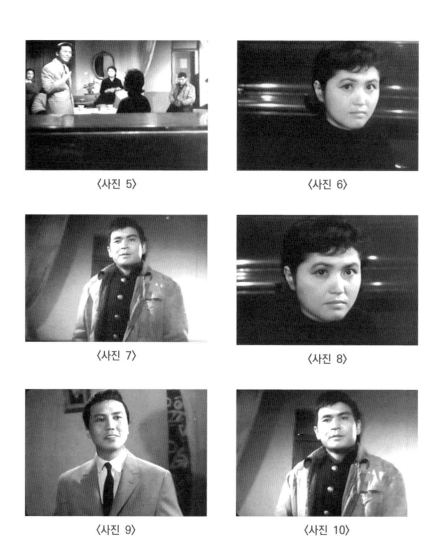

<사진 5>　　　　　　　　　　　<사진 6>

<사진 7>　　　　　　　　　　　<사진 8>

<사진 9>　　　　　　　　　　　<사진 10>

　　영애의 반응 숏이 관조와 진명 사이에 있다는 것은 영애가 관조와 진명 사이에서 '동요하는' 계급이라는 것을 드러낸다. 의사인 어머니 혜경과 죽었지만 양심적 지식인이었던 아버지를 둔 영애는 성악을 전공하며 온실의 화초처럼 자랐지만 점점 진명을 사랑하고 그의 사상에 감복하면서 혁명의 동조자로 성장하게 된다. 혜경은 그러한 딸

의 안위를 걱정하여 딸의 행동에 반대하지만 시간이 갈수록 그녀를 이해할 수밖에 없는 위치가 된다. 말하자면, 그녀들은 진명(혁명적 인텔리)과 관조(반동적 자본가)라는 양 축 사이에서 동요하지만 결국 시대의 요구인 혁명의 편에 서는 중간계층인 것이다. 그렇다면 관조와 그의 아버지 경수의 뒤에는 누가 있는가?

2) 제국주의, 폭압, 지배자로서의 미국

북한영화가 미국을 다루는 방식은 도식적이고 작위적이기 이를 데 없다. 〈성장의 길에서〉도 그 틀을 벗어나지 않는다. 그러나 이 영화의 시나리오[35] 작가 백인준을 거론하면서, "백인준은 미국에 예속화되면서 빈부의 격차가 가중되는 남한사회의 문제점을 어느 정도는 객관적인 시각으로 지적하고 있다"는 김남석의 주장은 귀담아 들을 만한 가치가 있다.[36] 김남석은 1950~70년대 전쟁소재 영화문학을 분석하면서 북한영화 속의 남한의 5가지 이미지 분류 중 두 가지를 미국과 관련지었다. 미군에 의한 군사적 병영의 폭력적 이미지와 한국을 지배하는 미국(인)의 이미지가 그것이다.[37] 그는 지배자로서의 미국의 이미지를 설명하며, "남한사회가 자율적으로 운영되지 못하고 미국이라는 절대 악에 귀속되었다는 북한 측의 전언을 대변"한다고 주장한다.[38] 이는 명백한 사실이다. 그러나 극단적이고 편향된 반

---

35) 이 영화가 개봉했을 때까지만 해도 북한에서는 현재의 '영화문학'이라는 용어가 아니라 '씨나리오'라고 표기했다. 씨나리오라는 용어는 김정일의 지시에 의해 영화문학이라는 용어로 대체되는데, 대략 1960년대 후반 이후에 자리 잡았다. 이명자, 『북한영화사』, 커뮤니케이션북스, 2007, 72쪽.

36) 김남석, 앞의 글, 2008, 265쪽.

37) 김남석, 앞의 글, 2010, 250~251쪽.

38) 위의 글, 2010, 267쪽.

미주의의 시선이 아니라면 〈성장의 길에서〉가 그리는 미국과 남한의 관계는 나름의 객관성도 보이고 있다.

이 영화 속에는 미국인 언더슨(깅홍식)이 등장하는데, 그의 직업이 무엇인지는 불분명하다. 그러나 그가 한국의 자본가 리경수에게 영향력을 행사할 만큼 권력자라는 것은 쉽게 알 수 있다. 영화의 전반부에서 그는 아시아 인텔리들의 좌경화를 문제점으로 지적한다. 그러면서 경수에게 대학경영을 권유한다. 대학이 경제적 이윤을 안겨주면서도 좋은 정치적 기반이 될 것이라는 이유에서이다. 이 대학은 진명과 동훈이 다니는 대학이고 공납금 미납으로 제적 위기에 처하는데, 〈영수와 영옥이〉에서도 공납금 미납자의 등교 중지 처분이 나오듯이 자본주의 교육의 비정함을 제시하는 손쉬운 관습이다. 의사로서의 꿈을 접고, '사회의 병'을 고치는 데 앞장서는 진명보다 언더슨과 매판자본가 경수가 공을 들이는 것은 동훈이다. 그들은 동훈에게 장학금을 제공해 주고 장학생들을 뽑아 미국 유학을 보내주겠다며 동훈을 부채질한다. 그러면서 진명이 누구와 접촉하는지 알아보라고 부추긴다. 북한 소설가 김형균의 단편소설 「흐름 속으로」(『조선문학』, 1970년 제11호)에서도 학교의 비리에 저항하는 학생들을 배반하는 대가로 외국 유학을 보내주겠다는 학교의 실권자인 미국인이 등장한다.[39] 이러한 설정 역시 1960년대 남한의 학생운동을 다룬 북한 서사의 주요한 장치였던 것 같다. 그러나 한편으로는 실제 남한의 대학과 미국 패권의 유착관계를 보여 주는 것이기도 하다. 남한의 대중들이 미국의 원조경제에 의지해 생명을 부지했다면, 학생·학자들은 유학·연구비를 받으며 도미 유학을 했다. 이러한 과정을 통해 적어도 남한에서 반미화가 저지되었으며, 미국 유학 경험이 있는 사

---

39) 노희준, 앞의 글, 135쪽.

람들이 남한의 지배엘리트로 형성되었다.[40]

영화 속에서 한국을 지배하는 미국인으로서 언더슨의 권력이 가장 극대화하는 것은 4·19혁명 직후 민주화의 진통과 혼란 속에서 장면 정권의 무능함을 질타하며, 그를 대체할 사람으로 일본 사람에게 소개받은 좋은 인재가 있다고 말하는 장면이다. 그는 물론 박정희이며, 이는 본국의 지시라고 말한다. 이어지는 장면은 5·16군사 쿠데타이며 죄 없는 시민들을 트럭에 태워 잡아가는 군인들의 모습이 나온다. 이 순진하리만치 간단하고 단순한 장면은 실소를 자아내게 만든다. 이러한 작위성이 영화의 예술적 완성도를 떨어뜨리는 측면이 있긴 하지만, 북한이 생각하는 남한과 미국의 관계를 보여 주기에는 매우 적합하다. 이승만 정권, 장면 정권, 박정희 정권은 너 나 할 것 없이 미국의 식민지 대리 통치인들인 것이다.[41]

한국을 지배하는 미국의 이미지를 가장 영화적으로 보여 주는 것은 진명이 일용직 노무자로서 땀을 뻘뻘 흘리며(〈사진 11〉) 미국산 제품이 들어 있는 궤짝을 등에 지고 나르는(〈사진 12〉) 장면이다. 궤짝을 나르는 여러 노무자들의 모습을 커팅 없이 연이어 보여 주면서 맨 마지막에 진명을 카메라로 잡는다. 그것을 잡는 과정은 똑같은 패턴을 따르는데, 힘들어 지친 노무자들의 땀 흘리는 모습과 궤짝에

---

40) 임대식, 「1950년대 미국의 교육원조와 친미 엘리트의 형성」, 역사문제연구소 편, 『1950년대 남북한의 선택과 굴절』, 역사비평사, 1998, 152~179쪽.

41) 이 글의 연구역량을 넘어서는 일이긴 하지만, 5·16군사 쿠데타와 미국의 관계는 여전히 풀리지 않는 현대사의 수수께끼 중 하나이다. 대체로 매그루더 유엔군 사령관이 윤보선 대통령을 찾아가 쿠데타 진압 의사를 밝혔지만 윤보선이 정치적 라이벌인 장면 총리를 제거하기 위해 미온적인 태도를 보였다는 것으로 알려져 있다. 김기선, 앞의 책, 34~35쪽. 그러나 5·16 훨씬 이전부터 미국이 쿠데타 정보를 미리 알고도 방치했다는 역사적 사실, 미대사관이 쿠데타 이전부터 박정희와 접촉하고 있었다는 것, 쿠데타 다음 날인 5월 17일 미CIA 한국지부장 실바와 쿠데타 중심세력인 박정희, 김종필과의 만남 등을 거론하며 사실상 미국이 박정희를 선택했다는 주장도 있다. 정창현, 「5·16군사쿠데타와 미국」, 『남북 현대사의 쟁점과 시각』, 선인, 2009.

〈사진 11〉   〈사진 12〉

표기되어 있는 'Made in USA'를 한 숏 안에 번갈아 프레이밍(framing)
하는 것이다. 이 장면은 북한영화에서는 좀처럼 찾아보기 힘든 2분
간의 롱 테이크로 지속된다. 장중한 음악이 깔리면서 땀 흘리는 얼굴
들과 등에 진 궤짝의 'Made in USA' 표기가 왔다 갔다 하는 묘한 리듬
을 부여하면서, 비감어린 정서를 전해 주고 있다. 북한의 평론가 강
호가 "미제의 식민지적 통치제도의 중압과 그 억압을 이겨내기 위하
여 필사적으로 몸부림치는 남반부 인민들의 강의한 의지와 불굴의
저력을 상징적으로 포착"한 장면이라고 극찬한 장면이기도 하다.42)

　　그에 비한다면 미군의 폭력적 이미지는 매우 진부하고 작위적으로
표현된다. 미군들이 깡패처럼 거리를 활보하고 지나가는 한국여성들
에게 "헬로 색시!"를 외치며 희롱한다든가, 지프차로 폭주하다가 길
거리의 거지소년을 차에 치고도 **뺑**소니로 달아나는 것이 그것이
다.43) 여기에서 힘없는 거지의 형상은 물론 굶주리는 '남조선'의 표
상이자, '미제'의 식민통치와 폭압에도 참고 견디는 '남조선' 인민들
의 모습이다.

---

42) 강호, 「〈성장의 길에서〉와 영화 언어」, 『조선영화』, 1965년 제7호, 11쪽.
43) 이 장면에서 거리의 사람들은 거지소년이 미군 차에 치이는 것을 보고 한탄하며 오열하
　　는데 애초에는 침묵을 지키며 냉담하고 무표정하게 서 있는 것으로 되어 있었다고 한다.
　　이 역시 김일성의 수정 지시로 바뀌었다. 김일성, 앞의 글, 1982, 159~160쪽.

3) '남조선혁명'과 통혁당

1부 오프닝 시퀀스는 진명이 학교 교문을 나오는 것으로 제시되고
(〈사진 13〉), 2부 오프닝 시퀀스는 그가 감옥을 나오는 것으로 제시된
다(〈사진 14〉). 이제 이 양심적인 의학도는 '사회의 병'을 치유할 혁명
가가 된 것이다. 1, 2부 전체에 걸쳐 그가 감옥에 들어갔다 나오는
것은 총 세 번이다. 첫 번째는 위에서 언급했듯 체불임금 등 노동자
의 권리요구를 했다는 죄목인데, 혜경이 경수에게 선처를 부탁해 곧
풀려난다. 두 번째, 세 번째 투옥이 정치범으로서의 본격적인 투옥이
다. 두 번째는 4·19혁명을 주동한 이후이고, 세 번째 투옥은 5·16쿠
데타 직전 남북학생회담을 선동한 직후이다.

정말로 이 영화는 4·19혁명에서 6·3항쟁에 이르는, 북한이 바라보
는 '남조선 혁명'의 중요한 사건들을 모두 다루고 있다. 2장에서 말했
듯이, 북한은 4·19를 '애국인민'들의 반미구국투쟁으로 해석한다. 영
화에서 북한의 이러한 관점들은 언더슨으로 대변되는 미국의 존재,
장면으로 제시되는 미국 지배의 이미지들 외에 몇몇 대사를 통해 제
시된다. 첫 투옥 당시 정치범으로 보이는 한 인물은 '미국놈'들을 쳐
없애야 한다고 말하며, 학생·인텔리들이 노동자·농민과 함께 혁명을
일으켜야 한다고 주장한다. 1부의 마지막 시퀀스에서는 영화 전체에

〈사진 13〉

〈사진 14〉

걸쳐 유일하게 등장하는 영화 밖 전지적 내레이터가 "반미구국투쟁의 거센 파도가 일고 있다"는 보이스오버 내레이션(북한식 영화용어로는 '설화')을 한다.

확실히 4·19를 전후해서 점점 급진화하는 진명의 사상과 궤를 같이 하여 시위나 주장이 전보다 더 조직적이고 더 반미적인 모습을 띠게 된다. 예를 들어, 독서회를 조직하라는 조직가(독서회책임자)의 권유에 따라 진명이 신우회(新友會)44)라는 조직을 결성하는 것을 들 수 있다. 실제로 남한 당국이 '민족주의비교연구회'나 '불꽃회' 등 대학생들의 진보적 서클을 인민혁명당(인혁당)으로 엮어 6·3항쟁을 억압했던 것처럼, 남한 대학생들이 4·19를 전후로 급속하게 급진화했던 것은 역사적 사실이었다. 특히 4·19 직후였던 1960년 하반기에서 5·16 직전이었던 1961년 상반기까지 학생들과 혁신정당들은 통일운동으로 급격하게 방향을 틀었으며 장면 내각의 총사퇴, 국가보안법 철폐, 조국의 평화통일 같은 급진적인 구호를 내걸었다.45) 1961년 4월 19일 서울대의 4·19 제2선언문은 "지금 이 땅의 역사적 사실을 점진적으로 변혁시키기 위해서는 '반봉건, 반외압세력, 반매판자본' 위에 세워지는 민족혁명을 이룩하는 길 뿐"이라고 결의할 정도였다.46)

영화 속에서 관조가 진명의 행방을 추궁하며 "학교 내 YTP 회원은 뭣들 하는 거야?"라고 말하는 장면이나 언더슨이 YTP 조직을 통해 교수, 학생의 동태를 장악하고 있다고 말하는 장면도 역사적 사실에

---

44) 신우회라는 명칭도 어느 정도 현실에 기반을 둔 것 같다. 당시 서울대 문리대에는 신진회, 서울대 법대에는 신조회 등의 학생 서클이 있었다. 조대엽, 앞의 글, 667쪽.
45) 김혜진, 「진보정당운동: 4월혁명 이후 혁신정당을 중심으로」, 정해구 외, 『한국정치와 비제도적 운동정치』, 한울, 2007, 55~58쪽.
46) 정창현, 「1960년 4·19에 대한 인식 변화」, 『남북 현대사의 쟁점과 시각』, 선인, 2009, 147쪽.

입각해 있다. 6·3항쟁 주도세력 중 한명인 서울대 학생 송철원의 폭로로 밝혀진 YTP(Young Thought Party: 청사회 靑思會)는 중앙정보부가 학원사찰을 위해 운영했던 학생 프락치 조직으로, 운동권 학생들을 장학금과 유학을 미끼로 유혹하기도 했다.47) 이러한 사실에 입각해 볼 때, 이 영화는 4·19와 남북학생회담, 6·3항쟁에 이르는 남한의 현대사를 객관적 사실에 입각하여 재현했다고 말할 수 있다.

북한의 한 평론가는 〈성장의 길에서〉를 논하면서 노동계급의 영향, 특히 혁명투사의 개별적 지도가 '남조선'의 애국적 인텔리들이 혁명투쟁에 진출하게 하는 중요한 계기이며 이것이 없이는 혁명에 임하는 영웅적 특질을 보여 줄 수 없었을 것이라고 논평한다.48) 사실, 영화 속에서 온전한 의미의 노동계급은 등장하지 않는다. 일용직 노무자들을 거론할 수 있지만 의식과 경험으로 완전히 형성된 조직 노동자들은 찾아볼 수 없다. 앞서 말했듯이 이는 아직 산업화에 접어들지 못한 당시 남한사회의 현실을 반영한다.

이에 비해, 직업적 혁명가의 지도를 암시하는 설정들이 조금씩 나온다. 독서회를 조직하라는 조직가가 그것인데, 영화에서 이름이 언급되지 않는 이 조직가는 진명의 세 번째 출옥 이후 그를 맞이하여 포옹한다. 그 다음 장면은 6·3항쟁으로 이어지며, 바로 그 다음 장면에서 진명은 혁명 동지들에게 서울을 떠나 노동자·농민 속으로 들어갈 것이라고 언급한다. 조금만 징후적 독해(symptomatic reading)의 상상력을 덧붙인다면 이것이 통혁당을 암시하는 것일 수 있다. 조희연에 따르면, 통혁당은 학생 출신 인텔리가 중심으로써, 진보적 인텔리를 먼저 조직한 후 기층(노동자·농민) 조직을 목표로 했으며, 하향식

---

47) 김기선, 앞의 책, 84쪽.
48) 강능수, 「혁명적 대작과 영화 〈성장의 길에서〉(제1부)」, 『조선영화』, 1965년 제5호, 12쪽.

조직구성을 갖고 있었고, 서울을 거점으로 중심에서 주변으로 향하는 정책을 쓰고 있었다. 또한 지도는 구 남조선노동당(남로당)계가 맡고 있었다.[49] 이러한 조선에 입각한다면, 통혁당으로 해석하는 것이 완전히 틀린 것은 아닌 것 같다. 영화는 학생 출신 인텔리 진명을 주인공으로 삼고 있으며, 먼저 조직화한 그가 기층 민중들의 조직을 목표로 서울을 벗어나 지방으로 향하는 점, 조직가의 지시(?)에 따른 하향식 조직구성(독서회)을 보인다는 점 등이 그것이다. 통혁당이 북한과 직접적으로 연계했던 남한의 지하 전위조직이었다는 점도 이를 뒷받침해 준다. 물론 영화 속에서 통혁당은커녕 지하당의 그 어떤 명칭도 등장하지 않고, 북한에서 통혁당의 존재를 자국 인민들에게 알린 것이 1968년이었기 때문에,[50] 이러한 해석은 하나의 가능성으로만 남겠지만 말이다.

4) 혁명투사의 전형 창출

박영희는 혁명적 작품이 되기 위해서는 주제의 적극성이 요구되며 투사의 영웅적 성격을 창조하는 문제가 해결되어야 한다고 말한다. 그는 "력사적 사변은 그 자체의 묘사에 목적을 둘 것이 아니라 그것을 통해 혁명 투사들의 영웅적 성격을 창조하는 데 목적이 있는 것"

---

49) 조희연, 「60년대 조직사건에 대한 역사사회학적 연구: '통혁당'을 중심으로」, 『경제와 사회』 제6호, 한울, 1990, 112~114쪽. 정창현은 이에 대해 조희연이 통혁당 서울시 창당준비위원회의 인적 구성을 통혁당 전체의 특징으로 잘못 해석했다고 비판한다; 정창현, 「1950~1970년대 사회운동에 대한 연구동향과 과제」, 『남북 현대사의 쟁점과 시각』, 선인, 2009, 226쪽. 이러한 역사적 정황의 사실관계를 따지는 것이 이 글의 목적은 아니기에 자세히 논할 바는 못 되지만, 통혁당이 전반적으로 기층 노동자·농민 중심이 아닌 급진적 인텔리 중심이었다는 것은 맞는 것 같다.
50) 전미영은 통혁당 관련 기사가 로동신문에서 구체적으로 나타난 것이 1968년이었다고 쓰고 있다. 전미영, 앞의 글, 278쪽.

이며 "투사의 전형적 성격이 가지는 거대한 인식 교양적 의의는 중요하게 그의 고상한 정신 도덕적 풍모에 있다"고 주장한다.[51] 또한 남한을 재현하고 있는 1950년대 조국통일주제 영화 〈잊지 말자 파주를!〉(1957)과 〈어떻게 떨어져 살 수 있으랴〉(1957)를 논하며, 이 영화들이 주인공의 운명을 개인이나 소집단의 좁은 범위에 국한시킨 것이 중요한 결함이라고 지적한다. 따라서 주인공들의 영웅주의를 밝혀내기 위해서는 '미제'와의 적대적 대립 속에서 묘사해야 하고, 주인공들 앞에 첨예한 생활 정황을 부여해야 한다고 역설한다.[52] 이 영화들이 미국과의 적대적 대립도 명확하지 않으며, 개인이나 소집단에 맞춰져 있고 무엇보다도 혁명투사의 영웅적 형상화가 결여되어 있음을 지적하는 것이다.

〈성장의 길에서〉가 1950년대 조국통일주제 영화들과 질적으로 구분되는 지점은 미국과의 대적 관계를 설정하고, 개인·소집단을 넘어 남한사회 전역으로 주제를 확장하고 있으며, 특히 혁명투사의 영웅적 형상을 창출하고 있다는 것이다. 이제 감옥 장면을 중심으로 불굴의 혁명투사를 어떻게 빛과 어둠이라는 영화 고유의 형식으로 창출하고 있는지 살펴보는 것으로 이 장을 마무리하고자 한다.

'감옥은 혁명가의 학교'라는 말도 있듯이, 영화에서 감옥의 장면들은 매우 중요하다. 첫 번째 감옥 장면에서 그는 아직 직업적인 혁명가가 아니라 노무자들의 체불임금 요구로 잡혀 들어온 학생일 뿐이다. 그는 여기에서 미국을 쳐부수고 학생과 노동자·농민이 함께 혁명을 일으켜야 한다는 정치범의 말을 듣는다. 이때만 해도 그는 이 불의로 가득 찬 세상의 실체를 알 수 없다. 그래서 그의 표정은 아직

---

51) 박영희, 앞의 글, 5쪽.
52) 위의 글, 5~6쪽.

의혹에 차 있다. 다만 그의 뒤편 쇠창살로 한줄기 빛이 스며든다(〈사진 15〉). 이것을 희망으로 해석하는 것은 가능하지만, 한 편으로 (미래의) 혁명영웅에게 빛을 비추는 화면구도는 〈레닌 이야기(Tales of Lenin)〉(1957) 같은 소련의 스탈린주의 영화에서 매우 흔한 시각적 관습이었다.[53]

이러한 '빛의 화면구도'는 미군 지프차가 거지소년을 친 사건을 목격한 후 '병든' 사회에 대하여 심각하게 고민하는 장면(〈사진 16〉)에서 반복된다. 이 숏은 감옥 장면은 아니지만, 거센 파도의 숏들과 여러 번 교차한 후 나온다. 이는 파도로 상징되는 마음의 격랑과 고뇌를 거쳐 한줄기 빛(혁명)의 인도에 따라 본격적인 혁명가의 길을 가게

〈사진 15〉   〈사진 16〉

〈사진 17〉   〈사진 18〉

53) 크리스틴 톰슨·데이비드 보드웰, HS Media 번역팀 역, 『세계영화사』, 지필미디어, 2011, 385쪽.

됨을 암시한다. 물론, 이때 빛을 둘러싸고 있는 어둠은 '남조선'의 암울한 현실일 것이다. 1부의 마지막 장면에서 '조국통일만세'를 감옥의 벽에 쓰고 굳은 신념과 강한 자신감에 차 있는 진명의 얼굴 역시 빛을 받고 있는데, 이는 그가 이제 시대의 어둠과 시련을 넘어 '고상한 정신 도덕적 풍모'를 갖춘 혁명가가 되었음을 제시한다(〈사진 17〉). 2부 종반부에서 세 번째 투옥으로 감옥에 갇힌 그가 벽에 '혁명만세'를 쓰고 불굴의 의지로 뒤돌아보는 숏(〈사진 18〉) 역시 빛을 등지며 로우 앵글과 결합함으로써 혁명투사의 전형을 획득하고 있다.

이러한 혁명투사의 전형성은 4·19에 참여할 것인가 말 것인가를 놓고 고민하는 영애와 동훈의 화면구도와 극명한 대립을 이룬다. 4·19 직전 대강당에서 진명의 열정적인 선동연설을 들은 영애가 시위 참여를 두고 고심하는 장면을 보자. 물론 그녀는 결과적으로 시위에 참여하게 되므로 이는 결심을 다지는 것으로 해석할 수도 있다. 그보다 중요한 것은 그녀를 프레임의 중심에 두면서 시위를 위해 대강당을 뛰쳐나가는 학생들을 현저히 분리시키고 있다는 것이다. 특히, 그녀를 뚜렷하게 포커스-인(focus-in)으로 잡고 뒤의 학생들을 아웃-오브-포커스(out-of-focus)로 흐리게 처리함으로써(〈사진 19〉) 그녀가 행동하는 양심이 아닌 다른 선택을 할지도 모른다는 극적 긴장을 줄 수 있다. 이는 유학을 미끼로 진명이 누구와 접촉하는지 알아 오라는

〈사진 19〉　　　　　　　〈사진 20〉

경수의 말에 흔들리는 동훈의 시위 현장 장면에서도 되풀이된다. 카메라는 회의에 찬 눈으로 바라보는 동훈을 미디엄 숏으로 잡고, 행진하는 시위 군중을 뒤에 배치함으로써 그와 시위 군중을 현격하게 분리시킨다(〈사진 20〉). 이는 그가 경수의 미끼에 흔들리고 있다는 사실을 관객들이 알기에 한층 더 긴장감을 부여하는 장면이기도 하다.

영화의 마지막 장면은 혁명영웅 신화화의 '결정판'이라고 해도 과언이 아니다. (아마도 노동자·농민을 조직하기 위해) 어디론가 떠나는 진명을 배웅하는 영애의 얼굴이 마치 영웅을 우러러보는 듯한 기쁨에 젖어 있고(〈사진 21〉), 그 다음 숏에서 로우 앵글로 프레이밍된 진명은 석양을 등지며 그녀를 바라본다(〈사진 22〉). 그 다음 숏은 마치 할리우드 웨스턴의 한 장면처럼 눈부신 석양의 빛줄기를 바라보며 고개를 넘어가는 진명을 익스트림 롱 숏으로 잡는다(〈사진 23〉). 그리고 영화

〈사진 21〉

〈사진 22〉

〈사진 23〉

〈사진 24〉

의 마지막 숏은 '역사'를 향해 전진하는 '남조선' 혁명가의 신념에 찬 얼굴을 클로즈업으로 마무리한다(〈사진 24〉).

4. 북한영화의 남한역사 인식, 남겨진 과제

1960년대 북한은 4·19혁명 이후 '남조선혁명' 전략을 추구해 왔다. 그 핵심은 남한의 혁명은 남한 민중들의 힘으로 이루어 내야 한다는 것이었다. 이러한 전략은 그 당시 북한의 영화창작 방향에도 매우 큰 영향을 끼쳤다. 1950년대에도 분단현실과 남한을 부분적으로 다룬 몇 편의 영화들이 만들어졌지만 이 영화들은 미국과의 적대관계 형상화에도 실패하고 있었으며, 다루고 있는 공간적 배경도 매우 협소하여 시대의 전형성을 제대로 구현해 내지도 못했다. 특히, 억압받고 핍박받는 사람들의 단순 묘사를 넘어 혁명투사로 성장하는 영웅적 면모를 창출해 내지 못했다.

〈성장의 길에서〉는 바로 이러한 시대적 요구와 영화창작 방법론이 맞물린 영화였다. 촬영과 편집을 비롯한 미학적 완성도도 최근의 북한영화보다 훌륭하지만, 다루고 있는 남한의 현실도 비교적 역사적 사실에 입각하여 재현하였다. 영화는 그들이 당시 추구했던 사회주의적 사실주의를 충실하게 반영하고 있었으며, 혁명투사의 영웅적 형상을 창출해 내고 있었다. 그것은 또한 1960년대 중반 북한문학예술계의 논쟁적 쟁점이었던 혁명적 대작 창작과 혁명투사 전형 창출의 방향이 영화 쪽에서 구현된 대표적 사례라고 할 수 있다.

이 글은 〈성장의 길에서〉를 통해 남한의 실제 역사적 상황을 담고 있는 이 영화가 나름의 역사적 객관성을 띠고 있었다고 주장했다. 물론, 이때의 객관성이란 역사적 사실들에 상당 부분 입각해 있다는 사실일 뿐, 주관적인 역사인식의 문제와는 전혀 궤를 달리 한다. 그런 점에서 북한영화가 갖고 있는 남한역사 인식의 문제를 깊이 파고 들지 못한 점은 이 글이 갖고 있는 근본적인 한계이기도 하다. 이 부분은 후속연구의 과제로 남겨둔다.

참고문헌

1. 북한자료

〈성장의 길에서〉(1, 2부, 1964~1965), 조선예술영화촬영소 제작, 백인준 시나리
　　오, 전운봉(1부), 오병초(2부) 연출.

강능수, 「혁명적 대작과 영화 〈성장의 길에서〉(제1부)」, 『조선영화』, 1965년
　　제5호.
강　호, 「〈성장의 길에서〉와 영화 언어」, 『조선영화』, 1965년 제7호.
경룡일, 「실존주의 미학의 반동적 본질」, 『조선영화』, 1964년 제8호.
권상기, 「조국통일위업 실현에로 힘있게 불러일으키는 예술적 화폭」, 『조선예술』,
　　2013년 제3호.
김일성, 「예술영화 〈성장의 길에서〉의 창작과 관련한 몇 가지 의견」, 『김일성저작
　　집』 19(1965.1.~1965.10.), 조선로동당출판사, 1982.
리억일, 「조국통일위업과 영화예술」, 『조선영화』, 1965년 제10호.
박영희, 「조국통일주제와 영화예술」, 『조선영화』, 1965년 제1호.
방연승, 「조국통일주제 작품에서 제기되는 미학적 요구」, 『조선영화』, 1965년 제4호.
장형준, 「세계적인 대문호 백인준」, 『조선문학』, 2000년 제10호.
천재규·정성무, 『조선문학사』 14, 사회과학출판사, 1999.
최형식, 『조선문학사』 13, 사회과학출판사, 1999.
통일혁명당 중앙위원회, 「통일혁명당선언」, 「통일혁명당강령」, 『조선예술』, 1970
　　년 제9호.
허의명, 『영화예술의 혁명전통』, 문학예술종합출판사, 1996.

2. 국내자료

김기선, 『한일회담반대운동』, 민주화운동기념사업회, 2005.

김남석, 「1960년대 북한 영화문학의 형식미학 연구: 〈분계선 마을에서〉, 〈정방 공〉, 〈성장의 길에서(1)〉, 〈최학신의 일가〉를 중심으로」, 『한국극예술연 구』 제28집, 한국극예술학회, 2008.

_____, 「북한 영화문학에 나타난 남한의 이미지와 형상화 방식에 대한 연구: 1950~70년대 전쟁소재 영화문학을 중심으로」, 『국제어문』 제50집, 국제 어문학회, 2010.

김동춘, 『한국 사회과학의 새로운 모색』, 창작과비평사, 1997.

김선아, 「영화국가 만들기: 『영화예술론』을 통해 본 사회주의 영화미학에 대한 고찰」, 단국대학교 부설 한국문화기술연구소 편, 『주체의 환영: 북한 문 예이론에 대한 비판적 이해』, 도서출판 경진, 2011.

김성수, 『통일의 문학 비평의 논리』, 책세상, 2001.

_____, 「북한 소설에 나타난 6·25전쟁 전후 서울과 평양의 도시 이미지」, 『북한 연구학회보』 제15권 2호, 북한연구학회, 2011.

_____, 「북한문학에 나타난 서울의 도시 이미지」, 『북한연구학회보』 제16권 2호, 북한연구학회, 2012.

_____, 「4·19와 1960년대 북한문학: 선동과 소통 사이─북한 작가의 4·19 담론 과 전유방식 비판」, 『한국근대문학연구』 제30호, 한국근대문학회, 2014.

김일성, 「조국통일 위업을 실현하기 위하여 혁명력량을 백방으로 강화하자」 (1964.2.27.), 경남대학교 극동문제연구소, 『북한문헌연구: 문헌과 해제 제3권 사상·통일』, 경남대학교 극동문제연구소, 2004.

김혜진, 「진보정당운동: 4월혁명 이후 혁신정당을 중심으로」, 정해구 외, 『한국정 치와 비제도적 운동정치』, 한울, 2007.

노희준, 「냉전과 공생의 짝패: 1960년대 북한문학에 나타난 박정희 체제비판소설」,

김종회 편, 『북한문학의 이해』 4, 청동거울, 2007.

민병욱, 『북한영화의 역사적 이해』, 역락, 2005.

이명자, 『북한영화와 근대성: 김정일시기 가족멜로드라마』, 역락, 2005.

_____, 『북한영화사』, 커뮤니케이션북스, 2007.

_____, 「통일주제 북한영화의 변화: 〈우물집 녀인〉 읽기」, 『현대영화연구』 제4
　　　호, 한양대학교 현대영화연구소, 2007.

이종석, 『북한의 역사 2: 주체사상과 유일체제 1960~1994』, 역사비평사, 2011.

임대식, 「1950년대 미국의 교육원조와 친미 엘리트의 형성」, 역사문제연구소 편,
　　　『1950년대 남북한의 선택과 굴절』, 역사비평사, 1998.

전미영, 「1960년대 북한의 대남인식과 대남정책: 로동신문 분석을 중심으로」,
　　　『국제정치논총』 제44집 3호, 한국국제정치학회, 2004.

전영선, 「수령형상 문학의 선봉, 계급성 논쟁의 핵심, 백인준: 〈최학신의 일가〉를
　　　중심으로」, 단국대학교 부설 한국문화기술연구소 편, 『스타일의 탄생:
　　　북한문학예술의 형성과정』, 도서출판 경진, 2014.

정봉화, 『북한의 대남정책: 지속성과 변화, 1948~2004』, 한울, 2005.

정창현, 『남북 현대사의 쟁점과 시각』, 선인, 2009.

조대엽, 「4월혁명의 순환구조와 6·3항쟁」, 정근식·이호룡 편, 『4월혁명과 한국의
　　　민주주의』, 선인, 2010.

조희연, 「60년대 조직사건에 대한 역사사회학적 연구: ‘통혁당’을 중심으로」, 『경
　　　제와 사회』 제6호, 한울, 1990.

_____, 『현대 한국 사회운동과 조직: 통혁당·남민전·사노맹으로 본 비합법 전위
　　　조직 연구』, 한울, 1993.

크리스틴 톰슨·데이비드 보드웰, HS Media 번역팀 역, 『세계영화사』, 지필미디어,
　　　2011.

한국현대사 자료편찬위 편, 『(북한이 공개한) 북의 지령 따라 움직이는 남쪽
　　　사람들: 해방 이후 5·18광주사태까지 북한의 대남적화통일 공작사』,

비봉출판사, 2010.

『동아일보』 1956.3.24.
『한국일보』 1961.3.26.

3. 국외자료

Lee, Hyangjin, *Contemporary Korean Cinema: Identity, Culture and Politics*, Manchester and New York: Manchester University Press, 2000.

▮ 지은이 소개

김수복
·단국대학교 대학원 국어국문학 박사
·단국대학교 예술대학 문예창작과 교수
·단국대학교 부설 한국문화기술연구소 소장
·주요 시집으로『지리산타령』(1977),『낮에 나온 반달』(1988),『사라진 폭포』
(2003),『우물의 눈동자』(2004),『달을 따라 걷다』(2008),『외박』(2012),『하
늘 우체국』(2015) 등과 시론집『우리 시의 표정과 상징』(1994),『상징의 숲』
(1999), 저서『한국문학 공간과 문화콘텐츠』(편저, 2005) 등이 있다. 주요
논문으로는「문화콘텐츠 스토리텔링을 위한『질마재 신화』공간 분석」
(2008),「윤석중 문학의 문화콘텐츠 활용 방안 연구:「윤석중 동요 마을」
구성을 중심으로」(2011),「이찬 시에 대한 북한문학사의 인식 연구」(공동,
2011),「조병화의 후기 시에 나타난 고향의식 연구: 제45시집『그리운 사람
이 있다는 것은』을 중심으로」(2012),「북한식 서정의 초기 양상:『리용악
시선집』(1957)을 중심으로」(공동, 2013),「고은 시의 '바다'의 공간인식」
(2013) 등이 있다.

홍지석
·홍익대학교 대학원 미술학 박사
·단국대학교 부설 한국문화기술연구소 연구교수
·주요 논저로『해방기 북한문학예술의 형성과 전개』(공저, 2012),『정치적
인 것을 넘어서: 현실과 발언 30년』(공저, 2012) 등의 저서와「현대 예술에
서 "양식" 개념의 의미와 의의」(2011),「사회주의 리얼리즘과 조선화: 북한
미술의 근대성」(2013),「해방기 중간파 예술인들의 세계관: 이쾌대〈군상〉
연작을 중심으로」(2014) 등이 있다.

오창은
- 중앙대학교 대학원 국어국문학과 박사
- 중앙대학교 교양학부대학 조교수, 계간『문화과학』편집위원
- 주요 저서로『비평의 모험』(2005),『모욕당한 자들을 위한 사유』(2011),『절 망의 인문학』(2013),『경성에서 서울까지』(2014, 공저) 등이 있다.

배인교
- 한국학중앙연구원 한국학대학원 박사(음악학 전공)
- 단국대학교 부설 한국문화기술연구소 연구교수
- 주요 논문으로 「1950~60년대 북한 전통 음악인들의 활동 양상 검토」 (2009),「북한음악과 민족음악」(2011),「북한 '민요풍 노래'에 나타난 민요 적 전통성」(2012),「불후의 고전적 명작 가요의 음악적 지향」(2012),「선군 시대 북한의 민족적감성」(2014) 등과 공저『북한 악기 개량 연구』(2015), 『스타일의 탄생: 북한문학예술의 형성과정』(2014),『3대 세습과 청년지도 자의 발걸음』(2014),『산유화가』(2010) 등이 있다.

이지순
- 단국대학교 대학원 국어국문학 박사
- 북한대학원대학교 북한미시연구소 연구위원
- 주요 논저로『예술과 정치(2013, 공저),『김정은에게 북한의 미래를 묻다』 (2014, 공저),『3대 세습과 청년지도자의 발걸음』(2014, 공저),「북한 서사시 의 김정은 후계 선전 양상(2012),「김정은 시대 북한 시의 이미지 양상」 (2013),「김정은 시대의 애도와 구원의 코드」(2013),「북한문학의 정치, 정 치의 문학」(2015),「로동신문 수록 가사의 김정은 체제 이미지 연구」(2015) 등이 있다.

이지용

· 단국대학교 대학원 문예창작학과 박사
· 단국대학교 문예창작과 강사
· 신한대학교 언론학과 강사
· 주요 논저로 「북한식 서정의 초기 양상」(2013, 공동), 『문학과 미디어의 이해』(2013, 공저), 「한국 SF 스토리텔링 연구」(2015) 등이 있다.

남원진

· 건국대학교 대학원 국어국문학과 박사
· 건국대학교 교양대학 교수
· 주요논저로 『남북한의 비평 연구』(2004), 『이야기의 힘과 근대 미달의 양식』(2011), 『양귀비가 마약 중독의 원료이듯…』(2012), 『한설야의 욕망, 칼날 위에 춤추다』(2013), 「장용학의 근대적 반근대주의 담론 연구」(2006), 「역사를 문학으로 번역하기 그리고 반공 내셔널리즘」(2007), 「반공의 국민화, 반반공의 회로」(2007), 「'혁명적 대작'의 이상과 '총서'의 근대소설적 문법」(2009), 「해방기 소련에 대한 허구, 사실 그리고 역사화」(2011), 「냉전 체제, 일제와 미제」(2013), 「북조선 시문학 연구를 위한 제언」(2013), 「해방기 북조선 시문학사의 재구성에 대한 연구」(2014), 「한설야, '문예총' 그리고 항일무장투쟁사」(2014) 등이 있다.

정영권

· 동국대학교 대학원 영화영상학과 박사
· 단국대학교 부설 한국문화기술연구소 연구교수
· 주요논저로 『적대와 동원의 문화정치: 한국반공영화의 제도화 1949~1968』(2015), 『지향과 현실: 남북문화예술의 접점』(2014, 공저), 『통일문화사대계 2: 2000~2009 북한 문예비평 자료·해제집』((2014, 공저), 「한국 반공영화 담론의 형성과 전쟁영화 장르의 기원 1949~1956」(2010), 「한국전쟁과 영화, 기억의 정치학」(2013), 「한국 전쟁영화에서 남성성의 문제」(2014), 「북한의 소련영화 수용과 영향 1945~1953」(2015) 등이 있다.

사회주의 리얼리즘과 조선화 _ 홍지석

이 글은 현대미술사학회, 『현대미술사연구』 제34권(2013)에 발표된 필자의 논문 「북한미술의 근대성」을 수정, 보완한 것이다.

전후복구시기 북한 노동계급의 성격화 양상
: 윤세중의 『시련속에서』(1957)를 중심으로 _ 오창은

이 글은 한국어문학회, 『어문학』 제107권(2010)에 발표된 필자의 논문 「전후복구시기 북한 노동계급의 성격화 양상: 윤세중의 『시련속에서』(1957)를 중심으로」를 보완한 것이다.

북한의 천리마운동시기 음악적 감성
: 노래집 『풍어기 휘날리자』를 중심으로 _ 배인교

이 글은 한민족문화학회, 『한민족문화연구』 제45권(2014)에 발표된 필자의 논문 「북한의 천리마운동시기 음악적 감성: 노래집 『풍어기 휘날리자』를 중심으로」를 보완한 것이다,

풍경화와 서정성
: 1950년대 후반 북한미술 담론의 양상 _ 홍지석

이 글은 한민족문화학회, 『한민족문화연구』 제43권(2013)에 발표된 필자의 논문 「1950년대 후반 북한미술담론의 양상: 『조선미술』의 풍경화 담론을 중심으로」를 수정, 보완한 것이다.

북한 서정시가 욕망하는 스토리텔링

: 천리마 영웅 스토리 전사(前史) _ 이지순

이 글은 한국시학회, 『한국시학연구』 제10권(2004)에 발표된 필자의 논문 「북한 서정시의 서사지향성 연구: 『서정시선집』(1955)을 중심으로」를 수정, 보완한 것이다.

천리마시대에 나타난 북한식 서정의 양상

: 『리용악 시선집』(1957)을 중심으로 _ 김수복·이지용

이 글은 한국문예창작학회, 『한국문예창작』, 제12권 제2호(2013)에 발표된 필자의 논문 「북한식 서정의 초기 양상: 『리용악 시선집』(1957)을 중심으로」를 수정, 보완한 것이다.

남북의 민족문학 담론 _ 남원진

이 글은 북한연구학회, 『북한연구학회보』 제10권 제1호(2006)에 발표된 필자의 논문 「남한/이북의 민족문학 담론 연구(1945~1962)」를 수정, 보완한 것이다.

영화 〈성장의 길에서〉와 1960년대 북한의 '남조선 혁명' _ 정영권

이 글은 건국대학교 인문학연구원(구. 건국대학교 인문과학연구소), 『통일인문학』제62집(2015)에 발표된 필자의 논문 「영화 〈성장의 길에서〉와 1960년대 북한의 '남조선혁명'」을 보완한 것이다.

▌찾아보기

3. 내용

김수복 단국대학교 예술대학 문예창작과 교수

홍지석 단국대학교 부설 한국문화기술연구소 연구교수

오창온 중앙대학교 교양학부대학 조교수

배인교 단국대학교 부설 한국문화기술연구소 연구교수

이지순 북한대학원대학교 북한미시연구소 연구위원

이지용 신학대학교 언론학과 강사

남원진 건국대학교 교양대학 교수

정영권 단국대학교 부설 한국문화기술연구소 연구교수

속도의 풍경
: 천리마시대 북한 문예의 감수성

© **단국대학교 부설 한국문화기술연구소**, 2016

1판 1쇄 인쇄__2016년 03월 20일
1판 1쇄 발행__2016년 03월 30일

엮은이__단국대학교 부설 한국문화기술연구소
펴낸이__양정섭
편집/해제__김수복·홍지석·오창은·배인교·이지순·이지용·남원진·정영권

펴낸곳__도서출판 경진
  등록__제2010-000004호
  블로그__http://kyungjinmunhwa.tistory.com
  이메일__mykorea01@naver.com
공급처__(주)글로벌콘텐츠출판그룹
  대표__홍정표
  편집__송은주 **디자인**__김미미 **기획·마케팅**__노경민 **경영지원**__안선영
  주소__서울특별시 강동구 천중로 196 정일빌딩 401호
  전화__02) 488-3280 **팩스**__02) 488-3281
  홈페이지__http://www.gcbook.co.kr

값 15,000원
ISBN 978-89-5996-502-1 93810

※ 이 도서의 국립중앙도서관 출판예정도서목록(CIP)은 서지정보유통지원시스템 홈페이지(http://seoji.nl.go.kr)와 국가자료
  공동목록시스템(http://www.nl.go.kr/kolisnet)에서 이용하실 수 있습니다. (CIP제어번호: CIP2016006647)